红茅草

HONGMAOCAO

黄厚江 著

语文出版社
·北京·

图书在版编目（CIP）数据

红茅草 / 黄厚江编著. -- 北京 : 语文出版社,
2016.6（2019.5重印）
ISBN 978-7-5187-0351-7

Ⅰ. ①红… Ⅱ. ①黄… Ⅲ. ①长篇小说－中国－当代
Ⅳ. ①I247.5

中国版本图书馆CIP数据核字(2016)第109467号

责任编辑	过 超
装帧设计	孙瑞静 梁 明 李 茜
出　　版	语文出版社
地　　址	北京市东城区朝阳门内南小街51号 100010
电子信箱	ywcbsywp@163.com
排　　版	北京科教创新书刊社有限公司
印刷装订	三河市嵩川印刷有限公司
发　　行	语文出版社 新华书店经销
规　　格	787mm×1092mm
开　　本	1/16
印　　张	22.75
字　　数	201千字
版　　次	2016年7月第1版
印　　次	2019年5月第5次印刷
印　　数	12,001-15,000
定　　价	45.00元

010-65253954（咨询） 010-65251033（购书） 010-65250075（印装质量）

成长，就是走向真实美好的世界

刘铁梅

亲爱的小读者，也许，事实上你已经不是一个孩子了。尽管作者将这部小说的读者主要定位为少年，但许多人则认为这应该是一部不错的成人小说。如果你是后者，那么你完全不需要阅读我这篇唠叨的文字——我几乎可以肯定，你读这部小说的感觉一定和你以前读过的写儿童生活的所有小说都不一样，甚至截然不同。

你以前读过的作品绝大多数都告诉你：童年是金色的，人性是美丽的，生活是美好的，而表现儿童生活的文学作品比生活更加浪漫。这当然是不错的，但应该怎样理解美丽的人性和美好的生活呢？这并不是一个简单的问题。

我相信，你一定会从小说中读到许多让你感到新奇又充满好奇的故事：水乡男孩麻溜和灵异动物麒麟交往的传奇经历，一定让你分外羡慕；他们分吃一个奶奶哼的情景，一定唤起你强烈的向往；麻溜和小朋友们在月光下唱着儿歌做游戏的情景，一定让你神驰；何淖庄的孩子们做游戏躲到生产队打谷场的草堆里，以致被同伴们忘记，一直到天亮才揉着惺忪的眼睛回家，这更使你无法理解；六爷把语文课都上成体育课，六爷的体育课就是带着学生用向日葵秆练习拼刺刀，带着学生到田野和坟场练习匍匐前进的做法，一定让你感到不可思议；麻溜和美国嘴子月夜勇闯大淖的危险经历，说不定也会激起你冒险的冲动……这里的孩子没有考试，没有作业，甚至可以不上课，对于今天的你们来说，更是无法想象。如果你是一个城里孩子，月光下宁静的村庄，一片寂静只有虫子低鸣的田野，许许多多的人挨挨挤挤地在打谷场上看电影的场面……这一切对你来说都充满了魅力。

是的，这里有太多和你童年生活不一样的地方，也有许多不一样的人，更有许多你感到陌生的故事。

我相信，你也会对小说产生太多的困惑：为什么一向喜欢麻溜的麻溜爷（爸爸），不同意麻溜将麒麟藏在家中的小院子里？为什么一向通情达理的麻溜妈妈也支持麻溜爷的做法，以至麒麟无处安身？为什么在这个叫何淖庄的村子里大人们之间的关系这么复杂？为什么一心想成为乡村活雷锋的加宽哥哥，会受尽羞辱屈死在淖中？为什么麻雀子的爷会下狠心将麻雀子送给远房的本家？为什么这么大一个村庄，容不下一个小小的动物——麒麟？为什么癞家兄弟能够横行乡里、为所欲为？

是的，这些问题的确都是小说向我们提出的问题。你想到这些问题，说明你读进了小说，甚至可以说你读懂了小说。你不要急于找到这些问题的答案，因为生活中许多问题未必都有答案，读小说也是这样。这些问题的价值不在于找到答案，而在于让我们想到这些问题。你即使找到这些问题的答案，生活中还会有更多这样的问题，小说中也还有许多这样的问题。

不错，小说中并不缺少让我们倍感温馨的场景：在拐子爹爹那个丁头小屋里，微微摇晃的昏黄的煤油灯下，麻溜听拐子爹爹讲着他年轻时混迹上海的故事；在麻溜家的小院子里，麻溜和麒麟做着各种自编的游戏；下雨的日子里，麻溜和加宽哥哥躺在床上，跟着加宽鹦鹉学舌地说着“关关”的诗句；为了给麒麟找一个安身之地，打摆子的美国嘴子冒着危险陪麻溜一起偷船进淖；在月亮奶奶的守护下，月亮家的小院子成了仓皇逃窜的麒麟的安全之地……

但小说中有更多的场景、更多的故事会让你感到沉重和压抑。一个十岁的孩子，在一个下午，在全校师生大会上，突然被押到台前，挂起马粪纸做的牌子接受批斗；胖桃的爷看到自己的妻子被人调戏，不阴不阳的表情居然能毫无变化；麻雀子从家里找到揭发父亲罪状的证据，而在批斗父亲的大会上自己喊错了口号，立即又成了批判对象；加宽的妻子居然和比自己长一辈的癞家兄弟的关系都不清不楚……

在生活中，你或许为成堆的作业烦恼，或许为突然的考试不爽，或许为成绩退步而着急，或许为妈妈没有给你买最想要的电玩而生气……读了这部小说，你会觉得这些都是鸡毛蒜皮的小事，什么都不算，你甚至不敢相信真会有这样的年代，真有这样的故事。尽管这只是小说，但你又必须相信：这都是真实的故事，生活曾经就是如此。作者说他亲眼看到亲兄弟为一碗米饭打破了头，亲父子为了几个馒头扭打在一起。因此，不管怎样，你们必须知道自己生活在一个多么幸运的年代。其实，即使在今天，在许多地方，许多孩子，或许正在上演着这部小说中的故事。

所庆幸的是，那个时代已经远去，那片淖地也不再危险，那个村庄早已融进了一座城市。然而，再晴朗的天也会有云翳，生活永远不会是一种纯净的色彩，童年也并不都是灿烂的金色。热爱多彩的生活才是热爱真实的世界，才能真正发现和珍惜美好的生活。

（作者系儿童文学导读专家）

目录

引子/1

1 集中开会的哨子响了，麻溜钻进了玉米地/2

2 麻溜没能加入红小兵，心里很失落/11

3 月亮把自己的红小兵膀套送给麻溜/16

4 麻溜他们成立了自己的“组织”/22

5 全校集会，麻溜突然被批斗/26

6 那个傍晚，麻溜遇见了麒麟/37

7 玉米地里，他们分享了一只奶奶哼/44

8 麻溜把自己的名字送给了麒麟/54

9 荆棘丛里，麻溜又遇到麒麟，看到躲藏的癞爱武/62

10 麻溜在玉米地里看到了癞爱武和加宽的老婆/74

11 加宽哥哥是麻溜的好朋友/79

12 加宽老婆到麻溜家大闹了一场/89

13 麻溜挨打躲进玉米地/96

14 麒麟陪麻溜度过温馨一夜/101

15 月亮和美国嘴子到玉米地找麻溜回家/111

16 麻溜出了一口气，自己却哭了/123

17 老婆被鬼“迷”了，瘸爱武组织民兵捉鬼/131

18 民兵班遇“鬼”，麻溜把麒麟带回家/136

19 小院子成了麻溜和麒麟的快活天地/141

20 麒麟意外地被美国嘴子发现了/147

21 在一个中午，麻溜遇到了仇人胖桃/151

22 那个中午，瘸爱文钻进了加宽老婆的房间/159

23 一个大雾的早晨，加宽不见了/166

24 在大淖里发现了加宽的尸体/171

25 麻溜和麒麟的一次报复行动/175

26 孩子被吓，瘸爱武再次组织民兵捉鬼/186

27 麒麟忽然不见了/189

28 麻溜爷是个能干却怕事的人/196

29 麻雀子闹出一件惊天动地的事/203

30 麻雀子被赶出了自己的家/211

31 麻溜爷的历史问题/218

32 村里来了一个老革命/222

33 他们为麒麟找了个新的家/227

34 防空洞里的生死之夜/235
35 麻溜和美国嘴子冒险进荡/242
36 麻溜和美国嘴子淖中遇险/249
37 庄子上似乎风声很紧/259
38 民兵队突然包围了小院子/263
39 麒麟躲进了月亮的家/271
40 麒麟还是不见了/275
41 胖桃妈妈的故事/280
42 胖桃真的成了名人/288
43 原来是胖桃救了麒麟/298
44 麒麟陷入了绝境/302
45 麻溜在涵洞里救了麒麟/308
46 麻溜病了/314
47 麒麟真的走了/318
48 麻溜循着足迹去寻找麒麟/322
49 麻溜进淖惊动了何淖庄/326
尾声/333

后记/334

读者评价/339

引 子

麒麟是中国古代汉族神话传说中的祥兽，集龙头、鹿角、狮眼、虎背、熊腰、马蹄、牛尾于一身，性情温和，有灵性，传说能活两千年。古人认为，麒麟出没处必有祥瑞。野史说，今盐城一代的湿地在古代曾有一种动物，似麋、似鹿、似獐、似马，有人认为就是祥兽麒麟的原型。

1

集中开会的哨子响了，麻溜钻进了玉米地

"举举举——"

"举举举——"

"全校师生赶快到教室前的操场集中开大会！"

尖厉的哨子声非常刺耳，像一根根针刺着麻溜的心，心一阵一阵地抽搐。

随着尖厉的哨子声，各个班级的人开始涌出教室，就像打开栅栏的鸭群。吵闹声很快蔓延了整个校园。

趁大家挤向门口，麻溜飞快从教室左边靠后墙的一个窗口蹿了出去，迅捷地翻过学校西南角的围墙。围墙不高，麻溜已经翻得很

熟了。两手一用力就伏在墙头上，顺势一滚就横身翻了过去。脚一落地，他就撒开两腿飞跑，很快就钻进了那片玉米地。那样子，就像一只从狮子爪下逃脱的小鹿，又像一条脱钩的鱼。

玉米已经半人高了，但麻溜仍然将身子弯得很低，两手灵活地把要刷到他脸上的玉米叶子挡开。中午刚下过一场小雨，玉米叶子上的水珠偶尔洒到他脖子里，有点凉，但很舒服。田埂上的土松松的，光脚踩在上面脚底软软的。田埂两边零星地长着一些野菜，有荠菜，有甜蒿，有婆癞头，也有麻溜说不出名字的。有时候还会有几簇红茅草，深红的草叶特别显眼。麻溜一边跑，一边把路边鲜嫩的野菜和嫩草拔在手里。他知道麒麟最喜欢红茅草的叶子和根，但红茅草的根扎得深，长得牢，也特别有劲，轻易拔不动。难得在渠坎上有些红茅草的根已经露了出来，可以使劲把它们扯下来。

麻溜一口气跑了一里多地，来到这片玉米地深处靠近淖边的地方。淖，文雅一点的人叫沼泽地。这里的淖，中间有一片一片的水荡，也有一片一片的芦苇，有时候还有一片一片的草地，上面长着各式各样的杂草，也有的是一簇一簇、一片一片的红茅草，远远地一看就知道，因此也有人管它叫荡。淖边，或者叫荡边，有一块低平的洼地，不同方向有几条墒沟连到这里，发水时，玉米地里的水会从这些沟流进这块洼地，然后流到西面无边的大淖里去。洼地不大，但很平，上面有扇状的、细细的沟纹，像妈妈夏天用的芭蕉扇上的茎纹，很好看。光脚踩在上面，脚底痒痒的，特别舒服，像小时候妈妈挠着自己的脚心。四周还有很多大大小小高高矮矮的杂树，树枝和树叶几乎把洼地的天空都遮住了，有点像屋顶，但可以看到一小片一小片的天。用树叶隔开的天有的像一片片的树叶，有的像一朵朵的花，斑斑驳驳的，就像房间里爷①用报纸糊的屋顶。

“麒麟，麒麟，麒——麟——”

麻溜知道麒麟是故意不理他，便不再叫它，来到中间一个沟口边的草地上坐下。

这里的沟坎上有一片密密的红茅草。庄子上的人都说，几百年之前这一带都是海滩，到处都是盐蒿和茅草。盐蒿又叫苦蒿，又细又高的秆，厚厚的皮，叶子不多，顶上开着白色的小花。茅草有点像古时候打仗的矛，所以就叫茅草。茅草总是一簇一簇的，难得一片一片的，很密，有时候能长到半人多高。秋天，茅草也会开出白色的花。因为是在毫无遮挡的海滩头长大，茅草的茎虽然又细又软，但非常坚韧，特别耐水，所以，这一带人家盖房子都愿意用茅草，能住几十年不用修。现在海水越去越远了，滩涂都成了农田，茅草也就越来越少，越来越贵。一般人家盖不起茅草屋，只能用稻草或者麦秸

① 盐城一代，称父亲为“爷”。

盖房子，三年两年就要修。何湋庄这一带的茅草和别处不一样，茎是深红的，叶子也是绿中泛着红色。有人说，是因为当年薛仁贵带兵在这里打过一仗；有人说，是因为朱元璋在这一带杀了张士诚的八百壮士，屠杀了三千妇老幼童；也有人说，是因为当年新四军游击队在红草田和日本人打了一仗，打了三天三夜，死了无数的人。哪一说可靠，谁也不知道。老人们也是各说各的，但老人们都说，红茅草比茅草更精贵，能治很多病。有个伤风头疼，喝一碗红茅草的茶就好，拉肚子胀气，嚼几个红茅草的根就行。反正麻溜病了，他妈妈都是用这个法子。孩子出生一落地，大人孩子都要喝几口红茅草的茶，据说能抵御百病。红茅草的花更是蹊跷，能治很多很多病，甚至有人说能让人起死回生，但红茅草难得开花。庄上很多人家的屋梁上都会吊着一捆红茅草或者几小捆红茅草的根。如果谁家有一包红茅草的花，那便是了不得的财富。现在已经很难看到大片的红茅草了，只能在树底下、渠边上、河边上、田埂边上偶尔看到一簇一簇的。叶子在阳光下摇曳着，远远地看去，像一簇簇的小火苗。这一片沟坎上的红茅草却长得很密，有三五寸高，像是谁不经意把一块不整齐的毯子扔在了斜坡上。麻溜或者坐在上面，或者躺在上面，都很舒服。有时候仰靠在上面睡觉，会做很长很开心的梦。

红茅草的周边是一片一片的巴连根。巴连根是一种紧贴着地面生长的草，根总是紧紧巴着地，下雨天走路，把脚踩在巴连根上，就不会滑，因此，这里的人常常说“我相与个巴连根，走路还可以巴巴滑，对你这么好，有什么用”，来表示对人的失望。巴连根生命力非常强，即使长在天天有人走路的地方也不会被踩死，只是根会扒得更紧。沟口这边几乎没有人来，巴连根便长出浓密的茎和叶子，不高，总是贴着地，有的便在红茅草中间钻来钻去，茅草稍微稀疏一点的地方，它们便会钻头出来，就像稻田里的黄鳝偶尔从水中露出头来看一看四周，又把头埋进水里。

麻溜先是坐在红茅草上，嘴里嚼着狗尾巴草的茎，慢慢地身子就靠在了坎上。傍晚的阳光从大淖那边射过来，被几株高大的玉米一挡，光线就在玉米叶子中间摇晃。风也从那边吹过来，夹杂着很明显的腥味，还有泥土长时间泡在水里的那种味道，但并不难闻。如果在学校里，这时会有一点热，而这里很是清凉。

麻溜顺着玉米地向学校那边望过去。学校隐在玉米地那边，看不到校舍，更看不到人，但麻溜能够隐隐听到从学校喇叭里传过来的断断续续的声音，而且能够区别出是六爷讲话还是哪个学生在发言。玉米地上飘着一片片雾岚，像雨天的炊烟在屋顶上绕来绕去，像是从淖里飘出来的，也像是从庄子上飘出来的。

麻溜他们这个庄子，叫何淖庄。麻溜经常听庄子上的老人讲这个庄子的来历，讲何姓家族的故事。拐子爹也讲过，但拐子爹总是说庄子上那些人的故事。

庄子上住的基本都是姓何的家族，几户不姓何的也都是何家的亲戚，有的是爷这一辈入赘的，有的是爷爷当年入赘的，当然也有更早入赘的。麻溜遇到这些人，要么叫姑伯伯，要么叫姑爹爹。只有月亮家例外。

何淖庄，也有人称淖庄。外村的孩子和麻溜他们打架，就会说何淖庄叫胡闹庄，因为在他们的方言里，“何”和“胡”是同音的。“胡闹庄，胡闹庄，闹得家家心慌慌。胡闹庄，胡闹庄，闹得一片泪汪汪。”他们一起直着嗓子一遍又一遍地喊，麻溜便会带着庄子里的孩子追着他们打架，一直到他们躲进自己的庄子不敢出来。

称何淖庄，是因为庄子西边有一片方圆几十里的大淖。这方圆几十里，有很大面积都是水，水面有大有小，有深有浅，有的像一个大大的湖，有的只有一片牛塘那么大，有的甚至只有一只水桶那么小；也有大片大片的芦苇，有的长在水里，有的长在水边，有的长在污泥里；还有大片大片的草滩，这些草滩东一片西一片，有大有小，形状各异，有的是半人高的红茅草，有的是三两寸高的杂草，有的是贴着地长的无名草；还有一片一片什么也不长的泥滩，或者长年绿幽幽的，或者总是怪怪的菌黄色，也有的地方是黯黑黯黑的颜色。最神奇的是那些水面，又大又深的未必不枯，又小又浅的未必会干。最可怕的是那些草滩和泥滩，说不定什么地方就有一个泥潭，或者深不见底，或者只到大腿丫巴，要是不小心陷进去，能不能出来就全靠运气。庄上的大人总是叮嘱孩子："记住，不想死，就不要到淖里去。"或者说："你想死？那还不容易，到淖里找一个潭就行。"有孩子总是哭，大人就说："再哭，把你扔进淖！"孩子就不哭了。有不听话的孩子，大人也会吓唬他："再不听话，把你送进荡！"孩子就老实了。麻溜他们几个胆大的孩子也轻易不敢进去，而且麻溜不喜欢淖里那些像癞子头一样的泥潭，看着呕心。

但麻溜这群孩子喜欢听荡里的故事。庄子上的老人都说，何家的第一代始祖，当年是张士诚的得力大将。这在何家家谱上是有记载的。张士诚死了，这位大将知道朱元璋绝不会放过自己，就带着妻子儿女还有几个心腹，藏到了这片荡里。一家人打鱼晒盐，不仅躲过了劫难，而且繁衍得很好。朱元璋也曾派兵围剿捉拿，但进了荡的十有八九就陷进了淖，要不也是晕头转向，迷失了方向，不是被何家人杀了，就是饿死淹死。过了好多好多年，何家人才到淖边这块地上造屋砌房，到岸上定居。

据说，打鬼子的时候，新四军的一批伤病员和游击队就驻扎在这荡里。何淖庄东边有条南北向的河，叫大盐河，也叫串场河，是当年连接各个盐场的河，也是朝廷将盐运出去的河，因此，庄子上老人又说，何家的老祖是贩私盐的出身，后来跟了张士诚。麻溜他们不懂什么叫贩私盐，就问，可是讲故事的老人并不解答。河东边有条大路，讲故事的老人说那叫范公堤，是范仲淹为了拦住海水修筑的，后来日本人将大堤修成了宽宽的马路。河东就是日伪的地盘，日伪用土在路边堆起一个个高墩子，在上面修筑了一个个碉堡。新四军和游击队经常在夜里从荡里出来，悄悄过河，偷袭日伪的碉堡。攻下一个，收拾了枪支物品就走。恼羞成怒的日伪军也经常过了河来扫荡，可最多只能在何淖庄烧杀抢掠，根本进不了荡。一进去就损兵折将，捞不到一点便宜，而且常常连新四军和游击队的影子也看不到。后面的人踩着前面人的脚印走，还是会陷下去，一会儿就不见了头顶，只看见咕嘟咕嘟冒气泡，冒几下也就没有了动静。后来日军吓得干脆就不再进去，只是远远地放几下小钢炮。炮弹掉进荡里，连声音也不大，水花都溅不高，气得日伪军彻底死了心。麻溜他们最喜欢听这样的故事。

这些故事，麻溜大都是听拐子爹爹说的，也有的是听爷说，听妈妈说的。

天色还早，学校应该没有放学。隐隐的，似乎从学校那边的喇叭里传来声音，应该是六爷的声音。现在学校开会都是六爷讲话。

他的嗓子总是那么响亮，说话总是那么有劲。麻溜妈妈经常说："六饭桶，当一转兵，什么本事没有学会，就学会了一张嘴，说话就是有劲。他在教室里讲课，半个庄子都能听到。"可麻溜现在很不喜欢六爷的声音，一听到就烦，心就跳得慌，胸口就发闷。

一阵风从荡里吹来，玉米叶子伴着阳光在眼前舞动，麻溜将手中的嫩草放在身边，无聊地想着自己的心思。

2

麻溜没能加入红小兵，心里很失落

麻溜在何漳庄小学也算个名人。出名，因为他成绩好，又爱打抱不平。麻溜个子不大，身材瘦小，但灵活，也有劲，打架很厉害。大家都知道是拐子爹爹教他的。拐子爹爹当年在上海滩混过，是拜过师傅的。学校里，成绩好的孩子都不爱打架，爱打架的孩子成绩都不好。麻溜爱打架，但成绩好，因此同学、老师都很喜欢他。

麻溜学习成绩好。读小学一二年级的时候，老师让他做了小先生。一年级和三年级在同一个教室上课，老师给三年级学生上课，麻溜就替老师管着一年级的学生。二年级和四年级在同一个教室上课，老师给四年级学生上课，麻溜就管着二年级的学生，让他们看书写字，教他们做算术题目。大家都听他的，因为麻溜的语文、算术都好，就是字写得不太好看。“官不嫌字丑”，这是六爷拍着他脑袋说的。当然，六爷的字更丑。

麻溜爱打架。用他自己的话说，是“主持公道”，是“路见不平”。哪个同学受欺负，都来找麻溜。大家都知道麻溜学过功夫，连高年级的学生也知道麻溜厉害，所以麻溜的朋友特别多。有什么事情，大家都会来帮他。爷和妈妈让他做的事情，像剥蚕豆啊，掰玉米棒啊，都有人来帮他。他做什么事情，也都喜欢和大家在一起，包括吃饭睡觉。有时候，晚上一起玩累了，就一起挤在哪一家的床上睡了。“你成天就是在外面野。三五成群的，不要在外面闯祸。”妈妈总是这样说。

麻溜爱打架，可老师还是喜欢他。他特别尊敬老师，又特别勤快。班级上有什么事情，老师有什么事情，麻溜都抢着做。连被打倒的语文老师邱文博到粮站买粮，也总是麻溜帮他背回家。邱老师看到麻溜爷就夸：“麻溜是个好同学，品行端正，为人仗义。”

麻溜的班主任淑英老师是麻溜的本家姑姑，也是班级上绝大多数人的姑姑或者姐姐，当然也有人叫她姑奶奶。淑英姑姑的丈夫在煤矿工作，她一个人带着两个孩子。两个孩子年纪都小，麻溜经常帮她批改作业，还帮她带孩子。麻溜会抱孩子，也会逗孩子。那个调皮的男孩子，只要麻溜一抱就不哭了。淑英姑姑经常对麻溜妈妈说：“想不到麻溜成绩好，还会带孩子，比我都带得好。”麻溜妈妈说：“那就让他多帮你好了。”有时候淑英姑姑忙不过来，麻溜还帮她洗过尿布。

可自从成立红小兵开始，麻溜就受到了冷落，心里一直不舒服，总像缺了一点什么。

听说要成立红小兵，麻溜觉得自己肯定在第一批名单里。红小兵都有一个红膀套的，他已经让妈妈为他准备了一块红布。后来才知道，红膀套是统一发的。可是，第一批没有他。第二批也没有他。第三批还是没有他。班里就剩下几个人不是红小兵了。一个是队长的儿子胖桃，因为长得很胖，脸像熟透的桃子，就有了这个绰号。他爷成了走资派，据说还有贪污罪行，巷子里到处都有他爷的大字报，学校的围墙上都有。一个是富农何俊彦的小儿子美国嘴子，家里有五个姐姐，就他一个儿子，最小，家里特别宠。他从小说话总是绕着舌头，说不清楚。看打仗的电影，“美国鬼子”他总说成“美国嘴子”，于是大家就叫他美国嘴子。还有一个是历史反革命的儿子麻雀子。麻雀子个子很小，说话很快，声音很尖，话也很多，成天就听他在教室里叽叽喳喳。他爷是真正的反革命，参加过什么组织，想迎接蒋介石反攻大陆。他爷是个郎中，在这个反动组织中负责联络工作，后来差一点被杀了头。据说，因为他救过哪个大官的命，那个大官也就留了他一条命。他后来一直受管制，挨批斗时戴很高很高的帽子，比谁的都高。还有一个是瘦弱的五子，他爷在很远很远的地方工作，据说是研究飞机的，本来是个专家，后来成了右派。五子有痨病，脸色总是煞白煞白的，经常是手捂着嘴咳嗽，有时候会咳出血丝来。五子很瘦很瘦，走路都打晃晃，经常不来学校上课，但成绩也非常好。

麻溜起初不知道自己为什么不能加入红小兵。他觉得是老师欺负他，尤其是那个六爷，因为六爷现在是学校里最红、最有权的人。他不知道六爷为什么不让他加入红小兵，因为六爷原来是很喜欢他的呀。他想去找六爷问问，为什么不让自己加入红小兵，后来觉得还是先问问妈妈和爷。

“他们为什么不让我加入红小兵？”一天吃晚饭的时候，他问爷和妈妈，“他们都是五类分子黑子女，我又不是”。

爷和妈妈不理他，都哧溜哧溜地喝着稀饭，好像都没有听到。爷还把嘴里的萝卜干咬得很响很响，麻溜觉得很刺耳。

麻溜喝了半碗稀粥，就不吃了，一个人呆坐在房里的睡柜上。

“怎么吃这么少？”妈妈吃完饭进来问。天还不是很晚，但麻溜家的房子窗户不大，房间里已经很暗。妈妈背对着窗户，麻溜看不清妈妈的脸。

“他们为什么不让我加入红小兵？”平时从来不哭的麻溜声音有点哽咽。

妈妈呆呆地站着，并没有过来安慰他。

过了半天，妈妈才说话：“你爷他——其实，也怪不得你爷——”

妈妈说什么，麻溜不是很懂，但隐隐感到爷有什么问题。有一次和麻雀子的哥哥三菩萨吵架，麻溜说了一句“反革命”，刚好被麻雀子的爷听到了，他就阴阴地说：“我是反革命。回去问问你爷，他是什么。”后来，麻溜把这件事忘了，但最近麻溜觉得妈妈和爷总在低声说什么不想让他和哥哥知道的事，气氛有点神秘。

“好了。再去喝点粥，要不夜里会饿的。”妈妈过来拉他的衣袖，“等下雨天，妈妈空，也帮你做一个红膀套。听话，去喝粥。”

麻溜不是个犟孩子，他就跟着妈妈又去喝粥。盆里的粥已经结了一层厚厚的膜。麻溜最不喜欢吃粥的膜，含了一块在嘴里，想吐掉又舍不得，也怕爷会骂他糟蹋粮食，就囫囵吞了下去，但感觉怪怪的，差一点吐出来。

后来妈妈真的用一块红布做了一个红膀套，爷还找了黄色的油漆在上面描了“红小兵”三个字。爷手很巧，毛主席题写的三个字，几乎描得和印上去的差不多，根本就看不出来。麻溜在家里套过一次，可是又不能出去戴，觉得也没意思，后来就折了放在枕头底下。

3

月亮把自己的红小兵膀套送给麻溜

这天晚上放学，麻溜刚刚到家，月亮来了。

月亮姓孔，叫孔小月。她有一对像月亮一样的眼睛，大家就叫她小月亮，后来干脆就叫她月亮。月亮家就在麻溜家隔壁，两家隔一条三尺宽的巷子。

月亮的奶奶是麻溜的姑奶奶。月亮奶奶从小被过继到一个叔叔家，是在城里长大的，进过学堂，读过书。妈妈说月亮爷爷家本来是城里有名的有钱人家，和月亮奶奶家是邻居，后来月亮爷爷就娶了月亮奶奶。月亮奶奶只知道月亮爷爷在外面读书，不知道月亮爷爷很早就参加革命了。后来月亮爷爷成了烈士，留下月亮奶奶和月亮爸爸。月亮爷爷牺牲了，月亮奶奶觉得城里不安生，就带着老人和儿子回到了老家。月亮奶奶身材高挑，皮肤白净，一双小脚，但腰板挺直，走路一点也不比年轻人慢。庄上人都叫她三姑奶奶。三姑奶奶在庄上很受人敬重，不管大人小孩，遇见了都要叫一声“姑奶奶”。麻溜妈妈说：“三姑奶奶到底是大家出身，知书识礼，捷捷巧巧，爽爽净净的，一看就是高贵！”月亮奶奶便微微一笑说：“高贵什么？还不都是喝大盐河里的水，吹淖里的风长大的？要说能干，何淖庄上，三嫂子才是算得上的。”麻溜妈妈是她娘家的侄媳妇，这一辈的她都叫嫂子。

月亮奶奶很受尊重，不仅仅因为样子高贵，也不仅仅因为月亮爷爷是烈士，更因为她很会待人接物。月亮奶奶为人处事大气得体，从不和人计较，更不张长李短地背后说道人家。她平时总是一个人在家忙里忙外，很少出门，难得到麻溜家走走。家里收拾得干干净净，桌子一天要擦好几遍，桌面子能照得见人脸，但月亮奶奶是一双小脚，从不下地，更不下水田。她怕蚂蟥，更怕蛇。“稀奇古怪的样子，看着就瘆人。”下雨天没事，她除了戴着老花镜做针线活，还会翻出自己当年读过的书看看。何淖庄上，没有婆媳不吵架的，没有妯娌不杠嗓[①]的。不和婆婆吵架的，只有麻溜妈妈；不和媳妇杠嗓的，只有月亮奶奶。月亮奶奶叫月亮妈妈“二丫头”，月亮妈妈叫月亮奶奶

---

① “杠嗓”为方言，表示“吵架”之意。

“三姑”，似乎她们不是婆媳，似乎都没有出嫁到孔家，而是都还在何家一样。

月亮妈妈要下地上工，家里的事都是月亮奶奶料理。月亮姊妹三个也都是奶奶拉扯教育。有人说月亮说话做事都有点像奶奶。奶奶也特别喜欢这个孙女，没事就教她识字写字，还教她做针线活、打算盘。月亮不大愿意，问：“奶奶，这算盘学了有什么用？”月亮奶奶说：“傻丫头，有货不愁无卖处，但怕无货讨人钱。这世上没有无用处的本领，学什么都有用的。”

“麻溜，你站在这里发什么呆？”

麻溜本来准备拿米煮粥，可走到房里却站在米坛子边发起呆来。听到月亮说话，吃了一惊。

月亮径直走近麻溜的身边问，好像她本来就知道麻溜在房间里。

“麻溜，这几天放学你为什么不和我一起回家？”

麻溜愣了一下，笑一笑：“没有。我喜欢一个人走。”

“不是。你撒谎。你以前最不喜欢一个人走，你就喜欢人多听你吹牛！”

麻溜心里承认。上学放学，只要没有别人来叫他一起走，他就会和月亮一起。只要月亮等他，他也就和月亮一起走。可是最近，他真的不想和他们一起走，他真的想一个人走。

“一个人走，在路上我可以编故事。”

“不是！”月亮有点生气了，“你是不想和我们一起走，因为我们戴了红小兵的膀套子，而你没有。”

麻溜红了脸，不说话，眼睛不看月亮，看着手里的瓢。瓢上有裂缝，麻溜爷用缝鞋底的线缝了。麻溜用拇指抠着这瓢上的线。

“给，这个给你！”月亮伸过手来，手里是折着的一块红布，上面有黄色的字。麻溜一看，知道了是什么。“这是什么东西？我不要。”麻溜说。

“不是我给你的，是奶奶叫我给你的。”

“姑奶奶让你给我的？”麻溜不相信，尽管他知道月亮奶奶喜欢自己。有时候月亮奶奶叫月亮写字打算盘，麻溜来了也叫麻溜一起写、一起打。月亮奶奶总是夸麻溜能干、懂事、正气。“这小东西，太皮！”麻溜妈妈说。“皮怕什么？人只要正气。犟牛好生活，男人没有点脾气还行？”月亮奶奶对麻溜妈妈说，“这孩子能成大事。”

尽管麻溜知道月亮在骗自己，还是问了一句：“真的？”

“奶奶说麻溜最近好像不开心，好像不神气，问我是什么事。我告诉她了，你没能发到红膀套。她就叫我把自己的给你。”

麻溜看看月亮，想笑，但没有。他心想，这个“跟屁虫”还想骗我。小时候，月亮总要跟着麻溜玩，麻溜嫌她跑得慢，不要她跟着。她就嘴巴甜甜地跟在后边叫：“麻溜哥哥，麻溜哥哥，等等我。”麻

红

溜心一软，就等着她。有时候，麻溜和别的孩子一溜烟就跑得看不见了，月亮就会哭着去找麻溜妈妈告状：“三舅妈，三舅妈，麻溜哥哥不带我玩。”麻溜妈妈就放下手中的活，抱起月亮：“麻溜不跟你玩，三舅妈和你玩。”有时候，麻溜回来了，看到月亮还缠着妈妈。

你个骗人精，不要想骗我。麻溜心里想，可嘴里说：“难为三姑奶奶。”

“那你听话不听话？”

“我不要。”

“为什么不要？”

“给我，你不戴了？”

“那我们一人戴一天？”

“我不要。有了我也不戴。我也有的，妈妈做的，但我不想戴。”

月亮缩回了手，“你不戴我也不戴”。

“你生气了？”

“没有。反正你不戴我也不戴——有什么好戴的？”

麻溜不再说话。

月亮也不再说话。

从那天开始，月亮真的不戴红膀套了。她爷爷是烈士，爸爸是工人，她不戴也没有人敢说她什么。

4

麻溜他们成立了自己的“组织”

班上几个不是红小兵的孩子，除了美国嘴子，麻溜都不太喜欢，可现在他只能和他们在一起玩，麻溜觉得非常憋屈。可是有什么办法呢？人家红小兵活动又不让他们参加。

“咚咚锵，咚咚锵，咚咚隆咚隆咚锵。”“哐，哐，哐哐嬴哐嬴嬴哐。”学校的院子里挤满了人，也挤满了敲鼓的声音。那些带着红小兵膀套的人，扛着彩旗的人，神气活现地高声说着话。不一会儿，他们就排着整齐的队伍，喊着口号，走出了学校，听说要一路游行到公社去开批判大会。锣鼓声、口号声渐渐听不见了，校园里一下子寂静下来了。教室里就剩下麻溜他们几个人。

大家稀稀拉拉，无精打采地坐着。倒是胖桃先有了精神，他凑到麻溜身边说："要不，我们自己也成立红小兵？"麻溜看看他兴奋得红红的胖脸："自己怎么成立？"

"你原来是班长，你带着我们成立就行啊。"

这时几个人都凑了过来，眼巴巴地望着麻溜。

"自己成立？你有红膀套？有了你敢戴？你能戴着参加人家的游行？"麻溜问。

"我们不参加他们的活动，他们活动他们的，我们就自己活动。"胖桃说，"听说大荪庄小学就有人成立的。"

大荪庄是公社所在地，胖桃的妈妈娘家是大荪庄的，胖桃经常跟着妈妈到大荪庄去。他说的可能是真的。

"嗳——"另外三个人也来了神，一起呼应到。

麻溜有点动心："被发现了怎么办？"

美国嘴子说："我们都要保守秘密。"

"谁当叛徒，就惩罚谁"，麻雀子也说。

连五子也眼睛发亮地看着麻溜。

"那我们要立几条规矩，大家都能做到，我们就成立。"

那天下午，出去游行开会的红小兵们还没有回来。麻溜他们几个人钻进了生产队的一条水泥船的前舱里。当时生产队的农用船大多是水泥做的。这种水泥船有三个舱。中间的舱最大，是敞口的。前后的舱是封闭的，各有一个圆圆的洞口，洞口上有一个盖。出去搞运输，前后舱一般是住人的，可以挡风挡雨，但是很憋闷，如果舱里装运过氨水等一类东西，还会有很强的异味，所以一般情况人在里面都将盖子留一道月牙一样的口。为了秘密，麻溜他们先是将盖子全盖了的，但里面黑咕隆咚，什么也看不见，五子又咳嗽得不行。麻溜就打开一点点，便有月牙形的阳光斜斜地照进来，在水泥的船底上印下一个好看的图案。

大家都推举麻溜做连长，因为何淖庄小学的红小兵最大的官就是连长。

可是麻雀子说："连长太小了，我们要成立就要比他们大。"

"那麻溜就做司令吧"，胖桃说。

麻溜想了想，说："那我就是司令。大家都要听我指挥，否则我就不当了。"

接着麻溜就给每个人定了官，美国嘴子是参谋长，胖桃是副司令，麻雀子和五子都是军长。大家都很开心。然后大家就商量了纪律规定，第一条当然是保守秘密，第二条是服从命令，一共有八条。然后又规定了行动暗号。

胖桃说："我家里有记工分的硬纸板的卡。把这些全写上，一人一张卡。大家要把这卡一直带在身边，千万不能丢了——这比生命都要宝贵的。”

麻溜自己字不好，就让胖桃回去写好五张卡，另外再多写一点，如果有人要参加，就可以直接发卡。

“名字就叫何淖庄小学红小兵独立大队。”麻溜说。

不知谁动了一下身子，船便晃动起来，月牙形的阳光影子也晃动起来。麻溜想了想说：“将来我们的队旗上就画一个月牙的图案。”

大家都觉得很好。

于是只要学校红小兵有活动，麻溜他们就有活动。或者到水泥船里去开会，听麻溜讲从拐子爹爹那边听来的故事；或者找个地方翻跟头、练摔跤；有时候还会过河到公路边的高墩子上练习攻打碉堡，那些墩子本来就是日本人筑碉堡留下的。

大家都觉得很快活，比真的当了红小兵都有意思。

本来一切都好好的，可是一天在水泥船上集中开会时，麻雀子抖抖地说他的联络卡丢了。于是麻溜发动大家寻找，结果没有找到。麻溜就宣布暂时不要活动了，等等再说。

很多天过去了，一切都很正常，大家也就没有再注意这件事。

可是想不到后来突然就出事了。

5

全校集会，麻溜突然被批斗

那个下午，天很闷，没有一丝风。上课时，一大片同学在睡觉。按季节还不应该这么热。妈妈还天天叮嘱麻溜，不要早早把衣服脱了，夹袄还是要穿的。可在学校里，不少人都脱了夹袄，只剩一件薄薄的单衣，有两个人因为里面没有单衣，干脆脱成赤膊。

两节课后，尖厉的哨子声急促地响了起来。

“举举举——”

“举举举——”

“举举举——”

“全校师生赶快到教室前的操场集中开大会！不是红小兵的也要参加，一个都不能少！”

麻溜他们的语文老师，学校“文革小组”的组长，也是他本家的叔叔六爷，一边吹着哨子，一边高声叫着，声音听起来有点不同寻常。一般开大会的时候，各班同学都会推推撞撞，嘻嘻哈哈地闹着。那天似乎大家都很规矩。只有麻溜，还悄悄用板凳腿子拱了拱走在前面的美国嘴子的屁沟，但美国嘴子似乎没有觉察，麻溜也就算了。

麻溜的学校是所大队小学。学校不大，就两排房子，四周围了一圈半人高的土坯墙，沿着土坯墙栽了一圈洋槐树。面向东的墙，中间留下一个豁口，就算是校门。其实是没有门的。两排房子，对开门。每排房子三个教室，一共五个年级。北面一排房子中间的教室就成了教师的三间办公室。原来校长一个人在中间一间，其他教师分坐在另外两间里。麻溜的语文老师、本家叔叔六爷做了学校“文革小组”的组长之后，就和校长住在了一起。

学校以前很少召开全校师生参加的大会。成立了红小兵之后，经常开会，可麻溜他们却没有资格参加。这天参加大会，麻溜有点不习惯，不知道该坐哪儿。就在他犹豫的时候，六爷说：“你就坐最前面吧！”麻溜不喜欢坐最前面，所以就坐到第二排，让美国嘴子坐在他前面。看着美国嘴子瘦瘦的身子骨和晒得黑黑的有蛇皮一样纹路的皮肤，麻溜只想笑，看到六爷和校长的眼光不时看自己一眼，麻溜没敢笑，只觉得他们的眼神有点不同平常。麻溜的右眼皮不停地跳，他用劲捏了捏，对着地唾了几口唾沫，可一点用处也没有，也只得作罢。

开始开会。

六爷问校长有什么要讲的，校长说没有。

老校长也是麻溜的本家叔叔，是上过私塾的，因为资格很老，早就做了校长，先在外地，后来回到了村里的小学，大家就一直叫他老校长。

老校长说没有，于是六爷就开始讲话。六爷没有读过书，但当过兵，后来回来了。他说自己在部队立过功，而且受过伤，经常犯腰疼，要求安排工作。那时候退伍军人地位都很高，军烈属都很受人尊重，都有特殊的待遇。比如过年，自己就不用买春联和鞭炮，大年三十晚上有村干部带人敲锣打鼓地送过来，很是光荣。正月初一一大早，大队的文娱宣传队都要挨着先到军烈属家去拜年，然后再到大队部前的广场上演出节目。六爷既然立过功，要求安排也是应该的，于是被安排到学校做教师。他能教什么呢？既教体育，又教语文。六爷没有上过学，只是在部队参加过扫盲学习，他的语文课基本都上成体育课。麻溜他们都很喜欢六爷的体育课，他的体育课和其他老师的不一样，他让每个同学回家自己准备一根直直的木棍，没有木棍，向日葵秆也行。

“要与肩同高，”他说，“懂吗？”不少同学摇头。

"也就是和肩膀头一样高。"有一个叫三瓜的同学还是摇了一下头，他走过去拍拍他的肩头："就齐这个地方，知道吗？"见三瓜还是很迷糊的眼神，六爷就说："你去死吧！你。"他上语文课也是这样，讲一句就问："懂不懂？"有人说："不——懂——"他再重复一遍，再问："懂不懂？"如果还有人不懂，他就说："你去死吧！你。"

六爷的体育课上得好，就像部队的训练。先是队列，然后是踢步走。踢步走就是正步走，但六爷从不说正步走。六爷的口令很正规。"踢步走"三个字，前两个字靠得很近，"步"字拉长，"走"，又短促、又有劲。六爷不会普通话，但喊口令都是普通话，大家就新鲜、兴奋。踢步走之后就是拼刺刀，先是正面刺，再是左侧刺和右侧刺，后是转身刺，然后是防左刺防右刺，最后是对练。

这是大家最喜欢的，热情极高。

六爷喊："拼刺——刀！"大家就哗地跨前一步，将枪端在手里，六爷要检查一遍大家枪头的高度和右手是否紧贴着腰部。

六爷喊："正面——刺！"大家就一起喊着"杀——！"将手中的木棍或者向日葵秆用力向前刺去，无不卖力。

"左侧——刺！"大家就一起喊"杀——！"

"右侧——刺！""杀——！"

“转身——刺！”“杀——！”

“防左——刺！”“杀——！”

“防右——刺！”“杀——！”

最后是对练。对练没有几个人会，大多数人只是比划比划，只有麻溜和三和尚能练得像样。麻溜还被六爷叫出列和他一起示范，六爷刺过来的枪都被麻溜挡开了，麻溜还刺中了六爷一枪。六爷讪讪地说：“小绝怂！倒还机灵！”三瓜说：“麻溜练过功的。”可是六爷好像没有听到，麻溜踹了三瓜一脚，三瓜也就不再说。

麻溜他们最喜欢的体育课，是六爷的野外训练。

“卧倒！”

六爷的口令一起，大家便齐刷刷地伏到地上。

“匍匐前进！”

大家便按照六爷的训练要求，用两个小臂爬行。谁的动作不规范，撅着屁股或者弓着腰，六爷便会走过来，用脚踩一踩。万一谁的枪丢了，六爷便会狠狠踢一脚，还要骂一句：“你去死吧！你。”

“利用地形地物！”

这时候，前面要么是一条沟，要么是一片坟地，大家便就近找一个坟头或者找一个土坎伏在后边。这些动作无疑每次都是麻溜做得最好。放学回家，他总是浑身的泥土和青青的草汁。妈妈常要责骂几句，听说是六爷的体育课或者语文课叫这样做的，妈妈便要嘀咕几句：

“这个六饭桶！什么教书先生，不务正业，成天教孩子这些不三不四的东西。”

但六爷的语文课上得真的不怎么样。就是读《毛主席语录》，读一句就问：“懂不懂？”因为大家都害怕“去死”，就高声说：“懂——了！”于是六爷就接着读。

六爷经常读错字，写错字。有一次，他在学校的墙上写“保卫祖国”的标语，将“祖国”的“祖”字的偏旁多写了一个点。麻溜说：“六爷，多了一点。”六爷瞪了他一眼。麻溜自己也怀疑了，中午到队长家翻报纸，终于找到了好几个“祖国”，全是一个点。于是借了报纸跑到六爷家里给六爷看。六爷正吃饭，接过去瞄了瞄：“真的吗？放着，等我吃了饭，用眼镜看看。”麻溜知道，六爷是不戴眼镜的。见麻溜不走，六妈说：“这孩子，多个点少个点，有什么大紧？一个点是祖国，两个点也是祖国。六爷吃了饭还要睡觉，回去吃饭吧。”麻溜只得回去了。下午麻溜去学校，发现土坯墙上的“祖国”只剩下一个点了。六爷下课时对麻溜说：“报纸已经还给队长了。”麻溜心里感觉怪怪的。

“同学们！”清了嗓子之后，六爷开始讲话。六爷的声音很响亮，语调也很有力，而且今天又有点特别的严肃，听上去有一点用普通话喊口令的样子。“在伟大领袖毛主席的英明领导下，在伟大的中国共产党的正确领导下，在无产阶级专政的领导下，在中央文革小组的领导下，我国无产阶级文化大革命的形势一片大好，全世界文化大革命的形势也一片大好。是大好，不是小好，也不是中好！”

在他停顿下来的时候，全体师生适时地发出热烈的雷鸣般的掌声。

“革命形势是大好不是小好，也不是中好，但阶级敌人亡我之心不死，一小撮五类分子，一小撮走资派，各式各样的阶级敌人，离未望粱（魑魅魍魉），大鬼小鬼，各种鬼子，他们都不甘心失败，不仅他们不甘心，他们的子女也不甘心！最近在我们公社的所在地——大荪庄，就出现了一个巨大的反革命组织，而这个反革命组织的所有成员都是黑五类和走资派的孝子贤孙。他们有组织、有纪律地进行反动活动，已经发展到数十人，挖了几十公里的地洞，十分猖獗，胆大包天，居然将大队部的电话都偷到了他们的地洞里，妄图颠覆我们钢铁般的无产阶级专政！”

六爷讲得声色俱厉、义正词严、慷慨激昂，再加上这本身就是一个惊天的消息，学校新买的喇叭更是将六爷的声音效果扩大到恰到好处，每句话的后半句似乎都重复好几次。整个会场鸦雀无声，有些同学的嘴巴一直张着，忘记了合拢。

“同学们！”六爷给了大家一段沉默之后，又恰到好处地接着讲，“阶级敌人如此胆大，这些黑子女如此猖狂，肯定是大家想不到的。可是——”六爷突然站起来“砰”的一拍桌子，“让我们更想不到的是，我们何漳庄小学也有这样的反动组织！”六爷稍微调整一下呼吸：“请革命的红小兵小将，将反动组织头目何麒麟押上台来！”

起先大家都没有反应过来，麻溜也没有反应过来。他已经忘记自己的名字叫何麒麟了，因为大家都叫他麻溜，同学们这么叫，老师也这么叫，爷和妈妈也这么叫。他只知道自己叫麻溜了，但隐隐又感到这名字和自己有什么关联。

正当他懵着时，有两个五年级带红膀套的大个子红小兵走到他身边，一个人夹着他的一个胳膊，很快就将他押到了台前。然后就有人将一块硬纸板做的牌子挂在他脖子上。后来美国嘴子告诉他，牌子是胖桃写的，也是胖桃挂的，那上面的字是：“打倒反动组织头目何麒麟！”“何麒麟”三个字上有一个大大的红叉，字都是用黑笔写的。后来，麻溜一直想不通自己当时怎么就一点没有反抗，六爷和拐子爹爹教的那些招数，自己研究出来的那些很管用的招数，怎么就一招没有用，但麻溜对自己的表现还是满意的，他的腿一点也没有发抖，更没有尿裤子。后来美国嘴子就说过：“麻溜，你真行，如果是我，肯定尿裤子了。”而且他也没有按照六爷的要求低头认罪。见他昂着头，六爷严厉地说：“红小兵小将，将何麒麟的头摁下去，让他向伟大领袖，向伟大的党，向广大革命师生和广大红小兵低头认罪。”

两个五年级的同学便来摁他的头，可是摁不下去。六爷见两个红小兵治不了何麒麟，自己便要站起来，坐在他边上的老校长拉了拉他的衣袖，他又坐下去，说：“请革命的红小兵们用革命的口号打压反动组织头目的嚣张气焰！”于是响起了一阵阵口号声：

“打倒反动组织的头目何麒麟！”

“打倒反动组织的头目何麒麟！”

“打倒何麒麟！”

“打倒何麒麟！”

“把反动组织的头目何麒麟打倒在地！”

“把反动组织的头目何麒麟打倒在地！”

……

在口号声中，麻溜倒更加镇静了，他居然抬头看了看会场上的人。所有人的脸都似乎是模糊的，看不清楚。他想找一找胖桃的脸，可是没有找到。好像看到了月亮的脸，但也不是很清楚。不对，月亮好像低着头。他偷偷看了看六爷的脸，以前非常端正威严的脸，今天显得有点变形，但脸色特别红润。

对麻溜的批斗过程并不复杂，先是六爷联系公社所在地的反动组织的罪行，讲麻溜问题的严重性，然后就是胖桃交代揭发麻溜成立反动组织的过程，最后是美国嘴子发言，也就是说麻溜他们这样做是和红小兵组织对着干，问题极其严重，自己要和他划清界限等等，中间还用了一些文乎乎的词，麻溜也听不太懂。

麻溜并不认真地听着，扭头看着西边的天空。天空白得晃眼，尽管天色并不是纯正的白，底色是澄蓝的。太阳很大很大，很圆很圆，血红血红的，忽然就成了一滩鸡血或者猪血。麻溜看过杀鸡，也看过杀猪。他不敢看剪刀是怎么剪断鸡的喉咙的，也不敢看刀子是怎么刺进猪的胸口，但看到过鸡血或者猪血，很快地射进装有水的铜盆。“哗”的一下，水里就是一团圆圆的鸡血或者猪血，然后慢慢地摊开。麻溜的心口像被什么堵住了，憋了很长时间，“噢”的一声差点吐出来，可是却又憋了回去。夕阳如血，如血的夕阳。

批斗会时间并不长。

让麻溜没有想到的是，会结束了，大家都走了，居然没有人来管他。他还愣愣地站着时，老校长走过来把他的牌子拿了扔在地上，说：“你这反王！还不走！”

老校长走了，麻溜发现身边还站着一个人，是月亮。月亮脸色煞白，微微勾着头看着自己。

“我们回家吧”，月亮说。

平时放学，他们经常一起回家的。如果麻溜没有回家，麻溜妈妈也总是问月亮：“麻溜怎么没有回来？又和人家打架了？”或者麻溜回家迟了，妈妈就说：“人家月亮早就回来了？你为什么这么迟？”麻溜说扫地了，妈妈一定要隔着巷子让月亮证明一声，才信。

月亮说：“回家吧。”眼睛看着麻溜的眼睛，麻溜的眼睛不让她看，掉过头看着西天的太阳。

麻溜没有说话，勾着头缓缓离开了操场。月亮跟在后面。麻溜出了学校的门，一路向西边的玉米地走去，低着头，脚拖着地。细细的腿，细细的腰杆，细细的脖子。

“麻溜，你为什么不听话？向西边走，你到哪里去？”月亮在后边喊。麻溜没有听到，仍低头向西边走。

月亮站在后边盯着麻溜看，看到麻溜渐渐走进了血红血红的太阳中间。

月亮喊：“麻溜，你回来！”

可麻溜还是在往前走。

月亮大声地喊：“麻溜，你回来！”

麻溜还是在往前走，头也没有回。

月亮忽然哭出了声：“麻溜，你真不听话！”

6

那个傍晚，麻溜遇见了麒麟

批斗会散了，就放学了，可麻溜没有回家。平时一放学，他就要回家拿了小锹子和篮子去挑猪菜的。今天麻溜没有回家，而是一个人向田野远处走去，向玉米地深处走去，向着那血红的太阳走去。

天已经晚了。麻溜还是不想回家，在玉米地里的田埂上漫无目的地闲逛着。

他不敢想今天回去爷和妈妈会怎样收拾自己，一顿狠打是跑不了的。麻溜不是个乖孩子，挨打是家常便饭。他的家和学校非常近，只隔一两户人家。很多同学放学会从他们家门前屋后走过，常常是当他到家刚刚坐到桌边准备吃饭，就会有人挨着他们家的门框说："三妈，你们麻溜今天弄脏了我的衣服。"爷看看麻溜，妈妈赶紧赔罪，说："明大三妈给你洗。"

前一个同学刚刚走，又会来一个同学："三妈，你们家麻溜今天把我的钢笔弄坏了。"爷瞪了麻溜一眼，妈妈又赶紧赔罪，说："是吗？明天让三爷给你修。"

有时候还会再来一个同学："三妈三妈，你们麻溜今天打我了。""啪！"麻溜还没有反应过来，爷手中的筷子已经飞到麻溜的头上，头上就肿起一个条块。妈妈还在赔罪："你看三爷已经打他了！他明天就不敢打你了，你先回去吃饭，啊。"

假如再有告状的上门，那么麻溜的饭就吃不成了。

麻溜知道，今天这件事，让爷和妈妈太丢脸了。他想不出爷和妈会有多伤心，会用什么法子惩罚他。

麻溜漫无目的地在玉米地里走着。

太阳已经快要掉进西边的大淖了。那天的太阳特别特别大，特别特别圆，也特别特别红。在远处的芦苇梢上上下晃动，像煮得半熟的蛋黄，碰一碰就会摊成一地。风不大，玉米叶子和刚刚抽出的穗子，在夕阳中摇晃着。玉米地上，贴着玉米梢和玉米穗子，缭绕着傍晚的雾岚。

麻溜漫无目的地在玉米地里的田埂上走着，不知不觉来到了靠近大淖的那块洼地，便靠在一个入水口的地方坐下。什么也不想，只是盯着那蛋黄一样的太阳看，看着它上上下下地晃。他又看着雾岚越来越浓，看着它渐渐像是下雨天的傍晚村里的炊烟了。在他一分神的时候，太阳已经不见了。他便把手垫在头下，在那块绵软的红茅草上躺下。

麻溜就这样躺着，什么也不想。可他并没有睡着，两眼睁着，看着渐渐暗下来的天，看着天上星星一颗颗多起来。他似乎听到了妈妈叫他的声音，但他不想回家。

就在麻溜无意一抬头的时候，麻溜发现一双眼睛正看着他。

那是一双充满灵性的眼睛，温和而纯净，像摇篮中的孩子。麻溜星期天去姐姐家帮姐姐照看过外甥，这眼睛就像摇篮中外甥的眼睛。

可是麻溜说不出它是什么，他从来没有见过它这样的动物。肯定不是猪，猪的眼睛是最愚蠢的；也不像羊，它的眼睛比羊更有灵性；它的头也比羊大，脸倒有点像，团团的头，团团的鼻子，嘴巴很厚，不时用舌头舔一舔上下唇。他们就这么互相看着，麻溜一点也不害怕，它似乎也一点不害怕。麻溜很想靠过去，可是想一想还是没有动。

这时已经是满天的星星了，妈妈的声音十分清晰地传了过来。

“麻溜！”

“麻——溜——！”

“麻溜！”

“麻——溜——！”

麻溜看了看它，它还是不时用舌头舔一舔上下唇。麻溜向前挪了挪，它轻轻向后挪了挪，眼睛紧盯着麻溜，那眼神似乎在问：“你是谁？你怎么跑到这里来？你怎么不回家？”麻溜不再向前挪，过一会儿伸出一只手，并用手指轻轻地做动作让它过来。它没有过来。也没有离开。过了一会儿，它也伸出一只前爪，用爪子轻轻地刀[①]一刀麻溜的手。

“麻溜！家来哦！”

“麻溜！家来吃晚饭哦！”

“麻——溜——！家——来——哦——！”

“麻——溜——！家——来——吃饭哦——！”

“麻——溜——！家——来——哦——！”

“麻——溜——！家——来——吃饭哦——！”

麻溜看了看它，它还是不时用舌头来回舔一舔上下唇，用非常单纯的眼睛看了看麻溜，偶尔用爪子刀刀麻溜伸出的手。

夜色越来越浓，玉米地里渐渐暗了下来。麻溜和它就这样头对着头趴着。那双眼睛越来越亮。

---

① 方言，指“挠”。

“麻溜！家来哦！”

“麻——溜——！家——来——哦——！”

“麻溜！家来吃晚饭哦！”

“麻——溜——！家——来——吃饭哦——！”

是妈妈的声音，好像还有月亮的声音。他知道，月亮一定会告诉爷和妈妈的。麻溜在学校闯了祸，月亮有时候不告诉爷和妈妈，有时候是告诉的。

夜色像一块很大很大的幔，把整个天空都遮住了，把整个田野都覆盖了。麻溜突然觉得自己很孤单很孤单，就像天空匆忙飞过的，一只找不到家，找不到爷和妈妈的小鸟。

麻溜爬起来准备向庄子走去。在他起身的时候，想回头和它打个招呼：“我要回家了，你也回家吧。”可是等他一扭头，它也扭头跑了。只看到它胖胖的屁股后面挂着一根短短的粗尾巴，一晃一晃的。

麻溜在庄子口遇到了妈妈和月亮。妈妈没有说什么，月亮也没有说什么。月亮没有看麻溜，麻溜也没有看月亮。月亮和妈妈跟着麻溜一起向家里走去。到了门口，妈妈让月亮回去了：“不早了，月亮回家睡觉吧。”

“麻溜，你不听话！”月亮临走时恨恨地说。

麻溜想不到，爷和妈妈一句都没有骂他。妈妈的眼睛有点红，像是哭过的样子。爷在桌边抽烟，什么也没有说，看不清他的脸，只看见烟袋头子里的火一明一灭地闪。桌上摆着粥盆和碗筷，还有咸菜。

麻溜什么也没吃，就上床睡了。

“喝碗粥再睡。”妈妈说。

“吃不下——不想吃。”

妈妈便没有再说什么。

晚上麻溜睡着之后，蒙蒙眬眬中似乎听到老校长和爷说话的声音。

“知道了？”

“知道了，月亮说的。”

“麻溜回来了？”

“回来了。”

“吃了？”

“吃了。”

“睡了？”

“睡了。”

“打了？”

“没打。”

“不要打，细小的[1]——”

“这孩子太皮，让你操心了。”

“细小的，晓得什么呢？这年代什么事都——不要吓着细小的。”

麻溜很久很久才睡着，耳朵里总是六爷的声音，还有美国嘴子的声音，眼前还不时闪过那双眼睛，那双在玉米地里看到的眼睛。

① 方言，指年龄小的孩子。

7

玉米地里，他们分享了一只奶奶哼

从那一天起，一听说要开大会，麻溜的心里就发堵。那“举举举”的尖利哨声，像一根根针刺着麻溜的心。一听到那尖厉的声音，麻溜的心就一阵一阵地抽搐。一看到那黑压压的一片人，他就想远远地躲开。

从那之后，麻溜便不再参加学校的大会。只要集合的哨子一响，麻溜就从教室的后窗跳出去，翻过学校的围墙，钻进了玉米地——而学校居然也没有人管他。

渐渐地，这片玉米地成了麻溜的王国，他对这片玉米地太熟悉了，哪一片玉米最密，哪一片玉米稀稀拉拉，哪一片玉米长得最快，哪一片玉米个子比较矮小，甚至哪块地里有一两棵玉米长得特别特别快，特别特别高，他都知道。纵横交错的渠沟，每一条他也都清楚。哪条渠沟水深，哪条渠沟里的蝌蚪最多，他都清清楚楚。他也知道哪条河河边的哪片芦苇中有一群什么样的小鸟，它们的窝做在哪里，哪个窝里的蛋最多，哪个窝里的小鸟可能要飞走了。这些鸟似乎也都已经认识了他。一开始，只要听到麻溜的脚步声，它们就躲得让麻溜看不到，可是现在它们一点也不怕他，能当着他的面唱歌追逐，甚至一对对地亲热，麻溜折断一根芦苇，像箭一样对着它们飞过去，它们才吓得躲起来。

这里的人家，每家都有一个灰堆，就是把灶膛里烧的麦秸灰和稻草灰扒出来，堆在一起，过一段时间，就洒到田里做肥料。平时扫地的垃圾、吃剩的一些杂物，如果是猪不能吃的，也会倒在灰堆上。夏天吃瓜，有时候会有些种子掉在地上，后来进了灰堆，洒到地里，到了夏天，就会自己发芽，慢慢地长出很长的藤，虽然没有人照料，也能结出不少瓜来。大概因为一直长在玉米下面，阳光和露水不多，瓜不是很大，也不是很甜。这片玉米地，哪块地里有什么瓜，哪块地里的瓜最近大概能吃了，麻溜心里都有一本账。饿了，渴了，他就会到一块地里去摘一根长长的梢瓜，或者一个圆圆的香瓜，到渠沟里洗一洗，找一个平坦的地方躺下，快活地啃得嗑吃嗑吃地响。麻溜最喜欢吃的是奶奶哼。奶奶哼是一种圆圆的瓜，浅黄的皮色和深青的纹路，有点像西瓜，但比西瓜个头小，和西瓜尤其不同的是，西瓜很脆很甜，水分也多，而奶奶哼不甜不脆，水分也少，一啃满嘴都是粉粉的，吃了特别能熬饿。麻溜有时候饿了，只要啃一个不大的奶奶哼，就能吃得饱饱的。

那一天，第一节课刚刚完，学校就吹哨子全校师生集合。麻溜自然溜进了这片玉米地。

这一天，天特别晴朗，天上的云一片一片，一行一行的很整齐，就像刚刚犁过的一垄一垄的地。麻溜无聊地走在玉米地里的田埂上，远处传来游行队伍敲打锣鼓的声音。“咚咚咚，哐哐哐，咚哐咚哐咚咚哐。”“咚咚锵，咚咚锵，咚锵咚锵咚咚锵。”一路都是这单调的节奏。背着鼓的一定是三瓜。他个子不大，背这样一面大鼓是很吃力的，但他非常坚决地要背，六爷就让他背了。交叉的绳子，深深地陷在三瓜衣服里，从外面一点都看不到，使人怀疑绳子已经勒进了他的皮肉里，但三瓜似乎一点也不吃力，脸色红润，写满喜悦和激动。他嘴角的口水常常挂得很长，过一段时间吸溜一下，实在太长，就弯起手臂用衣袖擦一擦。扛大旗的一定是阎中奇，后来大家就叫他阎大旗。他爸爸是城里机床厂的工人，是学校里为数不多的工人后代。他总是穿一件有背带的裤子，看起来就像小画书上的小学生，神气得不得了，但他成绩很差，总是抄麻溜的作业。打架一点也不凶，经常挨别人欺负。有一次挨了一个五年级的学生打，他给了麻溜十张有格子的信纸，麻溜去为他打了一架，后来自己又被爷打了一顿。想到三瓜和阎大旗，麻溜不知为什么笑了起来。

“咚咚咚，哐哐哐，咚哐咚哐咚咚哐。”“咚咚锵，咚咚锵，咚锵咚锵咚咚锵。”抬头看去，麻溜偶尔还能看到远处道路上招展的红旗，有时候也能听到断断续续的口号声和唱歌的声音。

突然，麻溜在田埂上又发现了那个奇怪的脚印，其实前几天就发现了。会不会是那天在玉米地里看到的东西呢？自从那天在玉米地里看到之后，麻溜就一直想找它，可是麻溜跟踪了很长时间，就是没有找到它到底在哪里。常常是跟着跟着，就找不到脚印了。这个脚印，是麻溜以前从来没有见过的。看上去和猪的脚印、羊的脚印都不同，比猪的脚印和羊的脚印都要好看多了。是不是马的脚印呢？麻溜不知道。麻溜没有看到过马，只是在画上看到过，那是看不到脚印的。这脚印有点像梅花，但没有梅花的花瓣那么匀称，而且每次看到的似乎都不一样，有时候深，有时候浅，有时候是一个完整的脚印，也有时候只看到两个瓣子。反正是麻溜从来没有看到过的。

麻溜又循着这梅花一样的脚印向前走，走着走着，转过了几个田块，突然这脚印又不见了。麻溜便躺在一块平坦的草上晒太阳，想自己的心思。

麻溜觉得最可恨的是美国嘴子，他居然也跟着胖桃揭发自己的罪行。

美国嘴子从小就跟着麻溜玩，很听话，也很乖巧。

起初，麻溜不想带着他一起玩，他就成天跟在麻溜屁股后面，赶也赶不走。麻溜最怕在灶膛边烧火，美国嘴子看到麻溜妈妈要让麻溜烧火，就会对麻溜使眼色。等麻溜妈妈一离开，他就说："二爷，我来替你烧，好吗？"其实他和麻溜平辈，见晚一辈的这么叫麻溜，见其他庄子那些害怕麻溜的人这样叫，他也跟着这样叫。

夏天，吃了晚饭，麻溜和他的小伙伴们在田野里闲逛，麻溜给他们讲故事，在打谷场上摔跤、打拳、练功夫，在村子里的巷子里到处乱窜，常常玩得很迟很迟才回家。美国嘴子总想跟着，麻溜不要他，他便早早吃了晚饭来到麻溜家，麻溜做什么活，他就帮着。

等麻溜吃了饭，在大屋西头厨房北面的小院子里摆好澡桶准备洗澡，美国嘴子就会凑过来说："二爷，我帮你搓搓，好吗？"麻溜让他搓了，他会显出很得意、很知足的样子。麻溜想不到他居然真的很会搓背，小小的手在后背上滑来滑去，还真的能把滓垢搓下来，很舒服。后来麻溜心软了，就让他跟着一起玩。

后来美国嘴子成了麻溜最要好的老交①，好多事情都是他们两个人一起干，麻溜更是什么事都帮着他。有时候他在家里吃不饱饭，麻溜盛饭就把饭压得实在一点，然后把碗端出来吃。趁着家里人没有看到，就偷偷地让美国嘴子吃上几口。那年冬天的一个晚上，他们一起在结冰的河面上玩。美国嘴子一不小心踩破了冰，半截身子掉进了水里。美国嘴子吓得“哇”的一声哭了起来，其他人吓得东零西散地跑了，只有麻溜脱了袜子和鞋子，踩进冰冻的水里，把他拖出来送回了家。

可是没有想到，他也背叛了自己，还和胖桃一起揭发自己的罪行。

当然最可恨的是胖桃。成立组织是他建议的，让自己当司令也是他说的。后来麻溜知道了，就是胖桃告的密，因为他想立功加入红小兵。麻雀子的联络卡那天被一个扫地的女同学捡到了，交给了六爷。六爷一看有胖桃的名字，找到了他，答应让他加入红小兵，于是胖桃就什么都说了。胖桃成绩很差，作业几乎都是抄的，说话还结巴，但点子多。本来麻溜瞧不起他，从不和他一起玩，但又有什么办法呢？那天就那么几个人。也算是大意失荆州，一失足成千古恨吧——这些话都是村东头丁头屋里的拐子爹爹说的，麻溜有时也会冷不溜说出几句。听说胖桃最后还是没能加入红小兵。麻溜冷冷

① 方言，意思是朋友。

地笑了起来。天意，报应，恶人恶报，不是不报，只是时间未到。麻溜想。

忽然，麻溜觉得有点饿。于是想起那块地里的奶奶哼，其中一个最大的应该能吃了。他起身向那块地走去。到了地头，便猫着身子钻进玉米行子中间。快要到地中间的时候，麻溜停住了脚步，因为他突然听到前边有呼哧呼哧的声音。“难道有谁也来这里摘瓜吃？”麻溜想着，便伏在地上向前面看，可是只听到声音，却看不到什么东西，他便轻轻地匍匐前进。渐渐地看清楚了，眼前的情景让他大吃一惊——应该就是那天晚上看到的东西。它正在用两个前爪摘麻溜早就看中的那个奶奶哼，也许藤有点老了，瓜不好摘，扯动了长长的瓜藤，发出了呼哧呼哧的声音。这是什么东西呢？麻溜肯定没有见过。粗粗看，有点像小狗，但耳朵比小狗大多了，脸也比小狗要长，尾巴也不是耷拉着，而是有劲地向上翘着，似乎有两个角，但不是很清楚，身上有一个个圆圆的小斑点。大概两个爪子用劲扯也扯不断瓜藤，于是它想用嘴巴去咬断瓜藤。麻溜又向前爬了爬。也许它听到了麻溜发出的声音，抬起头来看着麻溜这边。看了看，又继续用嘴巴去咬瓜藤。

麻溜又向前爬去，离它已经很近了，它也已经看到了麻溜，吓得松开就要咬断的瓜藤，向后退了两步，弓着腰看着麻溜。麻溜不动，它也不动。麻溜向前爬一点，它就向后退一点，可是过了一会儿，它又向前进一点。不知为什么，麻溜似乎很喜欢它，便不再动。它小心翼翼地又向前走了几步，很快用力咬断了瓜藤，用两个前爪捧着瓜就想走。可是瓜很圆，也比较大，走了两步瓜就掉在了地上。这时麻溜站了起来。它吓了一跳，瓜扔在地上，两个前腿跃起，一转身跑了。可是跑不多远，又停了下来，掉过头看着麻溜。麻溜走过去，拿过奶奶哼。瓜已经很熟了，跌得裂开了缝，散发出浓浓的香味。也许它和自己一样，已经看过这个瓜很多次了，一直等着它成熟的这一天。看到麻溜拿过了瓜，那东西并不离开，而是伏在地上看着麻溜。当麻溜和那双眼睛对视的时候，心里忽然一酸。

“啪”的一声，麻溜把瓜拍成了两半，将一半放到瓜藤边的地上，然后又退到自己开始站的地方，蹲下来啃瓜。瓜很熟，很粉，麻溜吃得很香。那东西先是伏着不动，也不离开。过了好久，大概是看到麻溜吃得太香，它忍受不住欲望，于是突然向前一窜，用两个前爪抱起半边瓜，又回到原来的地方伏下来，看了看麻溜，也嗑吃嗑吃地啃起来，偶尔还掉过头来看麻溜一眼。

自从两个“人”分吃一个奶奶哼之后，他们便常常见面。有时候在地里，有时候在路上，更多的是在淖边的那片巴连根草地上。他们一起做游戏，一起分享梢瓜和香瓜，还有奶奶哼。它有时候不知从

什么地方咬着一根长长的梢瓜跑过来。麻溜发现它实在聪明可爱，似乎麻溜想什么心思，它都知道。麻溜想和它玩，它就会在麻溜身边蹦来蹦去；麻溜想安静，它就乖乖地躺在麻溜身边的草地上，一动也不动。

在这段没有朋友的日子，遇到它，麻溜真的非常开心。麻溜从心里喜欢它，感激它。

8

麻溜把自己的名字送给了麒麟

就在麻溜胡想着，一股热热的湿气向他的脸上喷过来。

麻溜知道是它来了，可他就是闭着眼不动。过了一会儿，一个软软的东西凑到自己的鼻子上。麻溜想，自己叫它时说不定这家伙就在，但它故意不理自己。麻溜也故意不理它，仍然闭眼想自己的心思。

大概因为麻溜不理它，它感到很无聊，又用头顶顶麻溜的腰，又把它软乎乎的鼻子凑到麻溜的脸上，还用舌头舔舔麻溜的脸，舔得麻溜脸上痒痒的，麻溜还是不理它。它无趣地在一边吃着麻溜带过来的草，发出嗑吃嗑吃的声音。

麻溜睁开眼睛看着它，它似乎知道麻溜在看它，也抬起头看看麻溜。

“你叫什么名字？”

它抬头看了看麻溜，又嗑吃嗑吃地吃着草。麻溜一想，它怎么会有名字呢？

“你怎么也一个人跑到这里来了？”麻溜问。

它停下吃草，呆呆地看着麻溜。

“你爷和你妈妈呢？”

它又抬头看了看麻溜，两片嘴巴不停地努着。

“给你起个名字，好吗？”麻溜问它。

它微微侧过头来看了看麻溜，仍是不停地努着两片嘴巴。

“嗳，你就叫麒麟吧！我有两个名字，这个名字用不上，给你吧。”

麒麟这名字还是村东头的拐子爹爹给麻溜起的。拐子爹爹会风水，会算命。村子里人家生孩子都会请他算一算，起个名字，尤其是何姓本家的，更是如此。拐子爹爹掐着指头给麻溜算了命，说：“这孩子命相奇特，一般的名字镇不住，非得不一般的名字。”于是给麻溜起了麒麟这个名字。可是庄子里人叫大名的不多，都叫小名或者叫绰号。麻溜小时候就特别溜滑，没学会走路，就想在篮车的边沿上走；两三丈高的树，一眨眼就上去了。麻溜的小名也没有人叫，大家都叫他的绰号。

拐子爹爹是个五保户，单身，拐子奶奶吃食堂的时候死了，他们没有孩子。拐子爹爹一个人住在村子的东头，靠近大盐河边上。一间丁头屋，再过去就是一片坟地。据说，拐子爹爹在上海滩跟着黄金荣混过。他人不高，也不胖，但会拳脚，有一把好力气，六十多了，小伙子也没人比得过他的手劲。要是打架，几个小伙子也近不了他的身。一次两个小伙子推着一个石磙子，石磙子不小心陷进了一个小渠沟，怎么也弄不上来。正好拐子爹爹走过，一只手抓着石磙子一头的木头轴，一使劲就把石磙子弄上来了。拐子爹爹见识很广，待人义气，村里的事他肯出头。他的一条腿有点瘸，但不大看得出。有人说，是当年为了保护黄金荣被打坏的；也有人说根本不瘸，是他怕下地劳动。那年村里和邻村李家墩子为地界闹矛盾，发生了冲突。李家墩子的二狗子力气很大，一下打倒了王家庄好几个人。有机灵的人叫来了拐子爹爹。

“乡里乡邻的，有话说话，干嘛动手？”

二狗子见来个老头插嘴，横横地说：“没你的事，一边去。何淖庄还有人吗？有人就出来，打完架再说话。”

“我就是何家庄的。真要打架？”

“二狗子，老头有功夫！”李家墩子有人提醒二狗子。麻溜心里没底，他知道拐子爹爹会拳脚，力气也大，但毕竟年纪大了。听说那二狗子有一身蛮劲，一只手能把一条牛的后腿提起来，牛想走也走不了。二百斤的猪夹在他腋下，想动也动不得。他挖两锹泥，全大队没有人能挑得动的。

“什么功夫！”二狗子说着，挥舞着铁锹就横扫过来。

只见拐子爹爹不仅没有退，而是上前一步，将那铁锹夹在胳肢窝下，顺势一拧身，二狗子的铁锹就到了拐子爹爹的手里，二狗子人也扑倒在地。二狗子爬起来还要冲过来。

“不要过来！有话说话。再过来，牙就没有了。”拐子爹爹非常平静地说，“要打架，回家好好学几年。”

李家墩子的人都拉了二狗子离开。

村里很多人想跟拐子爹爹学功夫。“我哪会什么功夫！三脚猫，玩的。”

拐子爹爹在何滜庄上是个有点神秘的人物，一般不跟人来往，和他的几个侄子癞大、癞二、癞三都不往来。说到这几个侄子，他总是不屑和讨厌：“他们几个，心术不正的，没有好处不上门——他老子就是这么个东西。”癞家兄弟也都不喜欢这个叔叔。村里人也不知道拐子爹爹和癞家兄弟的爹这两个老弟兄当初有什么矛盾。

“他不是革命烈士吗？”麻溜问。

麻溜知道，就是因为他们爷是烈士，所以癞家兄弟才这么得势，这么威风。癞大是生产队里掌印的，每天农场的粮食收拾好了，他拎着印盒去盖一下印。他不到谁也不敢下工。队里要分粮，要交公粮，只要动到粮食，都要他在场，才能打开粮食折子。他拎着印盒的样子，那神气，就像掌管皇上玉玺的大臣。癞二当了几天兵，回来就当上了民兵营长。癞三从县中一毕业，就当上了大队会计。

“谁是烈士？”拐子爹爹问。

“爱武叔叔他们爷。”

“这种人，不要叫他叔叔——他老子是什么烈士，我最清楚。起先是他和我一起在帮里，可后来他吃里爬外和军统搭上了，被老头子赶出了帮，就进了军统。可不久又和74号的人扯到一块。据说欠了军统的血债，最后被军统的人杀了。军统的头头怕上面追究自己的责任，也念他救过自己，对自己有恩，就让他还了血债，留了他一个名分——什么狗屁烈士？他是有奶就是娘的人，这我还不清楚？”

拐子爹爹很气愤地说，眼睛里散放着怒气。麻溜便不再问。

但拐子爹爹对麻溜特别好。“我们是忘年交。”拐子爹爹总是对麻溜说，可麻溜不懂什么叫忘年交。麻溜常常会到他的丁头小屋里去玩。屋里很小，光线很暗，但收拾得非常干净。他会从床头枕头边的小罐子里掏出一个沾满糖的蜜枣给麻溜吃。麻溜嘴里好几天都有甜甜的滋味。

麻溜听妈妈说，拐子爹爹是他们家的恩人。麻溜爷三岁时，麻溜爹爹就去世了。麻溜奶奶一人拉扯着三个孩子，日子过得艰难。麻溜听爷说，拐子爹爹和拐子奶奶经常帮扶他们，拐子爹爹和拐子奶奶没有孩子，他们是把麻溜爷当作自己孩子一样地待。拐子奶奶去世了，拐子爹爹有时候说一个人睡冷清，和麻溜的爷说了，就让麻溜和他通脚[①]陪他睡觉。晚上熄了灯，拐子爹爹会给麻溜讲故事。他的故事特别多，什么三国演义、隋唐演义、七侠五义、大五义小五义。有时候，也讲他在上海滩混江湖的故事。

有一次，他讲完了一个故事后说："这大千世界，人呐，就争一个利字，而这江湖中人，就冲一个义字。我那大哥当年说，什么叫大哥？大哥就是见义就冲在前面，见利就让给弟兄。我看呐，这共产党能得天下，就靠这个！可是如今呐，人心不古喽！"他这些话，麻溜并不全懂。

但麻溜喜欢到他那丁头小屋里去。除了偶尔的一颗蜜枣，有时候有几粒花生，而且还有几本残破的小人书可以看。还有两本教人打架的书：一本是抱起来摔跤的，一本是用拳脚的。书都不全，也没有名字，但麻溜很喜欢，很想带回去看。拐子爹爹说，只许来看，不许带走，还不许和别人说。如果拐子爹爹高兴，还会照着书上的图给

---

① 方言，指睡在一个被窝里。

麻溜比画几下，麻溜有时候也跟着乱比画。

“有悟性，有灵性，要是生逢其时，是个材料！”拐子爹爹会很文雅地点着头，捋着不多的胡须说。

可是，不知什么原因，前年拐子爹爹掉进自家茅缸[1]死了。茅缸不大，按道理不会的，况且他是有功夫的。有人说是上茅缸时犯了病，有人说是因为前一天上海来人找他调查什么材料，还有人说他家里有不少好东西，被什么人盯上了。到底什么原因，没有人知道。那天放渡的龙爹爹去找他还钱，敲门没人应，推开柴门，见铺上没人。一找，在茅缸里发现了，身子已经硬了。龙爹爹马上叫来很多人，他的几个嫡亲的侄儿，也就是癞家兄弟都来了。可是怎么把他弄上来呢？大家都想不出办法。想用钩子勾，怕把人勾坏了；想用绳拉，可怎么在身上打扣呢。

“依我看，不要捞了，用土填满，堆个坟茔算了。”侄儿癞大说。

“这种事，你们几个侄儿也做得出来！”

“你们说好听的话，你们下茅缸去把他弄上来”，癞二瞪着眼说。

大家于是都没了声音，因为村里的风俗，人是不能轻易下屎茅缸的。麻溜一开始不知道拐子爹爹死了，等他赶过来，大家正在争论，责怪癞家兄弟。

---

① “茅缸”，意为厕所。

“我下去吧。”麻溜抹了眼泪说。

大家都看着麻溜的妈妈，麻溜也看着妈妈。

“拐子爹爹最喜欢你，你下吧。你上来妈妈给你洗一洗，冲一冲。”

麻溜就换了拐子爹爹的旧衣服，别人用绳子将他吊下去，他用绳子在拐子爹爹的腰上打了结，大家就将拐子爹爹拉了上去。回家妈妈烧了一大锅水给麻溜洗了又洗，然后又烧了一堆纸钱，还用烧着的纸钱在麻溜身上上上下下燎了燎。妈妈说，小鬼也懂人心的。这样用纸钱冲一冲，晦气就没了。

癞家兄弟在瓜分拐子爹爹的遗物时，有人说应该让麻溜拿一点。麻溜不要，有人说你应该拿的，麻溜还是不要。妈妈说你拿一样吧，这样可以护护身子。于是麻溜找出了那几本破旧的书，另外拿了那盏小油灯。

“你知道拐子爹爹吗？”麻溜看着麒麟问，“这名字可是他起的，拐子爹爹说这名字好。好名字就给你吧。”

它抬头看了看麻溜，又继续吃着嫩草，吃得很投入。

“你记住，你的名字叫麒麟”，麻溜拍了拍它的脑袋说。

9

荆棘丛里，麻溜又遇到麒麟，看到躲藏的癞爱武

那天晚上又遇到麒麟，完全是个意外。

那天的月亮真好，又大又圆，月亮上的那棵树都看得清清楚楚。

一群孩子大声吼着儿歌《红茅草，开了花》：

“衣衣呀，衣衣呀，

七月里来秋风刮，

红茅草，开了花，

日本鬼子滚回了老家！

哈哈哈，哈哈哈——

衣衣呀，衣衣呀，

八月里来秋雨洒，

红茅草，开了花，

国民党去了台湾！

哈哈哈，哈哈哈——

衣衣呀，衣衣呀，

九月里来露变成了霜，

红茅草，开了花，

穷苦的人当了家！

哈哈哈，哈哈哈——”

唱到最后，声音更响，“哈哈哈，哈哈哈——”会一遍又一遍地重复。充满野性和快乐的声音在宁静的夜晚传得很远很远。

“亮月子亮堂堂，老奶奶上茅缸……”还有人在唱着无聊的儿歌。

“何淖庄，何淖庄，

一条扁担两个筐……”

有孩子在唱何淖庄的歌。何淖庄，有一条东西的巷子，又长又宽，庄子东头和西头都有一个大大的池塘，所以说是“一条扁担两个筐”。

有的孩子用夸张的语调唱道：

“何淖庄，扁担巷，

没有三天不杠嗓，

死人死成双……”

“杠嗓”就是吵架。唱着歌的人，声音和调子都非常难听。

麻溜从来不唱这样的歌，他带着几个小伙伴在村中的大巷小巷中闲逛。“我们玩官兵捉强盗吧”，有人建议。大家都看着麻溜。“好吧”，麻溜说。

于是分成两组：一组官兵，一组强盗。官兵人多一点，强盗人少一点。月亮她们女孩子都是官兵。强盗躲起来让官兵找。强盗们四处散开，各自找自己藏身的地方。麻溜是强盗，他兜了几个圈之后躲到了自己家后高墩子上的一片带刺的叉叉针树丛中。他估计他们肯定找不到，找到也不敢进去。里面很阴暗，而且叉叉针很戳人，没有人愿意进去捉人。最后等官兵们宣布找不到了不找了出来吧，只能承认他的胜利。

可是等他慢慢用手臂分开叉叉针树枝，将自己躲好的时候，他看见对面有一双熟悉的眼睛。是麒麟。那双单纯的眼睛，他一看就认识。麒麟或许也已经认出了麻溜，否则它一定跑了。它也定定地看着麻溜，一动也不动，微微凑了凑鼻子，用舌头舔舔上唇，又舔舔下唇。月光从浓密的树枝中透过来，洒落在麻溜和麒麟的身上。麒麟身上的白色斑点似乎比平时更多了，也更好看了。麻溜真想过去抱抱麒麟，但叉叉针的树枝很细很密，他实在不好动。

“麒麟！”他小声喊，麒麟没有动，嘴里好像在嚼着什么。

他们就这样互相看着。

“抓强盗！抓强盗！”突然有人高声叫喊。起初，麻溜以为是官兵们发现了他，在虚张声势让他自己暴露。可是后来人声渐渐吵嚷起来，而且都是大人的声音，似乎最响的是麻溜大伯家的堂哥加宽的声音，偶尔也夹着加宽老婆沈巧珍的声音。

“抓强盗！”

“抓强盗！抓强盗！”

“抓强盗！抓强盗！”

一片乱糟糟的声音。就在这时，麻溜和麒麟躲藏的叉叉针树丛开始响动起来，又有一个人钻了进来。麻溜和麒麟都盯着响动的地方。好在那个人离麻溜几步远的时候伏在那儿不动了。麻溜定睛一看，原来是村里的民兵营长癞爱武。癞爱武是拐子爹爹的侄儿，排行老二，大家叫他癞二。癞二不癞，因为哥哥是癞头，大家叫他癞大，于是癞大的兄弟就叫癞二、癞三、癞四。癞家兄弟都很霸道，在村里名声不好。癞二当过兵。那年头当过兵不得了，癞二回到村里很快当上了民兵营长，“文革”开始后又做了大队“文革”副主任，但他还是让人叫他营长，他觉得副主任不好听。尽管有人说他在部队犯过错误，和部队驻扎地方的一个妇女说不清，三年兵没有当完，就被赶回来了，可癞家弟兄多，亲弟兄就四个，还有门头①的兄弟。大队书记都惧怕癞家兄弟。

癞二高挑的个子，身体壮实，又在部队训练过，走路胸脯挺得高高的。可听大人说，就是有个毛病，喜欢女人。传说不仅本队的不止一个媳妇都是他的相好，外队的也有。麻溜早就听说他和本家堂哥加宽的老婆沈巧珍有说不清的关系，可是他怎么钻到这里来呢？他又不会做什么游戏，难道他有什么紧急任务？

麻溜这样想着，一动也不敢动，麒麟也一动不敢动。麻溜看了看麒麟，麒麟似乎也看了看麻溜。月亮被一团云遮住，天色便暗了下来。麻溜想走了，但不敢动。说不定伙伴们都已经回去了。以前经常有这样的情况，大家找不到麻溜，就不再找。有一次麻溜在生产队打谷场上的草堆洞里睡着了，一直到天亮才回家。

不一会儿，一阵响动，癞爱武轻轻钻了出去。麻溜看了麒麟一眼，也轻轻钻了出去。麒麟还伏在那儿，没有动。

---

① 方言，指家族。

果然，大家都散了，麻溜便回家去。

有不少人在麻溜家里拉呱①。屋里没有灯，大家在黑暗里议论着刚才抓强盗的事。

“现在的人，胆子真大。天色才晚，就出来偷东西。”

“准是饿疯了，出来找碗饭吃。”

“不是饿了，也许是嘴馋了。”

“会不会是阶级敌人搞破坏？”

“或许是加宽看错了。这个书呆子！”

“加宽没有看错，恐怕是有人看错了。”游神泥螺眼不紧不慢地说。

泥螺眼也是麻溜的本家哥哥。有一只眼睛坏了，眼窝里像嵌了一只泥螺，村里人叫他泥螺眼，排行老三，也叫他三泥螺。那一年摇了一条小船到江南去做生意，在江里翻了船，老婆死了，他自己被人救了，就一个人带着女儿宝女子过日子。年纪还没有到五保的时候，就倚老卖老地不干活。白天就在自留地里磨蹭，晚上常常一个人坐在门口拉着二胡。

经常拉的调子就是《孟姜女哭长城》。有时候还边拉边唱，他用一个男人的唱腔低沉地唱着这个悲苦的曲子，那幽怨的、颤颤的

---

① 方言，指闲话家常。

声调，凄惨了半个庄子：

“正月里来是新春，家家户户挂红灯。

老爷高堂饮美酒，孟姜女的丈夫筑长城——”

庄子上人听到他唱，就有人说，宝女子她爷又想她娘了。泥螺眼会歇一歇拉一个过门又接着唱：

“二月里来暖洋洋，双双燕子绕画梁，

燕子飞来又飞去，孟姜女过关泪汪汪；

三月里来是清明，桃红柳绿处处春。

家家坟头飘白纸，处处埋的筑城人……”

麻溜他们有时候就站在远处听。时间长了，发现他每次唱的都不一样。

据说泥螺眼白天睡多了，因此晚上常常不睡觉，一个人在村里不停地逛来逛去。有人说，村里哪家什么时候熄灯，他都知道；哪家夫妻晚上斗嘴，他都清楚，甚至吵什么话，他都说得头头是道。大家叫他游神。

“你这个游神！有什么就直说，不要阴阴阳阳的。”有人不满意他说话总是不阴不阳的。

“这种事情，谁也没有看到，谁也不能说。”游神还是不阴不阳地说。

“说就说，不说就不说，不要吊人。”性急的三瓜妈妈忍不住说。

“恐怕不是加宽看错了，”游神说了半句，又顿了顿，“恐怕是有人把加宽看错了。”

“说半句留半句，急死人了。你走吧，大家都走吧。”三瓜妈妈说。

“这还不清楚吗？”见赶他走，游神也有点急了，“人家用铁丝在墙缝里和别人对暗号，没有想到铁丝戳到了加宽头上。”

“真没有想到，这书呆子，天一晚就钻到女人那头去了。”大家似乎明白了什么，于是丢下游神泥螺眼，说自己的话题。

“人家年轻，不是正常的？你年轻时候不也这样？”

“不是加宽精神好，是被追的人劲头足。”

“这癞头，精神真好，怎就不累？”

“人家是你，挑了一天的河泥？”

“算了，散吧。人家真快活，你们嘴快活，有什么意思。”

“不过，人家今天也没有快活得成，白当了一回强盗。”

“你不要说，到底是当过兵的，溜得就是快，一转眼人就没了。”

大家说着，就渐渐散了。

大人的话，麻溜不全懂，但又有点懂。他知道，他们在说加宽老婆沈巧珍和癞爱武的事，而且他相信这是真的，因为刚才在叉叉针窟里他看到了癞爱武。他很为自己的堂哥不平，也为他可怜。

堂哥加宽的爷在上海工作，家里的条件就比别人家好很多。他妈妈从来不劳动。加宽是村里为数不多的几个高中生之一，但人太老实，据说读书成绩也不好，因为是工人家庭，就一直读到高中，农活都不太会做，什么工具拿在他手里都别扭。出工干活，没有人愿意和他一起。闲暇时候，他就经常找麻溜一起玩。

加宽娶了一个很漂亮的老婆，叫沈巧珍。高挑个子，大眼睛，双眼皮，一笑两个酒窝，话不是很多，总是微微笑着看人，嘴巴很甜。她很喜欢麻溜，见到麻溜总要笑着拉拉麻溜的手。麻溜并不觉得她长得好看，但觉得她笑得好看。村里人都说她是看中了加宽家的条件，人口少，他爷在上海收入高，一个人抵好几个大劳力。

庄上人都说加宽结婚那天给沈巧珍写了一首诗，据说很长，其中有两句是“莫学灯笼千个眼，要学蜡烛一条心”。劳动的时候，有人打趣地问：“加宽，沈巧珍是一个眼还是千个眼？”加宽就显出非常无助的样子，嘴里不断发出“啧啧啧”的声音。沈巧珍在旁边只是红着脸笑，也有人大胆地会问沈巧珍：“加宽大爷是一条心还是千个眼？”沈巧珍会微微笑着说：“回去问你妈妈。”问的人便在大家的哄笑中很无趣地走开。

才过门的时候，两个人的确还很不错，但不久就传出了闲言。据说，这些话是从加宽妈妈的嘴里传出来的。加宽结婚不久，就有许多男人晚上到他家拉呱。有成年的，也有快成年的；有光棍汉，也有结了婚的，还有公公辈的老男人。大家有事无事地凑到他们家。不管谁来，沈巧珍都是微微一笑，按辈分打个招呼，然后低头做自己的针线，有时候在房里就不出来。她不出来，大家也不散，东一句西一句拉着闲篇。开始加宽妈妈还点着灯，后来嫌费油就灭了灯。灭了灯，大家也不走。黑灯瞎火里拉呱，在庄子里是常事，点着灯费油。后来加宽妈妈见大家不识相，就干脆说了："啊呀呀，好了！大家伙明天都要上工，回家早点歇歇，养点精神。"有时候干脆点着一个年轻一点的名字："冬瓜，一天的生活还不累吗？回去吧回去吧。"见这番情景，大家便很无趣地离开。

有人边走边说："回去吧，加宽大爷要有事了。"

也有人说："不拉拉呱干什么呢？计划生育抓这么紧。"

"你要计划生育，加宽大爷又不用计划的。"

"你这怂！打人不上脸，话不能这么说。"因为传说加宽没有生孩子的本领。

那人还要强辩，有人出来打圆场："走吧走吧！越说话越多的，再说就更无趣了。"

加宽结婚一两年了，沈巧珍的肚子还没有动静。听了这样的话，加宽妈妈脸上便带了颜色，后来有人去见脸色更不好，渐渐地去的人也少了。

为这事，沈巧珍和婆婆吵了嘴。沈巧珍说："人家来你们家，是瞧得起你家，怎么赶人家走？不费灯，不费油的。"

婆婆便拉高嗓门说："我没有说你，倒反说起我来了。什么有起不有起的？自从你到我们家，这门槛就踏烂了。一个女人勾这么多的男人，还是本事！"

沈巧珍也生气了，但还是用低低的声音说："不要用自己的心思去想别人。"

"这还了得了！"加宽妈妈这下火了，因为加宽爷在上海很难回家，也难免有点闲话。沈巧珍这话不知有意无意，说到了加宽妈妈的要害处，加宽妈妈冲上去就是一个嘴巴。沈巧珍没有注意，虽然人高马大，又年轻，还真被打到了。她用手指着婆婆说："你是长辈，就今天这一次，我让你。下一次，你再敢碰一碰我。你看看！"然后又转身对着加宽说："何加宽！你看到啦！你妈妈是怎么打我的。你说，你怎么办？"加宽脸色煞白，只是"啧啧啧"地咂着嘴。

后来晚上自然没有人再去加宽家拉呱了，但关于沈巧珍的故事却越传越多，先说是和邻居的小光棍，后来又传说和叔公公，当然传得最多的是和民兵营长癞爱武。庄子里有人干脆给她起了个绰号：大柳筐。说其他人，大家伙都不怎么信，但说她和癞爱武，大家都信。

和加宽哥哥在一起，看着他瘦巴巴的脸，想到听到的风言风语，麻溜心里就特别难过。

10

麻溜在玉米地里看到了癞爱武和加宽的老婆

那是一个星期天的下午，爷让麻溜出去挑点猪菜。一篮子猪菜挑满了，麻溜有意无意间来到了经常遇到麒麟的那块洼地。

他刚刚坐下，麒麟就轻轻走过来了，好像早就在等他。

麻溜把准备好的红茅草扔给麒麟，麒麟很快活地吃着，轻轻甩着短短的尾巴，任由麻溜摸它长长的耳朵，摸它热乎乎的鼻头，甚至把手伸进它的嘴里，它还用舌头在麻溜的指头上绕来绕去。有时候，麻溜不理它，它就自顾自地吃着嫩草。

麻溜仰着头，看着天，或者低着头看着地上流水留下的好看的纹路，想着自己的心思。

麻溜正很投入地编着故事，麒麟从后边用它软软的鼻子拱了一下他的后背；可是麻溜一掉头，麒麟一下子蹦到离他好远的地方；麻溜刚掉头回来，麒麟又用头抵着了麻溜的屁股。

“麒麟！麒麟！你不要捣蛋！”麻溜直着嗓子叫，可麒麟没有一点声响。麻溜一掉头，麒麟居然不见了。麻溜知道它就躲在不远的地方，也不再理它，低头看着地上忙碌的蚂蚁，编着自己的故事：“敌军一个师争先恐后地开始渡河，守卫在河边的士兵开始拼死抵抗，于是一场激烈的战斗开始了……”麻溜最喜欢编故事，尤其喜欢编打仗的故事。

忽然，玉米地里一阵响动。麻溜一掉头，麒麟已经来到他的跟前，嘴里还咬着一个玉米棒。麻溜一看就生气了：“谁叫你掰的？”

麒麟很无辜地看着麻溜，麻溜将它嘴里的玉米棒拽出来扔在地上，伸手抓住它的一个长长的耳朵，用手指着它团团的鼻子说：“你知道吗？生产队里的东西，集体的东西，不能拿！”

麒麟扇了扇另一个长长的耳朵，不知是委屈还是表示接受批评。“好吧，今天是初犯，就饶你吧。”麻溜说罢就松了手。

麻溜一松手，麒麟哧溜一下就跑了，想不到还叼走了玉米棒，一溜烟钻进玉米地里不见了。等看不到麒麟了，麻溜不由得有点后悔，真不该扯它的耳朵教训它。他担心麒麟不会再来了。

可是就在他后悔难过的时候，麒麟又从玉米地里钻了出来，站在麻溜的面前摇着短短的尾巴。麻溜蹲下来一把将麒麟紧紧抱在怀里，用鼻子亲着麒麟热乎乎的、软软的鼻子，眼泪一溜烟地顺着鼻子两边滚了下来。“麒麟，你真是个乖孩子！”

已经是下午四五点的光景，太阳已经没有那么窒人了。长长的玉米叶已经遮住了太阳，有风从玉米的间隙和墒沟里穿过，地上泛出湿润的地气，麻溜觉得很是爽快。他就这样紧紧地抱着麒麟半躺在那片毛茸茸的巴连根草上。天上有一片白色的云在流淌，一会儿像狗，一会儿像马，一会儿像公鸡，一会儿像麒麟，忽然被一阵风吹散了，像扯碎的棉絮四散开去……

就在这时，从不远处传来了窸窸窣窣的声音，还夹着女人和男人说话的声音。麻溜抬起了头，麒麟也抬起了头。男人和女人说话的声音断断续续地传过来。麻溜松开麒麟，慢慢向前爬了几步，麒麟也跟在后面爬了几步。

就在这时候，一个男人光着身子从玉米地里站了起来，麻溜一看，原来是癞爱武。癞爱武弯腰系着裤子，还不时向四处张望。麻溜赶紧把头贴到地上，麒麟也把头贴到地上。一阵窸窸窣窣的声音渐渐远去。麻溜一抬头，是癞爱武走了。麻溜正要起身，一个女人又躬身站了起来。麻溜一看是加宽的老婆沈巧珍。那女人的脸在阳光的映照下很红很红，穿衣服的时候，还可以看到雪白雪白的身子。麻溜的脸上一阵发热。“真不要脸！”麻溜在心中骂了一句。

沈巧珍穿好了衣服，很快也走了。麻溜掉头看了看麒麟，麒麟也正看着他。

不知为什么，麻溜有点想哭。他不知道该不该回去告诉加宽。加宽对麻溜特别好。他爷从上海带回来的好吃的，他都会给麻溜一点。他如果进城，也会带一点好吃的或者带一本小人书给麻溜。如果有闲空，他们俩经常凑在一起说话。麻溜妈妈说：“加宽和别人都没有话说，和麻溜在一起就有话说。”这是真的。

可是，麻溜现在觉得加宽反倒成了自己的小弟弟，挨了人家的欺负，他必须替他报仇。

麻溜年纪不大，但讲义气在伙伴中是很有名的，他的小哥们谁挨了欺负，他一定要替他报仇。谁欺负老实人或者小同学也不行。一次三和尚和一年级的一个小朋友砸钱堆，输了钱之后，拿了钱就溜，那小朋友赖在地上哭。麻溜赶上去抓住三和尚，将他揪了回来，让他还了钱认了错，才放他走。

伙伴们害怕麻溜，不仅因为他仗义，还因为他会拳脚功夫，会摔跤，也会打拳，翻起跟头来，让人眼花缭乱。十字靠墙，大半天工夫，气也不喘。两个手着地拿大顶，一个打谷场能从这边走到那边。大家都知道，这功夫都是拐子爹爹教他的。

傍晚的风似乎小了许多。血红血红的太阳悬在玉米穗子上晃悠，好像随时都会掉下去。一条拉着长丝的虫子从玉米叶子上掉进了麻溜的衣领里。麻溜甩手一巴掌，把那虫子拍成了浆，但那纠缠不清的丝缠了麻溜一手，搓了半天，也弄不干净。脖子上痒痒的，被麻溜挠出一片红疙瘩。

那天晚上，麻溜做了一个怪梦。梦里他在练习拼刺刀，明明是对着一捆玉米秸戳过去，可是“刺刀”戳进去一看，被戳的竟然是一个人，而且是一个熟悉的人。惊醒之后，想了半天，也记不起那人是谁。

11

加宽哥哥是麻溜的好朋友

加宽是麻溜的堂哥。他的爷和麻溜的爷，是一个爷爷生的。何淖庄是个大庄子，两三千人口基本就是一个姓，到麻溜已经是第十五代了。不知从哪一辈开始，整个家族分为东、南、西、北、中五门。后来每一门又分为很多支。这些麻溜都不懂，都是妈妈说的。在这个大家族里，麻溜家这一支人丁不是很兴旺，和麻溜同辈的男丁只有几个。

加宽是庄子里不多的几个老高中生之一。麻溜不懂什么叫老高中生，也是听妈妈说的。妈妈还说，加宽和我们是一个门头的，他老实，有事你要护着点。

“加宽是有点文水的。”拐子爹爹也说过。

庄上人都叫加宽哥哥“大迂子”。刚刚从学校回来的时候，早上出工之前，他会很早起来在自己家门口的院场上大声地读书，有点像唱歌。邻家的孩子会跟着学，然后是一片笑声。

“关关雎鸠，在河之洲。”

“刮刮刮，刮刮刮，……”孩子们跟着说，然后是一阵大笑。

“窈窕淑女，君子好逑。”

“球球球，球球球，……”孩子们跟着说，然后是一阵呵呵大笑。

有时候，天下着小雨，他还会撑一把他爷从上海带回来的黑色油纸伞，手里拿一本书，在田野里的小路上摇头晃脑地念叨着什么。庄上人经常传他的笑话，有人说他在县中读书时，有过一个相好的女孩，后来散了，脑子就出了问题，所以才会这样。

麻溜问过拐子爹爹。

“读书人的事，一般人不懂的，不要听他们嚼舌头根。”拐子爹爹说。

加宽有段时间曾是大队里学雷锋的标兵，还上过报纸呢。大队的大喇叭里好多次说到他的名字，说他是活雷锋，是回乡知识青年的代表。

庄子周边哪段路不好走了，他会去修整好。下雨天，庄上有路不好走，他会去生产队场头挑一点稻草洒在路上。哪家五保户水缸里缺水了，他下工以后会去帮他们挑满。小脚五奶奶就专门跑到麻溜家，对麻溜妈妈说："你们家大侄儿加宽，是个少见的好人，言代哪块还找到这种人？"小脚五奶奶年轻时候在上海待过几年，有时候说话还有些当年的文明词，"现在"她都说成"言代"。其实也不知道是不是上海话。

可是后来，加宽不再学雷锋了，因为接连出了几件事。

一次是替小脚五奶奶挑水，将她的一对水桶摔坏了。那天刚刚下过雨，路有点滑。加宽是个整脚板，脚板是平的，就因为这个他想当兵也没有验上。脚一打滑摔倒了，两只桶都摔散了。小脚五奶奶立即伤心得不行。

"你看看，你看看。我这副桶还是老死人在的时候，从江南带回来的杉木做的，全庄没有第二副的。我每年都要刷一遍桐油，水一干，照得见人的。你看看，你看看……"看到疼得龇牙咧嘴的加宽一条腿还跪在地上，连忙又问："没有跌坏吧？"

加宽疼得说不出话，因为庄子上的路，很多地方都有碎砖碎瓦，腿子跪在上面，生疼生疼的。好在加宽的腰没有受伤，跌破的地方涂了紫药水也很快就好了，没有影响上工。后来麻溜爷也帮小脚五奶奶将散了的桶修好了。

“还是三爷手巧。”小脚五奶奶讨好地说。

“去有事吧，去有事吧。”麻溜爷不耐烦地说。麻溜爷一向话不多，更不喜欢这个话多的小脚奶奶，看到麻溜妈妈和她来往总是脸色不好。“人家年纪大，一个人，可怜”，麻溜妈妈解释说。麻溜爷不搭理，什么也不说，神情也没有一丝变化。

“你不是出头的货，就做你无用的人。”麻溜爷对加宽说。

加宽只是嘴里“啧啧啧”，却说不出话。

后来加宽还是继续做好事，可自打那次掉下河之后，就不再做了。

何滗庄这地方是里下河地区，到处是河，也就到处是桥。河多，但不大。桥多，也都很简单。两棵粗一点的树，八字形叉开做成桥腿，再用铁钉将两三棵树拼一拼做成桥板。拼成桥板的树，有时候一面用斧头砍一砍当作桥面，有时候就是几根圆圆的树干拼在一起。一到下雨，有水再有点泥，很滑很滑，别说老人孩子和妇女，有些大男人都不敢走。有好心的人，一到下雨天，就会在这样的桥上撒上稻草、稻糠或者瘪的稻谷。以前拐子爹爹就经常做这样的事情。拐子爹爹掉进茅缸死了之后，还有人说：“做了一辈子好事的人，怎么会这样的死场？”

加宽高中毕业回到庄上，也经常做这样的事情。可那一天没有在意，脚下一滑，他自己掉进了河里。加宽不会游水，不是有人走过看到，真可能会淹死。没有淹死，还是把腰跌坏了，歇了整整一个月的工。他妈妈伤心得不行，既伤心误了工分，又伤心他受了疼痛。加宽歇工的日子，他妈妈天天在家里唠叨。

“不是英雄，就不要充雄。”

“管得了，管一门；管不了，管一人。”

“多大斤两，做多大事，何淖庄轮到你出头？”

加宽不说话，躺在床上瞪着眼看着屋顶，任他妈妈唠叨。

“人言可畏。”他妈妈不在身边时，他和麻溜说。麻溜不太懂，他也知道麻溜不太懂，就说：“你还不太懂。”

可是，加宽不再做好事了，但有人说，不是因为差一点淹死，而是因为别的原因。

有一次，美国嘴子说：“麻溜，你知道吧？有人说加宽做好事是想当队长。”

“不是的，人家说他是想娶金三寡妇的金小三子做婆娘。”麻雀子说。

金三寡妇也姓何，和麻溜爷平辈，是麻溜的本家姑姑，她丈夫是倒插门入赘过来的，是庄子上很少的几个外姓之一。她的丈夫很早死了，留下三个女儿，日子过得很不容易。可三个女儿都漂亮，都很神气，一个比一个精灵百窍。加宽有时候会帮他们家做点事。比如生产队分粮食，会帮她们挑回去；收麦收稻的时候，会帮她们挑几趟麦把或者稻把。于是有人就说闲话，加宽是动了金家姑娘的心思。

麻溜听妈妈说过，加宽要是娶了金小三子做老婆，倒是会有福享。麻溜妈妈一直夸那女孩子能干，手脚快，做什么农活都比别人快几分。浑身一张皮，又白皙又细腻，一年到头晒不黑。大夏天，别人都晒出一层黑油皮，她是越晒越白，而且是白里有红。一口糯米牙，又白又齐整。一张嘴巴，又甜又乖巧，人又随和。

“不行不行，金家门风不正。”寡妇门前是非多，加宽妈妈大概听说了什么，后来这话也没有人再提过。

麻溜狠狠瞪了美国嘴子和麻雀子一眼，他们就都闭了嘴。

有一天，三泥螺在麻溜家和麻溜爷、麻溜妈妈说闲话，麻溜听到三泥螺说：

“三爷三妈，得便劝劝你家大侄少，不要惹得有些人家不快活——”三泥螺说到这里停了下来，不再说话。他说话都是这样，说半句，然后就没有下文，翻着白多黑少的眼睛，看着前面的什么东西。

“怎么回事？他得罪谁了？”

“你说得罪谁？如今这庄子，谁家的势力大？”

“加宽就是个书呆子，会碍他们什么事？”

“这我也不知道，所应[1]，我听到有人说过。”

“说什么？”麻溜爷也停下搓绳的手问。

“说何淖庄还轮不到他出头。”

“哪个说的？”

“这你不用问也知道。所应，还是劝劝加宽，老老实实地上工挣工分。碗外边的事，不管，也不想。”

说着三泥螺慢悠悠地走了。

妈妈和爷有没有劝加宽，麻溜不知道，反正加宽不再做好事了。下雨天不出工，就闷在家里翻他在县中读过的书。

有时候还要拿着书说给麻溜听，到最后，再说一句：“你不懂的。”

麻溜不懂，他还是要说。

除了什么“刮刮刮，刮刮刮”，什么“球球球，球球球”，还有什么“什么什么鸟，什么什么枝，孔雀什么什么飞”。

说一会儿，就躺在床上仰着头看着屋顶用芦苇做成的篱笆，瞪着眼，什么也不说。

有时候，他对麻溜说：“你是应该读点诗歌、背点古诗的。”

---

[1] 方言，表示“反正”的意思。

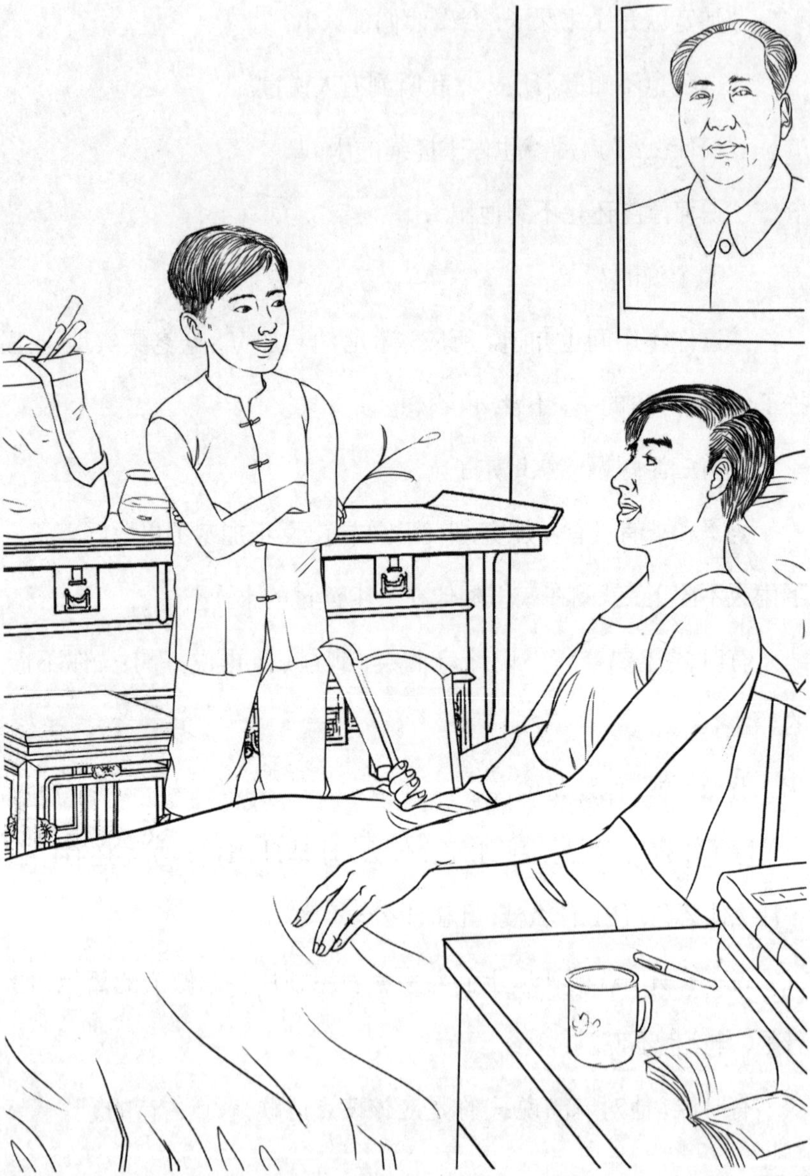

“什么叫诗？”麻溜问。

“这你不懂。”

“那为什么要读？为什么要背？”

“这你不懂的。”其实加宽自己也说不清楚的，他也是听他县中的老师说的。

说不清楚，但还是教会麻溜背诵了一首诗：

“生命诚可贵，爱情价更高。若为自由故，二者皆可抛。”

麻溜说听不懂，加宽说，你长大了就懂了。加宽说，这就叫诗，是一个外国人的诗。麻溜真没有想到，老实的加宽还知道外国人的诗。

“生命诚可贵”，加宽说一句。

“生命诚可贵”，麻溜说一句。

“爱情价更高”，加宽说一句。

“爱情价更高”，麻溜说一句。

“若为自由故”，加宽说一句。

“若为自由故”，麻溜说一句。

“二者皆可抛”，加宽说一句。

“二者皆可抛”，麻溜说一句。

一个下雨天，加宽教麻溜记得了这首诗。

加宽夸麻溜真聪明，还叮嘱他这诗是不能告诉别人的。

在所有堂弟兄之中，加宽和麻溜最亲。除了拐子爹爹，麻溜和他在一起的时间最多。空闲的时候，麻溜就和他凑在一起。

加宽家就他和他妈妈，还有他老婆三个人，家里很干净。房子不大，就两间。她妈妈不下地，把家里收拾得清清爽爽的。

加宽有个弟弟，跟着他爷在上海。有个姐姐，已经出嫁了，嫁到了很远很远的地方。出嫁的时候哭得很伤心很伤心，比麻溜姐姐出嫁哭得伤心多了，连麻溜看着也流泪了。

麻溜喜欢他们家清爽的屋子，喜欢听他说那些自己不懂的话，也喜欢看他读县中的书。麻溜不能都看懂，但还是喜欢。麻溜甚至喜欢看他躺在床上瞪着眼睛看着屋顶。麻溜也就躺在他身边，瞪着眼睛看着屋顶，但麻溜有时候会编自己的故事。有时候，看着看着，两个人都睡着了。

12

加宽老婆到麻溜家大闹了一场

本来，这天是麻溜难得的一次解馋的中饭。

姐姐家杀了一头猪，爷去帮忙了，姐姐让爷带回了许多猪下水。有猪血，有猪肠，还有猪肺、猪心什么的，另外还有一块大大的猪油。麻溜最喜欢大蒜炒猪血，猪血烤得带一点焦，简直香得不得了。猪油熬的渣，也不错。爷总能将火把握得那么好，烤得不老也不嫩。太嫩了，油还没有出尽，浪费，而且吃了也会拉肚子；太老，就焦了，吃在嘴里全都是渣。这天，爷半天没有出工，就在家里烧这些下水，还意外地为麻溜和哥哥两个人烤了两个玉米。爷在灶膛里烤玉米可是最拿手的。将包在玉米外面的叶子稍微剥去一层，留几层叶子包着玉米棒，用已经剥蚀得只剩下尖尖头的火叉，或者随便找一段粗铁丝，从玉米棒靠茎的这一头戳进去，然后把玉米放在灶膛的火里烧，或者就放在火灰里烤，不时地转动一下玉米棒，等到所有玉米粒都发黄了，有些玉米粒已经开花，散发出香香的稍带一点焦的味道，这时玉米就烤熟了。剥开包在外面的玉米叶子，啃那些散发出浓郁清香的玉米粒，说不出有多快活。

可是，麻溜刚刚剥开玉米的一两片叶子，大柳筐沈巧珍来了。麻溜心里一激灵。

“三爷三妈！求你们为我做主啊！何加宽这个楞怂想要我命啦！”大柳筐沈巧珍一进门，就扑通跪在麻溜妈妈的面前。

“不要紧，慢慢说！加宽平时看起来老实的，怎么就发痴病了，这么贤惠能干的老婆也打。”

“谁知道他发什么痴病呢？啊呵呵——”沈巧珍一边哭，一边用手在地上拍着。

麻溜妈妈蹲下来拉她：“不要哭，不要哭，听三妈话，起来坐下慢慢说。”

麻溜看到妈妈的脸色很不好看。麻溜知道，有人在堂屋中间哭是不吉利的，尤其是女人，只有有仇有恨的人才会这么做。麻溜恨恨地瞪着大柳筐。

“我不起来，我不起来！三妈你不给我做主，我就不起来！你看你看！”大柳筐用手指着自己的眼角和鼻梁，哭着说：“这楞怂，下手真狠！他除了识几个屁字，有什么怂用？挑担挖沟，哪一样比人家行？做生活，都没有人要。识几个屁字又有什么用？连一个记分员也当不到！”

把她本家侄儿说的狗屎不值，况且大柳筐的事她也是知道的，麻溜妈妈的脸色更不好看了，“好了好了！人呐，老实有老实的好处。起来吧，地上凉”。

大柳筐还是赖在地上不起来，仍是哭着嚎着让“三爷三妈做主”。麻溜爷仍是不紧不慢地吃着饭，眼睛只看着面前的饭碗。麻溜妈妈说：“你们小夫妻的事，我能做什么主呢？”

大柳筐看了麻溜和他爷一眼，喉咙里哽咽着想说什么，还是不说。爷用眼光狠狠地看了麻溜一眼，搁下碗筷，提了一圈绳子拖了铁锹出去了。

“好吧，麻溜是个细小的，什么不懂的，说吧”，麻溜妈妈说，麻溜这才想起把玉米塞进嘴里，可是已经又冷又硬了，而且还有股煳味。

“昨天晚上本来没有什么事，都好好的，我吃了饭就上床睡觉。他出去转了一圈回来，我已经睡着了。他，他，他要钻到我被窝里，我没有理他——干一天的生活，累死了，”大柳筐顿了顿，又哽咽了一下，“可他却死劲把我弄醒，瞪着死人眼睛问我下午干什么去了，下午到大淖边的那片玉米地里去干什么了。三妈你看他这问的什么话。我说我下午上工了，去玉米地上工啊。他就不停和我说那些酸不溜秋的话，什么粽针，什么针结，还把我当作犯人，要我坦白从宽、抗拒从严。三妈，我有什么要坦白的？我是地富反坏右？我是现行反革命？我历史有污点吗？”大柳筐见麻溜妈妈脸色一紧，忙又改口说：“我历史上有见不得人的事吗？”

“没有没有。谁不知道我们侄媳妇历史清清白白，做人正正派派？”麻溜妈妈应答道。

“后来说，他要仁至义尽，要给我机会，让我好好考虑一夜。今天一早起来，还让我交代，还不让我上工。我没有听他的。中午放工一回家就要交代。三妈，你说我天天上工，挣工分，一年到头，挣的工分比他多，他还要我交代，我交代什么呀？我挣工分有罪吗？我一生气，就把碗砸了。他一把揪住我的头发把我摁在地上，拳头雨点般地狠心打我。这个楞怂其他的不行，打老婆倒行。一边打一边说我不要脸，说我昨天下午在玉米地里偷人了，说我昨天下午在棒头地里舒服快活够了，所以晚上不搭他了。三妈啊——”

大柳筐又拉长声音，放开喉咙哭了一会儿，接着说：“我就要他交，是谁看见了。如果交不出人来，我就死给他看！”

“是的是的！”麻溜妈妈很同情地说，“这种事情，也能瞎说的？

这里家里人说说，外边无论如何一句也不能说的，一说今后怎么见人？”

“这个龟怂自己不要脸，我要什么脸？”沈巧珍恨恨地说，“三妈，那个楞怂说是麻溜看到的，说是麻溜告诉他的。你问问麻溜兄弟有没有看见？麻溜说看见了我要问问怎么看见的，看见我做什么了，麻溜说没有看见，我要问那个楞怂这话是哪儿出来的——这日子肯定是没法过了。”

麻溜的心一下子掉进了冬天的大盐河，他知道今天一顿毒打是跑不了的。

“是你瞎说的吗？”妈妈厉声问，眼睛似乎还在暗示什么。

“我看到……”

“这种事，细小的，懂什么。加宽是个老实人，更不能逗他玩。”

“我，我昨天，和……”

“和，和什么，和加宽说话，不能开玩笑的，他是个实心眼的人。”麻溜妈妈见麻溜也不像往日口齿利落，抢先接着说，“好了好了。马上等三爷回来好好打麻溜一顿，这种玩笑也能开？”说着把大柳筐从地上拉起来，坐到凳子上。大柳筐一抬头，看见加宽也来了，起身就要扑上去，被麻溜妈妈一把摁住：“做什么？当我面还要打架？要打你们回去打，可不要在我家打，又哭又闹又打的，把我家当戏台子了？”

见麻溜妈妈这么一说，大柳筐倒安稳一点了，只还是狠狠盯着加宽说：“三方抵面，你问麻溜到底看到什么了？”

麻溜心里真是后悔，也恨这本家的哥哥怎么这么怂，这么无用，答应自己回去不挑明说的怎么又说破了，还出卖了自己。他真想把所有事情一五一十全说了，可是他看见加宽死灰一样的脸色和那无助惶恐的眼神，他不忍心了，而且，他也不能让别人知道麒麟，更不想别人知道他和麒麟的事情。

“问什么问？没有的事。加宽把巧珍带回去，该做什么做什么，好好的日子不过，作！”麻溜妈妈拉过加宽，让他去拉走大柳筐，一看加宽脸上一道道血痕，又责怪道：“你看看，都把自己的脸上弄成这样！”

“是这辣婆娘抠的。”

“好了好了，都别说了。”

麻溜妈妈的话一完，大柳筐倒反一甩身在加宽前面走了。

大柳筐前脚一走，加宽妈妈后脚就进来了。其实她早就站在门外，只是不敢进来。

“三妈啊，我们这个人家不成人家了。媳妇不要脸，还敢打男人！”加宽妈妈一进门就拉着麻溜妈妈的手，流着眼泪说。

“赶快不要这么说。”麻溜妈妈赶紧阻止她。

“你看，还像个话吗？自己偷人，还敢打男人。你去我家看看，家里砸得一塌糊涂。我觉得这家要散了，这日子没有办法过了。”

麻溜妈妈说：“加宽妈妈，你要听人劝。你就这样个老实的儿子，怎么办呢？你就认了吧。能忍就忍吧，等有了一男半女就好了。”

“真要有了一男半女。这样胡作非为，立马叫她滚！”加宽妈妈狠狠地说。

麻溜妈妈拉着加宽的手说：“你这兄弟对你好，你怎么就卖了他呢？”

加宽倒像犯了错的十岁的孩子，耷拉着头，嘴里发出“啧啧啧”声音。

“好吧，和你妈妈回去吧。自己无用，能闭眼的就闭眼。这种事，当事就是事，不当事就不是事，啊？”麻溜妈妈叮嘱加宽，“怂人要认怂。”

加宽点点头，拉着妈妈走了。

13

麻溜挨打躲进玉米地

“滚就滚！”麻溜拉开门就一头冲进了黑夜中。

刚刚从灯光下冲到屋外时，麻溜只觉得一片漆黑，就像掉进了一个黑窟窿，也像一头栽进了深夜的大海。他一脚踩在了屋子前面柴箔子围成的篱笆上。“咔嚓”一声，肯定踩断了好几根柴箔子，他自己也差一点摔倒。好在爷没有追出来。麻溜并没有回头看，也没有停住脚步，就凭感觉沿着厨房后边的巷子一路跑出去。

出了庄子才发现天并不怎么黑。连着庄子和田野的路像一条灰色的长蛇，从庄子里蜿蜒游进无边的玉米地里，渐渐地就看不见了。一切都不再像白天那样熟悉。夜色下的玉米地显得有点神秘阴森，似乎成了一片从未去过的陌生森林，好像随时会从地里窜出一只怪物来。一只一只的萤火虫一闪一灭地在玉米地里飘来飘去，像传说中的鬼火。偶尔从远处的漳里传来野鸭或者野鸟的叫声，突然“刮——”的一声，十分刺耳，让人心里发毛。麻溜一下子想起了以前听来的许多鬼故事，什么无头的人在前面蹦来蹦去，什么吊死鬼吐着一尺多长的舌头……

麻溜感到浑身的汗毛一下子竖了起来，毛孔也都已经张开，身上起了一层鸡皮疙瘩，头皮似乎有点发麻。麻溜不是怕，但也不是不怕。他唾了几口唾沫，用手揉着自己的头发。这是妈妈教的。如果走夜路害怕，就唾几口唾沫，再用手揉揉自己的头发，这样头发就会发出人看不到而鬼会看到的火花来，可以吓走那些阴间出来的鬼怪。

麻溜停了脚步，发现自己有点犹豫了。

“反正，总不能回去！”麻溜对自己说。对，绝不回去，这又不是自己的错。“为什么我亲眼见的就不能说呢？”麻溜想。

加宽和他妈妈走了之后，妈妈关起门来好好教训了麻溜一通，让他今后无论如何不要多话，该说的说，不该说的千万不能说，尤其不能贩话。麻溜怕妈妈操心，点着头都答应了。

正要吃饭的时候，爷从地里回来了。爷一只手里拿着一圈绳子，肩上扛着铁锹，卷着裤腿。爷的小腿很细，很多经络都拳成一圈一圈的。爷洗了手便坐下端起粥碗吃晚饭。麻溜站在一边，没有坐下。

“站着干什么呢？还不坐下吃晚饭？”妈妈说。

麻溜拿了凳子，坐在爷的对面。

“先不要吃饭！”麻溜刚刚拿起碗准备盛粥，爷冷冷地说。麻溜呆站在那儿，端着碗的手一直伸着，僵了好长时间才缩回来。

“自己跪到门后边去。”爷声音低低地说，看不出生气的表情。

“我又没有犯什么错——”麻溜支吾道。

“你三天不给你老子惹是非就难受？”爷突然瞪起眼睛，吼道，“叫你跪你不跪，老子说话没用了？”

“好了，我已经说过细的了，”妈妈说，“细的刚刚吃饭，说什么呢说。”

“你不要护短！这东西三天不打就屁股痒，就浑身皮肉发宣，”爷说，“你跪不跪？”

麻溜没有动。

“你真不跪？”爷抬高嗓门说，重重地放下饭碗，走到门后，从墙上的钉子上拿下挂着的一圈绳，那是他刚从地里挖墒沟带回来的，还湿漉漉的。爷瞪着麻溜：“你跪不跪？”

麻溜妈妈站起来走过去拉着爷的手：“一顿饭也吃不定当，等细的吃完饭再打也不能？”

“吃什么饭吃，该惹的事也惹，不该惹的事也惹。”爷摔开妈妈的手，用力将绳子抽了过来，绳子斜斜地抽在麻溜的脖子上。麻溜觉得被火烫了一般，但他没有哭，也没有叫，梗着脖子说："我就不跪。她能做，人家还不能说！不要脸！"

"你还逞能是不是？"爷说着又抽了过来，麻溜用手挡了一下，手面上火辣辣的，一根绳头甩到了脸上，也是火辣辣的，眼泪在麻溜眼里打转。

"你这个讨债的！什么能做不能说！你看见什么了你？我刚才跟你白说了？"妈妈着急地说。

"我亲眼看见的！"麻溜义正词严。

"你亲眼见什么了？你再犟，我就不拉你爷了。"妈妈着急地说。

"看你嘴凶！"爷绕过挡在中间的妈妈，冲过来连着抽了好几下，好在都打在屁股上。

"就是亲眼看见了！就是亲眼看见了！"麻溜也犟起来了，大声地说，"还不是我一个人看到了。"

妈妈连忙关了门，把爷拉开去，说："告诉我还有谁看到了。"

"还有麒——"麻溜赶忙咽下来后面的话。

"还有其什么？你说！"爷凶凶地问。

麻溜不再作声。

"你成天在外面野，编出些鬼话，弄出这么多是非！"爷发着火，还要再冲过来用绳子抽打麻溜，妈妈死命拖着。

“我说的是真的。难道就让他们欺负加宽哥哥不成？”

“要你主持什么公道？这公道是你能主持的？”爷远远地踹了一脚骂道，“妈的个——滚！”

“多大事？一顿饭也不让细的吃？”

“多大的事？再不管教，总有一天闹出大事来！”

“你就是怕！什么事就是怕！”麻溜也对着爷凶起来。

“你有本事，你不怕，你滚！”爷又挥舞着绳子抽过来，“滚你妈妈的蛋！”

“滚就滚！”麻溜拉开门就一头栽进黑夜里，故意扯着嗓门喊，“我又没有做不要脸的事！做这种事，还有脸到人家家里闹。”

14

麒麟陪麻溜度过温馨一夜

“麻溜，麻溜！”麻溜似乎听到妈妈喊他的声音。

麻溜摸着脖子上、手背上火辣辣疼的一条条小蛇一样的肿块，心里很生爷的气。麻溜以前也经常挨打的，可从来不生爷的气，而且很快就忘了。今天的事，麻溜觉得爷不应该打自己的，他不知道爷为什么会这样。

慢慢地麻溜觉得天色似乎亮多了，能清清楚楚地看到一棵棵玉米整整齐齐、挨挨挤挤地站着。有说不出名字的小鸟，在玉米地里飞来飞去。一会儿从那一棵玉米飞到这一棵玉米上，一会儿从这一棵玉米飞到那一棵玉米上。什么小鸟夜里会宿在玉米地里呢？麻溜不知道，也看不清楚。玉米地也不再显得陌生，麻溜沿着田埂小路向玉米地里走去。走着走着，就被玉米淹没了。不知道为什么，麻溜一点也不害怕，反而有一种说不出的满足感。麻溜并不是第一次夜晚在地里走，可是第一次有这样的感觉。他知道这么大的一片玉米地里一定只有自己一个人，就像自己一个人拥有了这片玉米地，还有这片天空和这片夜色。天上有蝙蝠在乱冲乱撞地飞来飞去。麻溜有一点孤单，但又觉得兴奋。露水很重，路边的草都是湿的，脚踩上去还有点滑。

突然，麻溜看到前面有一个东西向他走过来，很像一条小狗，但走路的样子又不像，麻溜觉得有点熟悉，但还是看不清楚是什么。他站住了。对面那东西似乎也发现了他，也停住了。过了一会儿，麻溜又向前走了几步。“麒麟！”他看清了那东西身上的斑点。麒麟正犹犹豫豫要掉头跑开，听到麻溜叫它，便停住了脚，转过头来看着麻溜。

“麒麟，是我，麻溜。”麻溜说着就快步走过去，一不小心滑倒了。

麒麟大概已经看清了麻溜，转过身奔了过来，几下就蹦到了麻溜身边，扑到了麻溜的怀里。麻溜拍拍麒麟的后脑勺：“你夜里怎么也不睡觉？到处乱跑。”麒麟当然听不懂麻溜说什么，瞪着眼睛好奇地看着麻溜，甩了甩两个耳朵，嘴里或者是鼻孔里还发出扑哧扑哧的声音，大概也在问他：“你夜里怎么也不睡觉？到处乱跑。”

“走吧！到我们经常玩的地方去。”

麻溜带着麒麟向淖边那块平坦的地方走去。麒麟有时候在前面跑，跑着跑着，会掉过头来看看麻溜，似乎是征求麻溜的意见要不要继续往前走；有时候它会停下来等一等麻溜；也有时候发现了什么感兴趣的东西，会落在麻溜的后边，用鼻子嗅着那个东西，或者用两只前爪拍打着路边的麻田鸡和癞蛤蟆。“快走！”每到这个时候，麻溜便会吆喝一声。当然，麒麟大多数时候是和麻溜并排走，耳朵贴着麻溜的裤脚，一步一步跟着。

麻溜和麒麟来到淖边那块平坦的地上坐下。巴连根上已经湿漉漉的，麻溜用手掸一掸红茅草草叶上的水珠，然后坐下。麒麟也紧紧挨着他躺下。麻溜用手抚摸着麒麟的后背，毛似乎也有点湿。麒麟抬起头来看看麻溜，又将头盘在自己的胸口。

“你有爷有妈妈吗？”麻溜轻轻拍着麒麟的脑袋问。

麒麟抬起头来看着麻溜，似乎在想弄清楚麻溜在说什么。麻溜好像又听到妈妈喊他的声音。麻溜又想到爷那凶凶的样子。麻溜有时候觉得爷很喜欢自己，有时候又觉得爷很不喜欢自己。

“麒麟，你有哥哥有姐姐吗？”麻溜摸着麒麟的后背，“我本来有好几个哥哥姐姐的。”

“哎，麒麟，你爱听故事吗？”麻溜挠了挠麒麟的脑门，麒麟拗起头来看了看，就又将头盘在自己的胸口。

妈妈说，麻溜本来应该有好几个姐姐，可是有几个姐姐都没有能“抓住”。后来只有一个姐姐，爷和妈妈都很宝贝，而姐姐也很乖很乖，做家务能干，读书也好。姐姐对自己也很好，可是很早出嫁了。麻溜本来有两个哥哥，大哥哥要大他好几岁的，读书成绩不好，成天就闷在家里一个人玩，就喜欢摆弄斧头锯子，爷很喜欢他。前年哥哥出去拜师学木匠了。为这件事，家里还请了癞家兄弟和几个大队干部一顿客，妈妈还给癞爱武和大队书记家送了好几斤香油。麻溜本来还有一个小哥哥，比自己大一岁，从小就有病，看起来比麻溜还小。麻溜记不得小哥哥的样子了。听别人说，小哥哥又乖又聪明。麻溜只记得，小时候妈妈带着他们到舅舅家去，在路上总是抱着小哥哥，让自己走路。麻溜问为什么，妈妈说小哥哥有病。有什么好吃的，也是先让小哥哥吃。一家人都吃大麦粯子的饭，可是妈妈会在锅里想办法插一碗基本是大米的饭。农忙的时候，妈妈常常会给爷炖一个香油鸡蛋，爷吃一半，还有一半就留给小哥哥，馋得麻溜流口水。一家人吃饭的时候，妈妈会说：“麻溜，去搬凳子，去拿碗。”小哥哥早就坐在桌子边上等着吃饭。爷碗里的饭吃完了，就说：“麻溜帮我去盛饭。”桌上的汤没有了，爷会说：“麻溜去盛汤。”后来上学了，小哥哥和麻溜在一个班级。妈妈说：“麻溜，小哥哥身体不好，你要照顾哥哥。”所以上学的凳子都是麻溜扛，劳动的工具也是麻溜拿，该哥哥扫地，也是麻溜顶替。星期天麻溜要去挑猪菜，要去捡粪，小哥哥在家里什么也不做，就是看看小人书。不过麻溜知道小哥哥的成绩比自己还好，而且小哥哥很听话，从不惹事，从不让爷和妈妈生气。老师们都喜欢小哥哥，经常在爷和妈妈面前夸他。麻溜在学校犯了错误，小哥哥总要告状。“你就是死皮，让人操心。要像你哥哥，就让人省心了。”老师和妈妈都这样说。小时候，只要和小哥哥吵架，爷都是护着小哥哥，总是打自己的屁股。“我就知道是你不好。”不知道为什么，爷总是这样说，但麻溜也真的觉得小哥哥比自己懂事，不像自己总是闯祸。可是小哥哥八岁时，被送进城里的医院，就再也没有回来。那天，麻溜整整哭了一夜，做梦了还在哭。后来看到小哥哥用过的东西，麻溜就心里难过。其实他也是很喜欢小哥哥的，甚至喜欢照顾他。

“麒麟，你就一个人吗？”麻溜拍了一下麒麟的后背，已经睡着的麒麟猛然一惊坐起身子，警惕地四周张望着。麻溜突然又很舍不得麒麟。它没有爷，没有妈妈，尽管爷有时候会打麻溜屁股。麒麟也没有姐姐没有哥哥，才真的可怜。

突然，天色一下子暗了下来。原来有大片大片的云，从月亮上掠过，匆匆忙忙地向泥淖那边飘过去，就像夏天发水的时候，飘在河里的一堆堆乱稻草。从云团的间隙中偶尔才能看到月亮的影子，只是匆匆一现，就又被云挡住了，过了好久才会再出现一次。有时候，又觉得不是云在飘，而是月亮在云里钻来钻去。月色很是黯淡。麻溜感到有点发困，便紧紧挨着麒麟躺下，麒麟也把身子紧紧贴着麻溜的身子。麻溜觉得麒麟身上热乎乎的，他还听到麒麟轻微地打着呼噜。

麻溜蒙蒙眬眬地，一会儿也睡着了，慢慢地觉得自己飞了起来，飞得很高很快，是跟着麒麟一起飞的，一会儿麒麟在前面，一会儿麻溜在前面，一会儿他俩并排着飞。麻溜没有想到麒麟也会飞，而且飞得比自己快。当然，麻溜也没有想到自己也能飞。原来没有翅膀，人也能飞。

飞了很长时间，他们落到了一块草地上，或者应该说是一个岛上。这块草地不大，四周都是水，碧蓝碧蓝的。一片一大片，像是软软的玉，还微微晃动着。那上面一定是可以走人的，麻溜想。越是远处，显得越高。远处影影绰绰的有很多岛，和天和水融在一起。更远的天边，都是五彩的云霞。

这块草地看起来不大，可是跑起来似乎没有尽头。麻溜一看，啊，原来是一大片红茅草。一簇一簇，一团一团的，远远看去，像一簇簇火苗。草不是很高，但很密很密，高高低低的，还开着一朵朵白色的花，花儿不大，像冬天里天上的星星，一闪一闪的。一簇簇一团团的红茅草中间，偶尔高高地长着几根狗尾巴草。麒麟告诉麻溜说，这里的草都是甜的，麻溜折了一棵狗尾巴草的茎，一尝果然是甜的，就像从玉米秆里挑出来的甜秆子。麒麟在草地上尽情地撒欢，一会儿甩着头向前跑，一会儿一蹦一蹦地向前冲，一会儿侧过身子打滚，一会儿用两条后腿走路。麻溜也在草地上尽情地翻着跟头，一会儿是几个前空翻，一会儿是几个后空翻。一转眼麒麟就跑远了，麻溜追都追不上。突然间，它又从草丛中间伸出脑袋，可是等到麻溜走到它跟前，一转眼它又藏到草丛中。

月亮也来了，但长出了两个翅膀，一会儿在空中飞来飞去，还唱着好听的歌；一会儿藏在红茅草丛中，脸红红地对着麻溜笑着。美国嘴子来了，胖桃和他弟弟也来了，麻雀子也来了，但不知道他们是什么时候来的。远处还传来了大人们说话的声音，只是看不清他们在哪里，更看不清他们的脸。麒麟的兄弟姐妹们也来了，一个个都和麒麟一样可爱，有的还长着树枝一样的角。他们蹦蹦跳跳，快活地互相追逐着。

草地的四周有很多很多树。有的是三三两两、稀稀拉拉地长着，有的是一片一片高高矮矮的小树林。麒麟忽然钻进一片小树林，麻溜居然找不到它了，就在麻溜着急的时候，麒麟又一下子蹦了出来，头上还顶了一朵花。麻溜跟着麒麟来到一棵大树下面的一个洞里，洞很大，很干净，很湿润，非常非常舒服。

“这是我的家，”麒麟说，“还为你准备了房间。”

麒麟带着麻溜来到为他准备的房间。房间不大，很干净，很湿润，很舒服。还有一张床，一会儿床又成了一张书桌，书桌上有很多书，一把弹弓。麻溜一看，啊，弹弓是金色的。麻溜又翻了翻那些书，一个字也不认识。他便拿起弹弓，拉了拉皮筋。皮筋不长，但真的很有劲。随手又拿起一颗石子，石子也是金色的。这时，天上飞过一只乌鸦，很大很大，翅膀遮住了半边天，天一下子就黑了许多。麻溜把金色的石子夹到弹弓的皮兜里，拉开皮筋，瞄准乌鸦的眼睛，拉开，再拉开，猛然松开皮筋。“哑——”的一声，乌鸦落到了地上。可地上什么也没有，但天空一下子就金灿灿的了，是五彩的光。过了一会儿，天空变成了湛蓝湛蓝的，好像是海水映在天上。

“麒麟，麒麟，你到哪里去了？”忽然麒麟又不见了。麻溜以为它又躲起来了，可是这一次找来找去都找不到，麻溜真的急了。

麻溜正在着急，突然听到麒麟发出急促的“噗”“噗”的声音。

“麒麟，麒麟，你在哪里？”

“噗”“噗”的声音越来越急促。麻溜一下子醒了，一看麒麟不在身边，他一骨碌爬了起来，发现麒麟在不远的地方显得特别紧张。麒麟的腰弯弯地拱了起来，浑身的毛都一根根竖立着，两个耳朵竖得很高，尾巴也高高地翘起，四个爪子不停地刨着地，嘴里发出“噗”“噗”的声音。

麻溜知道，麒麟一定是看到了什么可怕的东西。麻溜走近一看，吓了一跳，在麒麟的前面盘着一条火赤链蛇。麻溜胆子并不小，但他从小害怕蛇，哪怕是一尺左右的小蛇。平时只要看到蛇，他就会率领小伙伴用土块将它砸死。大人告诉过他，水蛇没有毒，火赤链也没有毒，但麻溜一看到火赤链身上那斑驳艳丽的颜色，心里就发毛。从盘着的样子看，这是一条不小的火赤链。它不时猛地伸出长长的脖子，虎视着麒麟，嘴里不时吐出信子。它每伸一下脖子和头，麒麟就“噗”“噗”地吐一口气，两只前爪就抬起来，然后用力地扑下，刨一刨地。那蛇又吓得缩回了脖子，瞪着眼睛看着麒麟。双方就这样僵持着。麒麟看到麻溜过来，顿时增添了勇气，猛地想冲过去。“麒麟！过来！”麻溜赶快唤住了麒麟。他顺手从地里折了一根玉米秆，倒过来用玉米秆的梢子扫了过去，那火赤链发现自己不是对手，掉头钻进了玉米地里，一转眼就不见了。

麒麟还沉浸在紧张的战斗之中，浑身还紧张地发抖。麻溜一把抱过麒麟。他知道，肯定是自己熟睡的时候，这条火赤链游了过来。麒麟发现了它，想赶它离开，而这条火赤链也绝不肯妥协，于是就发生了紧张的对峙。麒麟为了自己，冒着这么大的危险，麻溜心里真的非常难过。他不敢想象，如果在他熟睡的时候，那条火赤链游到他的身边，自己会吓得成什么样子，又会是怎样的结果。他不知道自己该怎么感谢麒麟，自己该怎么报答麒麟，他只是把麒麟紧紧抱在怀里，用头去蹭麒麟的头。

后来麻溜就没有再睡着，一直搂着麒麟的脖子坐着。

15

月亮和美国嘴子到玉米地找麻溜回家

麻溜整整一夜没有回家。看看天又快中午了，还是不见人影，麻溜妈妈急了，抱怨他爷："说你有脾气，你一点脾气也没有。说你没有脾气，你脾气比谁都大。家家打细小的，有你这样打的？快去找找，看麻溜哪里去了。"

虽说庄子上的孩子都养得不精贵，可做妈妈的心里还是放不下。尽管以前麻溜在外面疯，夜里不回来睡觉是常有的，但第二天一早就会回来的。而且，这一次毕竟是被他爷打跑的。"你心疼你去找！这种闯祸惹事的东西，不回来看他能到哪里去！"麻溜爷说。

麻溜妈妈出去在庄子上兜了兜，麻溜经常去的几家都找了，都说没有看到。先去了美国嘴子金贵家，金贵不在家。金贵妈妈说："麻溜妈妈，你们家麻溜怎么了？怎么有日子不找我家金贵玩了？两个人没有打架吧。"麻溜妈妈说不会的，没有，就要走。金贵妈妈看看左右没有人，拉着麻溜妈妈进了屋子半掩门压低声音说："听说你大侄媳妇两个人不好？"麻溜妈妈说："人家的闲事，想管也管不了。"金贵妈妈又耐心地把自己女儿定亲的事和麻溜妈妈一一说了，才放麻溜妈妈走。麻溜妈妈还去了胖桃家，胖桃在家里捧着一本红面子的书在读。他说好久没有看到麻溜了。麻溜妈妈从南庄跑到西庄，从西庄又跑到东庄，腿子跑酸了都没有麻溜的消息。心里也在骂这孩子真的不懂事，又觉得这事也怪不得细小的。他那么一点点大，懂个什么呢，只觉得加宽这老婆迟早是惹祸的根。想到这里，麻溜妈妈只为加宽叹气。

找不到麻溜，麻溜妈妈赶快回家烧饭。麻溜爷问有没有找到，麻溜妈妈没有理他。煮了一半米一半大麦粯子的饭，在饭锅里炖了一个鸡蛋，连青菜汤都没有烧。正坐下吃饭，月亮妈妈来了。

"三舅舅三舅妈在吃饭。"

"三姑，饭吃了？"

寒暄后，麻溜妈妈便拖了条凳子让月亮妈妈坐下。月亮爷在外地的矿上工作，月亮妈妈一个人带着三个孩子在家。虽说家里有三姑奶奶，但要上工，有自留地，要烧洗缝补，非常辛苦。月亮爷要就着大忙才能请假回来，平时多亏麻溜妈妈和爷帮着。虽然是远房的姊妹，但月亮妈妈没有兄弟，就把麻溜爷当成亲舅舅一样地敬重。麻溜爷对这个堂妹妹也很尽心，能想着的都想着，能帮着的都帮着。麻溜妈妈本来就是个热心的人，遇到什么事情都会搭把手。

“三姑有事找我还是找你三舅？”麻溜妈妈草草吃了碗里的饭，拉过凳子和月亮妈妈说话。

“没什么事。月亮这丫头不知什么事，上午出去挑了半天猪菜，中午回来饭也不肯烧，烧好了叫她还不肯吃，睡在床上哭。”月亮妈妈说。

“怎么，月亮病了？”姊妹三个，月亮最大，虽然才虚十岁，平时就是个小大人，已经能帮妈妈做很多事了，拎水，烧饭，洗衣服，还能帮着带两个妹妹。麻溜爷和妈妈都很喜欢这孩子。有人总是拿麻溜和月亮开心，说他们将来要成亲的。麻溜妈妈有时候当着月亮妈妈的面就开玩笑说：“月亮，将来做三舅妈的媳妇吧？”

“做你媳妇干什么呢？”

“替我们管管麻溜啊。”

“我才不管他呢，”月亮说，“他又不听话。”

“就是不听话，才要你管呀。”麻溜妈妈说。

“那好吧。”月亮可能不太懂媳妇是怎么回事。

“她要能做三舅妈的媳妇，是她前世修的。”月亮妈妈会很开心地说。

“月亮病了？是要去卫生所吗？”麻溜爷搁下碗问。

“不是病了，是为了麻溜。”

“是为麻溜？”麻溜爷和妈妈同时问，他们以为麻溜就在月亮家里，又闯了什么祸。

“月亮听说三舅舅昨天把麻溜打跑了。到现在还没有回来？”

“是的。你三舅舅这脾气，有一阵没一阵的。打起细小的，没轻没重的。”麻溜妈妈笑着说，“月亮倒有心思了。告诉月亮，没关系的。扔到淖里，麻溜也饿不死，冻不死的。”

“麻溜是泼皮，但还是细的，这饥一顿，饿一顿的，人受伤。再说，睡在荒田野外的，万一遇个什么邪风恶气的——”月亮妈妈说着看着麻溜妈妈，麻溜妈妈朝着麻溜爷努了努嘴。

“我又不是不让他回来，”麻溜爷说，“是他自己充雄不回来。”

“我找了一个上午，也没有找到。”麻溜妈妈说。

“这么说，我回去告诉月亮，叫他们一起玩的几个去找。回来了，三舅舅就不要为难细的了。”

听妈妈一说，月亮便起来吃饭。碗一推，就出门去了，说是找美国嘴子他们一起去找麻溜。

月亮一出门就自己笑了起来，只往庄子西边的玉米地里跑。

其实，月亮和美国嘴子上午已经找到了麻溜。

早上起来，月亮在自家厨屋里就听麻溜妈妈说麻溜一夜没有回来，就听出来麻溜是被他爷打跑的。月亮心里很着急，麻溜会去哪儿呢？夜里会睡哪儿呢？早上吃什么呢？

一吃完早饭，月亮就提着篮子拿了小锹子出去，跟妈妈说是挑猪菜了，其实是出去找麻溜。一开始她也想麻溜会不会是睡在了美国嘴子他们哪一家了。一问美国嘴子，根本没有去，而且美国嘴子说，麻溜不可能睡在哪一家的，因为挂过牌子之后，麻溜已经不和大家一起玩了，都是一个人独来独往。月亮一想是的，麻溜挂了牌子之后，都很少和自己一起玩，总是一个人闷头想心思，不像以前，整天到处疯得找不到他的影子，一闲空，就会来找月亮。“月亮，我们下五子棋吧。”“月亮，我们跳房子吧。”甚至会说：“月亮，我们打算盘吧。”“月亮，我们写字吧。”可是现在不到处疯了，也很少来月亮家了，在家里也经常一个人懵头懵脑地。可是，应该到哪里找他呢？美国嘴子说可以到玉米地里去找找，也可以到淖边去找找，因为他看到麻溜经常一个人从庄子西边出去。月亮觉得有道理，挂牌子那天，她看到麻溜也是一个人向庄子西边走去的。有一次和月亮下五子棋，麻溜还说过他发现了一个好玩的地方，要带月亮去，可后来月亮要去，麻溜又说再等等。

月亮和美国嘴子两个人出了庄子就往西边的玉米地里跑。“麻溜！”“麻溜！”他们一面找一面叫，可是跑得腿子都软了，也没有一点踪影。难道麻溜没有到这里来？那到哪里去了呢？月亮正想着。

美国嘴子突然说：“难道麻溜真的到新疆或者台湾去了？”

“你瞎说什么？”月亮说着，眼睛里已经有了眼泪。

美国嘴子说，那一次冬天他自己不小心掉进了冻着的河里，是麻溜送他回去的。他俩商量好，如果回去他爷要狠命打他，那么他们就出逃。他们商量好要么到新疆，要么到台湾去。

“你不要吓唬人，麻溜真要去那么远，怎么会不和我——不和我们说呢？再说，他去那么远有什么好的！”

“是的。可是他到哪里去了呢？”

“看这里！”两个人正走着，月亮指着地上的一行脚印说，“这是麻溜的脚印。”

“你怎么知道？”

“我们一起挑猪菜，在大盐河的河滩上比过脚印的。他的脚印刚好比我大一圈的，而且麻溜的脚印，特别的弯。五个脚趾的印子，大脚趾的特别大，其他四个都很小，都是小点点。”月亮很肯定地说，“我一看就认识。你看，是不是？”

于是他们顺着脚印向西走，一直找到淖边上那块比较大的、长满了红茅草和巴连根的平坦的地。

“麻溜来过”，美国嘴子说，“你看这地上坐过人”。

月亮一看，红茅草地上有明显的屁股坐的痕迹。其他的草都湿漉漉的，屁股坐过的地方就要干一点，而且可以看得出有一个屁股的印子。

“肯定是麻溜！”

“麻溜！”

“麻溜！”

他们两个人大一声小一声地叫，可是却没有一点动静。只有风吹着玉米，玉米头上像毛笔头一样的穗子微微摇晃着。

“麻溜，你再不理我们，我们就不理你了！”月亮急得又要哭了，“你一定就躲在这里。”

“你们叫什么？大一声小一声的。”两个人正着急时，从头顶上的树上掉下一个人。

“你干什么？都急死人了！”月亮上前狠狠推了麻溜一把，推得麻溜后退了一下，差点摔倒，月亮和美国嘴子又赶紧拉住他。

“你为什么不回去？你不饿不渴？”月亮问。

美国嘴子说：“你妈妈很着急，到处在找你。”

“我又没有错！为什么打我？而且打那么重！你们看——”麻溜伸出膀子，上面有一条一条肿得高高的红块块，像一条条蚯蚓。麻溜说，“我就不回去，看他怎么办？”

“我来找你——我们俩来找你，你都不回去？”

“你们——我——”

其实麻溜早就发现了月亮和美国嘴子。要不要从树上下来呢，他有点拿不定主意。

他早上醒来，发现麒麟已经不在身边了。他叫了叫，也没有发现。他不知道这家伙跑到哪里去了，于是便自己去找了点吃的。玉米地里有各种瓜，他便挑了几个自己喜欢的吃了。知道妈妈一定会找他，也想过回去算了，不要让妈妈担心，但他还是生他爷的气。可能是夜里着凉了，他觉得身子有点软，就找了个地方又睡了一会儿。

听到美国嘴子和月亮远远在喊自己的名字，他赶紧爬上了一棵树，远远地看着他们在玉米地里到处找自己。麻溜知道月亮一定很着急，他能想象到月亮着急的样子。月亮不管做什么事，神情都像个小大人。月亮常常把麻溜当作她们家的两个妹妹。“你听话不听话？”她总是这样问他。不过麻溜喜欢她这样说话。

麻溜一般不和女孩子一起玩，他觉得女孩子都小气，都娇气，动不动就哭，动不动就生气，动不动就告状，但麻溜愿意和月亮在一起。他们家是亲戚，又靠得很近。麻溜觉得月亮不像其他女孩子，或者就不像女孩子，和她在一起，就像和男孩子在一起，麻溜想说什么都行。麻溜在学校犯什么错误，月亮从不告状。麻溜最看不起告状的人，尤其是背后告状，最讨厌告状的女孩子。有一次，有个女孩子告状说麻溜扯她的小辫子了，并且说也扯了月亮的辫子。妈妈问月亮有没有这回事。月亮说："没有扯，就是碰了一下。"那女孩子走了，麻溜妈妈说："还是我们月亮人大气。"麻溜很感激月亮，所以也常常帮助月亮，有时候真的听她的话。他们两家合用一个水码头。麻溜提水，看到月亮也在提水，麻溜就把她的水桶拿过来，一只手一个水桶，一直把两家的水缸都提满。

看到月亮着急的样子，麻溜心软了。想了想，便从树上跳了下来。

"快！跟我们回去"，月亮说。

"我不想回去"，麻溜说。

"你听话不听话？"月亮说。

"就这样回去，那我昨天就不出来了，"麻溜说，"又不是我的错。"

“麻溜回去，他爷再打他怎么办呢？”美国嘴子有点担心。

于是三个人就商量了一个好办法。

办法商量好了，月亮忽然想起来：“忘了，还给你带吃的了。”说着从篮子里拿出一个小布包包。打开一看，是月亮妈妈早上做的小麦面的摊饼，里面拌了咸菜，是麻溜最爱吃的。麻溜伸手拿过去就塞了一大块进嘴里，把脖子伸得很长很长，像吞了一条泥鳅的鸭子。三下五除二地把月亮带的饼都吃了，麻溜才很不好意思起来：“也没有给你们留一点。”

“我们都吃了。”月亮和美国嘴子都说。

“我这里还有一个鸡蛋，”美国嘴子说，“今天是我生日，是我妈妈煮的。”

“你生日，你自己吃。”麻溜和月亮都说。

“不，带给你的，我在家里已经吃了。”美国嘴子说。

麻溜不肯要，和美国嘴子两个人推搡着。月亮说：“那你们两个人都吃。”

“要不三个人都吃。”麻溜说。美国嘴子还是不肯。

“好吧，”月亮说，“要不麻溜也不吃的。”

“那月亮先吃。”麻溜和美国嘴子都说。美国嘴子把鸡蛋塞给了月亮。月亮在树上敲了敲，剥了皮，先掰开一半塞给美国嘴子，剩下

的自己先咬了一口，将再剩下的塞到麻溜嘴里，麻溜向后躲。

“你听不听话？”月亮嘴里含混地说。麻溜乖乖地吃了剩下的鸡蛋。

于是月亮让麻溜等着，她下午来给他消息，带他回去。

“如果麻溜爷还要打麻溜怎么办？”美国嘴子还是不放心。

“那我们三个人就都逃到新疆或者台湾去。”月亮笑笑说。

三个人一起快活地笑了起来。

玉米地里静静的，风吹着玉米头上的穗子微微摇晃着，笑声从玉米穗子上向很远处滚过去。

16

麻溜出了一口气，自己却哭了

就在麻溜为了沈巧珍的事挨了爷一顿打之后的没有几天，六爷到麻溜家来了。

天下雨，麻溜觉得身上没有劲，在自己房间里用一块桑树疙瘩刻一个蒋秃头。一会儿，月亮也来了。蒋秃头刻好了，两个人用蚕豆下五子棋。

“麻溜在家吗？”六爷一进门，放下龟壳一样的雨棚就问。

“不是放假了吗？”麻溜爷正在搓绳，对着手心唾了一口唾沫问。

自从麻溜挨了批斗，麻溜爷对六爷就很有意见，在家里骂了很多次“六饭桶”。见他来找麻溜，脸色很不好看，头也不抬地说。

正端着簸箕捡豆种的麻溜妈妈站起身问：“六先生找麻溜有什

么事?”说着拿了一张板凳让六爷坐。

“麻溜在家吗?”六爷没有坐。

“在房里,不知捣鼓什么东西,半天还没有出房门,”麻溜妈妈说,“月亮也在。”

六爷径直走进了麻溜的房门。这个房间是麻溜和哥哥两个人住的,哥哥去邻公社拜师傅学木匠手艺了,平时不回来,就是麻溜一个人住。房间不大,除了一对既装粮食又睡觉的睡柜,还有大大小小好几个缸。有些缸上还摞着坛子、木桶或者堆着旧棉胎什么的。

麻溜和月亮在铺上下五子棋。其实,六爷一进门他就知道了。

“麻溜,在和月亮下棋?”六爷问。

“六爷,何老师。”月亮抬起头和六爷打招呼。

麻溜没有说话,也没有抬头。

“麻溜——”六爷停了一下说,“何麒麟,有个革命任务要你去完成。”

麻溜还是没有抬头。

这时,麻溜妈妈已经进房间来了:“学校有什么事情要麻溜做吗?”

“不是学校的任务,是大队的任务。”六爷说。

原来大队成立了武装民兵班,癞爱武让六爷去负责军事训练。

可是那几个武装民兵总是学不会基本动作，练了快一个月了，队列都站不好，向后转，靠近的两个人经常转成面对面，拼刺刀对练更是一个也不会。再过几天，公社武装部就要来人检查了，如果不合格，武装民兵班就要撤了，说不定癞爱武的民兵营长也保不住，所以癞爱武让六爷赶快想办法。六爷说，自己讲来讲去他们不懂，要一个人配合做示范才行。

“可是找谁做示范呢？”癞爱武说，“这一套我自己都已经忘了。再说，我工作这么繁忙，也没有时间陪你们训练啊？”

六爷说，麻溜会。

“他那么一点点，他会？”

六爷说，你别看他个子不大，动作很规范的，拼刺刀对练比我都好。

“那你去通知他呗，总不会要我请吧？”

于是六爷趁今天下雨不训练就来找麻溜了，没有想到麻溜不睬他。

“什么时候去？”麻溜妈妈问，“你去吧，我来说。”

“明天不下雨，一早到学校的操场。”六爷说完，顶上了龟壳一样的雨棚走了，“那拜托三妈。”

“不要上不了台盘。明天不下雨，一早过去。”六爷走了之后，妈妈走进房间对麻溜说，说完就走出了房间。

“不要睬他们，一班五二鬼！”麻溜爷愤愤地说。

“你也跟在后面！你也是个细小的？”妈妈瞪了爷一眼说，“宁教人欠我的，不教我欠人的——鬼看得起你，也是个尊重。”

看着妈妈走出房间的背影，麻溜鼻子一酸想哭，但还是没有。

“你是记恨六爷？”月亮问道，麻溜脸色不对。

麻溜把头埋得更低。

“明天去吧，奶奶说，记恨别人的人最累，”月亮临走时说，“一定要听话。”

第二天上午还是一天的雨。中午雨便停了。六爷派小六子来叫麻溜。妈妈就说：“去吧，好歹也有工分的，刚好让妈妈在家歇半天，替你们补补衣裳。”

麻溜就到学校操场去了，先在一边看着。那几个民兵，有小六子，有大兔，还有几个叫不出名字。

过了一会儿，六爷叫麻溜过去，按照他的口令做动作。先是四面转法，麻溜的动作很标准，就像当过兵似的。

不知什么时候，癞爱武也来了，他狠狠地训了几个武装民兵一通：“你们是一班猪脑子吗？这么多天，向前转向后转也不会？”他刚说完，民兵队里一阵哄笑。“笑什么笑？长得猪头猪脑，连一个细小的也不如。看看人家的动作，不是一个教官教的么？再不抓紧，再不用心，验收通不过，一天工分也没有！”

癞爱武训完话扬长而去，六爷又接着训练。

训了四面转，六爷便让麻溜示范匍匐前进。

“卧倒！”六爷的口令很响，可是麻溜似乎没有听到。

“卧倒！”六爷又很响地喊了一声口令，麻溜一愣神，很快地右脚向前一大步，左手撑地迅速卧倒。

“匍匐前进。”麻溜觉得六爷的口令没有以前和他们上体育课时喊得好。

麻溜便将身体紧贴地面，用手臂和脚向前爬行，动作又快又协调。

这样来回做了好几次。

然后是拼刺刀的基本动作。

六爷喊：“拼刺——刀！”

麻溜就跨前一步，将木棍端在手里，右手紧紧贴在腰间，左臂用力伸直，动作快而有劲。六爷就指点着和几个民兵讲动作的要领。大兔和身边的人说了一句什么话，六爷跑过去就是一脚：“还不好好听！去死吧你！这种人也招来做民兵！”大兔砸吧着嘴想说什么，没有说清楚，口水流得很长。

然后六爷让麻溜站在大家的前面，大家看着他的动作和他一起练。

六爷喊："正面——刺！"

大家就一起喊着"杀！"声音很响。可麻溜只是做动作，没有喊。

"左侧——刺！"——"杀！"

"右侧——刺！"——"杀！"

"转身——刺！"——"杀！"

"防左——刺！"——"杀！"

"防右——刺！"——"杀！"

"最后，我和麻溜演练一下拼刺刀对练，大家好好看看。"六爷说罢，便拿了两根木棍过来，一根扔给麻溜。

他和麻溜两个人对面站立，相隔一米多的距离，先是六爷刺杀，麻溜格挡，然后是麻溜刺杀，六爷格挡。

就在大家拍手呼唤的时候，小六子说："这个有什么了不起！我也能。"

"你也能，为什么前几天我找人对练，你不敢出来？"六爷有点生气了。

"我以为多危险，就这几下子，有什么了不起的？"

"那好，你和麻溜练练看。"

小六子拿了一根木棍，站成了弓步。麻溜站着不动。

“麻溜，麻溜！”其他几个民兵们起哄。

“我要家去了。”麻溜扔下木棍，拎了一下裤子，看着六爷说。

“怎么？不敢了？”小六子晃了一下手中的木棍，向前跨了一步，喊一声“杀”，就向麻溜刺过来，麻溜向后一闪身，捡起地上的棍子，用棍梢用力一档，将小六子的棍子搁了开去，接着向前跨上一步，手中的棍子直向小六子的喉咙刺去，小六子忙用棍梢去挡，可是麻溜的棍梢在他眼前画了一个圈，已经向他的裆部刺过来，吓得小六子后退不及，一屁股跌在地上，引得大家发出一阵哄笑。麻溜将棍子“咚”的一声扔在小六子的面前，一溜烟跑了。

麻溜没有跑回家，而是穿过那片玉米地，来到荡边的那块红茅草地上。看着渐渐落下去的血红血红的太阳，麻溜的眼泪喷涌而出。“妈妈的！”麻溜狠狠骂了一句。他不知道是骂谁，不是骂小六子，也不是骂六爷，他不知道骂谁。他只是觉得胸口很闷很闷，只是觉得要骂人。

麒麟不知道什么时候来到了麻溜的身边，轻轻地依偎着他。麻溜一开始都没有发现，后来感到有一股熟悉的气味，一扭头才看到了它。他把麒麟揽到怀里，看着太阳一点点、一点点地掉进了淖里。天上又渐渐飘起了细雨，也可能是雾，密密麻麻的，很匀很匀，就像是用细眼的筛子筛过一样。细小的雨粒落在玉米叶子上，好久才凝成一个大的水珠，慢慢顺着叶子向下滑下去，滑到叶子的尖上，然后玉米的叶子便抖动一下，雨珠一跳就落到地上。头顶上的桑树上，不时落下几个大大的水珠，掉在麻溜的头顶上和脖子里，冰凉冰凉的，麻溜浑身一激灵。荡里传来野鸭“刮刮刮”的叫声，整个玉米地里没有一点点声响。

17

老婆被鬼“迷”了，癞爱武组织民兵捉鬼

那天是星期天，麻溜一大早就背着粪兜出去捡粪去了。

麻溜是小伙伴中捡粪的高手，哪家的狗在什么地方拉屎，他清清楚楚。他常常是时间最短，捡的粪最多。这天早上雾很大，所以就多花了点时间，回来迟了一点。在路口遇到三瓜，三瓜神秘地告诉他：“昨天夜里，癞爱武的老婆被鬼迷住了，鬼把她带进了大淖里，差一点淹死，还好，那个潭不深。人们早上找到她时，只剩下头在上面，脸色全白了，只剩下一口气。”见麻溜似信非信，三瓜又补充了一句：“今天晚上癞爱武要组织民兵捉鬼呢。”

麻溜走到庄子中间，果然看见庄子中间的大巷上有很多人围在

一起。

“这可是真见鬼了！”小脚五奶奶说。说完话，下巴还在不停地抖，“几十年都不听说这样的事了。”

“哪儿来的鬼！”杀猪的九佬不屑地说。

“喏，你不要不信。”五奶奶很严肃也很诡异地说。

“要说鬼，我也不信，可营长娘子半夜怎么跑进了河泥塘呢？”有人问。

“就是的，”有人应和，“已经是命大了，如果再陷得深一点，小命就没了。”

“鬼？鬼就在家里。”游神翻着泥螺眼神秘地说。他说话时，如果眼睛不动还好，如果眼睛一动，就只看到眼白，看不到一点点黑，也就不知道他在看人还是看天，当然更不知道他在看谁。

“秀芳她自己怎么说呢？”麻溜这才发现自己的妈妈也在。秀芳是癞爱武老婆的名字。

“我问了的，”小脚五奶奶说，“她夜里起来解溲，听到外面鸡窝里鸡闹，就出门看看，一出门，一个一尺多高的小鬼就在她面前跳，没有头，穿着花衣裳。不知怎么的，她就跟着走了。走过一大片玉米地，就来到了大淖边，头一昏，眼一花，那鬼不见了，她自己就陷进了一个潭，什么也不知道了。”

“那果真蹊跷。”麻溜妈妈说。

“幸亏爱武早上起得早，一看秀芳不在身边了，到处找都找不见，于是叫了自己的弟兄，又招呼了民兵队的人，四处找才在淖里找到了秀芳。要不——”

“要不，就有人开心了。”九佬的老婆说。

大家都似懂非懂地看着九佬的老婆。

“幸亏人家弟兄多，又是民兵营长。如果是我老婆，就真的找不到了。”九佬说完了，还在自己老婆肥大厚实的屁股上拍了一把。

“你死吧。我丢了，你才开心呢。你会找我？”九佬的老婆红着脸有些气恼地说，说完瞥了九佬一眼。她也是话中有话，他们家和加宽家邻居，传言九佬和大柳筐也有点不干不净。

“到底谁找谁，还不好说。”游神不阴不阳地说了一句谁也不懂的话。

“你就不要打哑谜了。”民兵队长小六子的妈妈说。

“你就一句话也不能直说？”麻溜妈妈说。

“其实，你们都懂了，还要我说什么呢？”

大家都不再问，似乎真的都懂了。

“好了好了，散吧，吃了早饭上工去。”

于是大家开始走散。等小脚五奶奶一走开，游神就压低声音说：

“是睡到半夜见男人不见了，起来跟踪，跟着跟着，跟到淖边的玉米地去了。我天天夜里兜几圈，也没有遇过什么鬼。”

游神的话，大家不是很信，但又觉得可信。

那天傍晚，癞爱武果真把民兵队的武装民兵班集中在小学的操场上训话，小六子将民兵班唯一的一支真枪都背来了。麻溜他们几个在边上看热闹。

“从今天开始，你们要执行一个光荣而伟大的任务。”癞爱武到底当过兵，声音非常洪亮，而且手里还抓着一个铁皮做的喇叭，估计在家中养病的秀芳都能听到。

“这个任务很艰巨，就是捉鬼。”癞爱武扫视了一共六个人的队伍。“有没有人害怕？如果害怕，可以退出。”

六个人都昂首挺胸。

“好，没有人害怕就好。我们革命战士是不信鬼，更不怕鬼的。我相信，这一定是那些躲在黑暗角落里不死心，也不甘心的阶级敌人搞的鬼把戏！所以我们一定要把这个鬼捉住，将它示众，将它暴露在光天化日之下！大家有没有信心？”

“有。”

“能不能声音响亮一点？”

“能！”

“稍息！”癞爱武有模有样地说，可麻溜他们觉得，他喊的口令和六爷比就差劲多了。

“下面我布置任务。”癞爱武将六个民兵分为两班，每班三个人，他任命了班长，每天日落开始上岗，日出下岗，可以是暗哨，也可以是明哨；可以站岗，也可以是埋伏；可以搜查，也可以盯梢。半夜由他亲自通知换班，地点主要是在由他们家到大淖边这一片玉米地。一旦发现目标，立即告诉他组织人围捕。他再三叮嘱，发现目标，不要告诉任何人，也不要随意采取行动，否则发生危险，后果自负，还要追究责任。

“明白了没有？”任务分配完毕，癞爱武提高嗓门问。

“明白了！”武装民兵班到底是训练过的，回答又整齐、又响亮。

当天，民兵班将麻溜他们几个围观的孩子赶走便开始巡逻。

麻溜和美国嘴子几个人远远地跟着。自从挂牌子挨批斗的事发生之后，美国嘴子总是想跟麻溜要好，可是好长时间麻溜都不理他，最近才让他偶尔跟着，但自己和麒麟的事却一点也没有和他说。

这天晚上，他们跟踪到半夜，发觉民兵班值岗的三个人背着枪在玉米地里兜了几圈，就钻进一户人家的厨房去烧夜中饭吃了。麻溜他们也觉得肚子饿了，便回家休息。

麻溜想，他们这样到哪里去捉鬼呢？分明混点工分罢了。

18

民兵班遇“鬼”，麻溜把麒麟带回家

可是，过了几天，传出消息，说民兵班真的发现鬼了。

不过，美国嘴子告诉麻溜说，不是发现的，是撞上的。那天小六子他们几个人又掰了生产队的玉米棒头，拿到一户人家去煮了吃，出来的时候在玉米田头和鬼遇上了。

“真的，一尺多高，看不到头，有时候是两条腿走，有时候是四条腿跑，跑得飞快，还有时候能一跳很远很远，就像飞，身上穿有白色花点点的衣服。你不知道，那家伙跑的时候有多快！”背枪的小六子逢人就讲，有一次被癞爱武听到了，扇了他一个耳光：“军事机密，怎么到处乱说！”

当美国嘴子把小六子的话转述一遍之后，麻溜似乎感觉到了他们在说谁。他浑身一凛，但什么也没有说。

那天夜里，他忽然被广播里民兵紧急结合的通知闹醒了。

“紧急通知！紧急通知！请所有基干民兵15分钟赶到小学操场集合。迟到的扣三天工分，按时赶到的算三天工分。”

“紧急通知！紧急通知！请所有基干民兵15分钟赶到小学操场集合。迟到的扣三天工分，按时赶到的算三天工分。”

广播里一遍一遍地喊着。

细细听，外面大队部的大喇叭也在叫。

接着就是一阵阵杂乱的脚步声和吵嚷声。

“外面闹什么？”妈妈也醒了。

“睡你的觉，让他们闹鬼去。”这是爷。

不一会儿就传出了爷和妈妈此起彼伏的呼噜声。

麻溜睡不着，悄悄穿了衣服溜出了门。出了庄子，向人声吵嚷的地方奔过去。

吵嚷声是从学校西边那片玉米地传过来的。一大帮人已经将玉米地包围了，有几个人手里晃着电筒，还有人手里举着自制的火把。

“不要急！散开来，由西往东拉网，千万不能让它溜了。”癞爱武手持铁皮喇叭在大声指挥着。

原来，执勤的小六子他们又遇到了“鬼”，便立即向癞爱武汇报。癞爱武立即召集了几十个民兵，散开一条线，由大淖边向东进行拉网式搜索。因为向西是大片大片的淖，鬼一旦进了大淖，谁也没有办法，而向东是庄子，庄子东边是一条南北的大河，也就是大盐河。没有船，谁也过不了。他们相信，天一亮，这鬼就没处跑了。

麻溜从庄子里出来，迎着拉网的民兵队伍走过去。只见西面是密密的人影，许多晃动的电筒光，使晃动的人影显得特别阴森可怕。麻溜是个胆子很大的孩子，可今天他觉得自己似乎在发抖。他担心麒麟，他觉得他们说的鬼太像麒麟了。美国嘴子说了之后，他就觉得是。他不知道麒麟在不在玉米地里，能不能躲过他们拉网一样的搜查。麻溜心里没有底。他走到玉米地中间之后，不敢再向他们走去，就伏在一块田坎边上，看他们一边吵嚷一边向这边搜索。

突然，他看见前面一个黑影向他窜来。他本能地伏下身子，将身体紧贴着地面。

“噗”的一声，一个东西重重地落在他身上。他用手一摸，毛茸茸的，一看是麒麟。

麒麟打了一个滚，爬起来就要跑。

“麒麟！是我。”

这时，麒麟也看出了麻溜，可它还是要跑，麻溜一把将它拉在怀里，顺着一条沟向北跑去。来到一条河边，在一棵大树边上找到一个洞，这是他有一次挑猪菜时无意发现的。当时他看到这河边有几棵肥肥的浆浆菜，就准备去铲，可是浆浆菜靠水面太近了，他就一只手吊着树干，身子横在水面上，一只手去拔。就在这时有一只兔子从树干下的洞里飞窜出来，跑了。这兔子可真狡猾，要是它自己不出来，谁也发现不了这个洞。麻溜用手伸进去探了探，这洞居然是拐弯的。麻溜将麒麟放在洞里面，拍拍它的脑袋，摸摸它软软的鼻子，叮嘱它："待着，别动。"麒麟乖乖地钻了下去，麻溜又在洞口撒上厚厚的草，自己撒开腿向东南方向跑去，民兵队伍以为是谁发现了目标，一起跟着包抄过来。

"散开！散开！扩大包围圈！"癞爱武用喇叭筒喊着。

等他们追到了玉米地边，发现麻溜站在那里。

"麻溜，你半夜来干什么？"癞爱武很严肃地问。

"看你们抓鬼。"麻溜说。

"倒会凑热闹。"有人说。

癞爱武看了麻溜一眼，继续带领民兵们四处搜罗，却再也找不到鬼的影子。癞爱武留下三个值班巡逻的人，让其他人回去休息，但要随时听候命令，接到命令，要立即赶到现场。

等所有人都走了，田野里又恢复了平静。三个巡逻的也不知钻到谁家去睡觉了。

麻溜又顺着那条沟找到那棵大树，找到那个洞，拨开草一看，麒麟还伏在那儿，看到麻溜，才将头抬起来看着麻溜，麻溜从那双纯净的眼睛中看到了惊恐。

“麒麟，别怕！麒麟，别怕！”麻溜这时就像一个安慰孩子的母亲，用手轻轻拍着麒麟的头。

麻溜仰身躺在河坎上，把麒麟揽过来。麒麟乖巧地将头放在他胸脯上。这时，麻溜才感觉到，夜里还是很凉的。天上没有月，星星似乎也离得很远。偶尔有流星划过，很快地一闪，就隐没在海一样的天空。

躺了一会儿，麻溜意识到天在渐渐亮起来。他忽然想到，天亮了癞爱武再带人拉网怎么办。是的，这样下去，麒麟迟早会被发现。他低头看看麒麟，麒麟也正抬头看他。

“不行！麒麟不能给他们抓走。给他们抓走，麒麟非死不可。”麻溜这样想着。想来想去，他觉得只有一个办法。

“走！麒麟，跟我回家吧。”

19

小院子成了麻溜和麒麟的快活天地

麻溜家和麻溜读书的小学靠得很近，隔着一条小河。小河上有土坝，可以走过去。麻溜家是河那边第二排房子的第二家。

麻溜家的房子和庄子里绝大多数人家的一样，三间向南的主屋。主屋东头，稍微退后一点是三间简易矮小的茅房，茅房两头是两间猪圈，中间是茅缸。主屋西南面，面向东的是两小间厨房。在厨房的北面和主屋的西面有一小块空地。麻溜爷把它围成一个小院子，里面堆着草堆和杂物。小院子的北面和西面都用土坯墙和外面的巷子隔开。在主屋和厨房之间有一个用杂树棍子钉起来的简易的门，门并不锁，只是随意一拉，挡一挡鸡和狗。夏天的晚上，麻溜和他爷，还有哥哥，都在里面洗澡。麻溜有时候在里面练功，也有时候让和他要好的人一起在里面玩，举石担，练摔跤，练打拳，翻跟头，拿大顶。当然，不是特别要好的，是不让进的。

麻溜决定，将麒麟带回家，就藏在这小院子里。

麻溜抱着麒麟，弓着腰，贴着玉米地里的排水沟向东跑，他怕万一遇到那些巡逻的民兵。当然，他自己不怕，他们没有人能追上他。可他们有枪，当然他们没有人敢对他开枪，但麒麟不行，所以麻溜跑得很快。平时抱着麒麟，觉得并不重，可不知是麒麟长大了，还是自己累了，他跑得很吃力。好在麒麟很乖，任由麻溜怎么抱，它都一动也不动。

他们到家时天还没有大亮。爷和妈妈还都没有起来。庄子里很静，偶尔从别处传来谁家早起刮锅的声音。

将麒麟藏在哪儿呢？这让麻溜很为难。就放在这小院子里，肯定不行。家里人肯定很快就会发现。麻溜抱着麒麟，在小院子里转来转去，突然他对着草堆想到一个好主意。有一次，他和小伙伴们玩官兵抓强盗，他在生产队的大草堆里弄了一个洞，钻进去之后，又在洞口塞了一点草，结果所有人都没有找到他。他在里面美美地睡了一觉，到了天亮才出来回家。

他轻轻放下麒麟，拍拍它的头，叫它不要动。然后走到草堆边看了看，草堆是紧靠西北角堆的，上面的草都已经伸到围墙的外面，就像屋檐一样。麻溜看了看，想了想，走到草堆的边上，将草堆和北面围墙之间的草一把一把拉了出来，渐渐地掏出来一个能钻一个人的洞。将麒麟抱进去，觉得有点小，又掏出了许多草。再把麒麟抱进去，觉得还算不错，便把拔出来的草送到厨房的灶门口去，又将自己挑给家里猪吃的野菜拿一点来，塞进洞里。拍拍麒麟的脑袋，叫它待在里面别动，然后用草将洞口挡住。怕麒麟钻出来，又搬了几个树根堆在洞口外边。

觉得一切都妥了，才搓搓手，抖了抖已经湿了的小褂子，把栅栏门拉好。进屋去，钻上床躺下。

一连好几天过去了，再也没有鬼的消息。

“鬼就是鬼，说没就没了。”有人说。

“是不是根本就没有鬼，你们几个混了工分不好意思，弄出个鬼来糊弄人。”有人开始嘲笑小六子他们民兵班。

小六子赌咒发誓说真的看见了鬼，他还向营长癞爱武汇报了群众的意见，请示要不要撤了岗哨。癞爱武说：“这是谣言，阶级敌人想动摇我们的意志，决不能上当。巡逻继续，提高警惕，还要更加认真。”

有人问游神：“你天天半夜三更到处闲逛，有没有见过鬼？”

他还是不阴不阳地说："该见鬼的人才见到鬼。什么是鬼？鬼就是人，人就是鬼。"

这几天麻溜的心里总是很不踏实。他一放学就跑回家，有时候课间也要溜回去看一两次。他不放心麒麟，他怕麒麟不习惯，怕它待不住，自己跑了。也怕有狗钻进去和它打架，还怕他爷万一要劈树根干什么，所以，麻溜一有机会就跑回家。好在老师也没有什么作业，学校的活动麻溜也不参加。自从那次挨批判之后，什么活动也没有人让他参加，他什么活动不参加也没有人管他。

麒麟真的很听话，躲在里面一点声音也没有。到了晚上，爷和妈妈都睡着了，麻溜就悄悄地开了门出来，关了小院子的门，把麒麟放出来。只要麻溜一叫它的名字，麒麟就会用头在里面拱开挡着的草，有时能把挡在外面的树根顶得晃动起来。麻溜一挪开树根，扒开挡着的草，它就会从里面蹦出来。先是伸出弯弯的前腿，然后后面的腿一用劲，整个身子就窜了出来。出来之后，先是扑向麻溜，将两个前腿搭在麻溜的肩上，劲很大，有时候能将麻溜推得向后退好几步。麻溜便用头抵着它的头，也让它向后退几步，它便放下前腿，在小院子里撒着欢，然后伏在麻溜带回来的嫩草旁边吃着草，麻溜便蹲在边上看它香香地吃着草，听着它用舌头把草卷进嘴里，发出轻微的嗑吃嗑吃的声音。

等麒麟吃完草，他们还会在小院子玩耍一会儿。有时候就在小院子里兜来兜去散散步，麒麟就在麻溜的脚边绕来绕去；有时候，麻溜会用两只手搭着它的前腿走来走去；也有时候，他们就一起蹲在草堆的边上，将身子倚靠在草堆上，麻溜就搂着它的头看着天上圆圆的月亮想心思。等时间差不多了，麻溜会熟练地清理一下草堆洞里一些枯草和麒麟拉的屎，然后再放一些青草进去。只要麻溜用手指指洞口，说："麒麟，进去！进去！"麒麟就会乖乖地进去。不过进去之前，总要在麻溜腿子边蹭来蹭去；进去之后，还要在洞口看着麻溜，那双孩子一样的单纯的眼睛，一直看着麻溜用草将洞口遮挡严实。

不上学的时候，麻溜除了早上出去绕着庄子拾一圈粪，白天出去挑一篮猪菜，其余时间都待在家里。大人们都下地干活之后，他就把那扇用树棍子钉的门关起来，将麒麟放出来，让它吃自己挑猪菜时带回来的鲜嫩的草，陪它在小院子里玩一会儿。

这样的日子麻溜很开心，但总是提心吊胆的。他担心麒麟迟早会被发现，尤其是爷，因为他是经常到院子来的，而且他是个特别细心的人。

20

麒麟意外地被美国嘴子发现了

让麻溜没有想到的是，麒麟没有被爷发现，却被美国嘴子知道了。

自从“组织”被揭发，自己被批判之后，麻溜就不再和小伙伴们一起玩，更不和以前的几个“反动分子”玩；遇到了麒麟之后，他心中只有麒麟了。

有的小伙伴再不敢和麻溜玩，被人欺负了，也不敢再找麻溜帮忙，担心自己也被扣上反动的帽子，将红小兵撤了。有的家长不让孩子和麻溜一起玩：“离他远一点。一点点大，就成立什么组织，还是反动的。长大了，是杀头的料。”“跟好人，学好人；跟高花子，学游行。禁止和他在一起。老拐子当年就不是什么正经人，在上海滩吃喝嫖赌，什么坏事都干过，说不定还杀过人，他教出来的有什么好人！再和他一起，当心屁股。”有的家长这样警告孩子。

只有美国嘴子一直找机会要和麻溜说话，可麻溜总不理他。看他凑过来，麻溜一瞪眼，美国嘴子就停住了脚步，讪讪地走了。嘴里还嘀咕着：“我真的没有背叛！真的没有揭发！是他们逼迫我交代的，是胖桃把什么都说了。”麻溜再瞪一瞪眼，他还在嘀咕，但只看到嘴巴在动，却没有声音了。

有一次，他又这样啰唆，麻溜便凑近他问：“那揭发我罪行的稿子不是你自己念的？再狡辩，当心我揍你！”

“不是——不是——”

“我亲耳听到的，还不是？你以为我吓昏了？”

“是，是，是他们逼迫我爷写的，是我爷逼我念的。要不，他们就不让我姐姐读书了。”

“你姐姐不是在县中读书吗？”

“他们说，我不好好交代，就让县中开除我姐姐。”

麻溜知道，美国嘴子的姐姐非常漂亮，读书非常非常好，据说全县都闻名的，麻溜还听说一个什么大学的教授要培养她做科学家。麻溜心里觉得，美国嘴子说的或许是真话，可是稍微一犹豫，还是说：“走！我不想和你玩。”

这一次，美国嘴子居然也急了：“我爷跟我说，我不答应的。可我妈妈说如果姐姐不读书了，那个军官可能就不肯要我姐姐了，所以我才答应的。”

麻溜一听，也愣住了。麻溜看到过和美国嘴子姐姐定亲的那位军官，又高又大，非常威武。据说，部队首长是不同意这个军官和美国嘴子姐姐定亲的，但这个军官在一次打仗中立了大功，那位大官训了这个年轻军官一通“没出息！为了女人，不要前途”也只好作罢。这一次，麻溜差一点就原谅美国嘴子了，可是想到挨批时他发言的样子，还是什么也没有说，只是用眼睛瞪着美国嘴子。美国嘴子还是讪讪地走了，不过嘴里还是在嘀咕着什么就听不清楚了。

可是美国嘴子总是千方百计地找机会往麻溜身边凑，和他套近乎。有时候来告诉麻溜，他看到了哪个地方有一群狗发情，在打架，赶快去，肯定能捡一筐粪的。有时候来说，那个军官回来探亲，来看他姐姐了，带了很多高级的大白兔奶糖，一定要塞两块给麻溜。糖麻溜不要，但狗屎是要的。美国嘴子走了，麻溜就会赶快背起粪兜赶过去。

这天晚上，麻溜正和麒麟在小院子里玩，隐隐觉得，树棍门外似乎有人。他突然拉开门，门外站着的是美国嘴子。

“你——”麻溜非常愤怒。

“我——”美国嘴子正要说话，麻溜一把将他拉进小院子，又将小院子的门关上。

“你——”麻溜压低声音问他，“你来做什么？”

“我，我姐姐结婚了。”

“这关我什么事?”

“我姐夫给我一顶军帽，一个军腰带，我妈教我送一样给你，你要哪一样?”

麻溜呆呆地看着月光下的美国嘴子，发现美国嘴子的牙齿那么白，眼睛那么亮。“真的?真是你妈教的?”麻溜问。麻溜知道，这两样东西都是自己早就想要的。当然美国嘴子也想要。他要了腰带。帽子太大，戴起来，也太招人注意。人家问：哪儿来的?军帽哪儿来的?他也没有办法回答。再说，帽子，让美国嘴子戴更好，人家都知道他姐夫是军官，就没有人敢欺负他了。

有了军用腰带，可是，麒麟让美国嘴子看到了。麒麟傻傻地看着麻溜和美国嘴子在月光下嘀咕，不时还摇摇头、摇摇尾巴，还把耳朵在麻溜的腿子上擦来擦去。

“这是什么?”

“鬼!”

“什么——你别吓我。”美国嘴子脸色有点发白。

麻溜只得告诉美国嘴子实情，并要他发誓决不能透露秘密。

“如果我说出去，”美国嘴子指着天上的月亮说，“就天打五雷轰。”

“这一回，我相信你。”麻溜说。

21

在一个中午，麻溜遇到了仇人胖桃

这是一个很闷热的中午。按道理天还不应该这么热，槐树上、楝树上已经满树都是声嘶力竭的蝉声。树叶子一动也不动，无精打采地耷拉着。太阳已经晃得人睁不开眼睛。狗也不再溜达，找一块树荫伏在那儿乘凉，伸着长长的舌头喘气，肚皮很夸张地一瘪一鼓，就像拉动的风箱。

爷和妈妈拉了条席子在客厅的地上睡午觉。妈妈叫麻溜也睡觉，可麻溜睡不着。“别滚来滚去闹得人睡不安稳。不想睡，就自己到厂里玩。”妈妈说。

这里的人家到了夏天，大多会在屋子附近找块空地搭上一个厂，也就是将四根竹竿或者树棍竖在土里作为柱子，然后再用竹竿或者树棍在柱子上面横竖交叉地将四根柱子连起来搭成架子，在架子上面盖上草帘或者苇席，用绳子扎一扎紧，就搭成了一个两丈左右见方的厂。既可以遮阳，也可以遮露水和小雨。天实在热了，就在厂里面吃饭，晚上可以在厂里面聊天。甚至有很怕热的人，中午或晚上就睡在厂里的桌子上。有的人家还会将南瓜、黄瓜或者葫芦的藤引到厂的顶子上，于是厂顶的棚上就有了一片片绿色的叶子。有藤从四面垂吊下来，藤上或许还吊着丝瓜、黄瓜或者葫芦，而下垂的藤，总是使劲地向上拗着头，看上去很是有趣，麻溜觉得就和自己倒挂在树上差不多。麻溜家的厂只用了一根柱子，因为一边挨着屋子的山墙，在墙上掏了两个洞，把作为横梁的两根竹竿插到洞里，省了两根柱子，又把一棵高大的楝树作为一根柱子，又省工又省料。靠着树根栽的两棵丝瓜顺着楝树爬到了厂的顶子上，开着一朵一朵黄色的花。

麻溜不想睡觉，但也觉得很无聊。他先在吃饭的桌子上躺了一会儿，可是不一会儿后背就紧紧粘在桌面上，很不舒服，他就把自己的弹弓掏出来想换上新的橡皮筋。这新的橡皮筋是加宽哥哥进城买给他的。麻溜的弹弓橡皮筋时间太长了，都没有什么劲了。再说，麻雀子他们的弹弓都已经换成16根橡皮筋的了，而麻溜的还是8根。麻溜早就想换了，可是一直没有凑够钱买皮筋。今年春天打楝树果子卖的钱，还不够。有一次加宽进城买书，就帮麻溜带了一盒皮筋回来，很多很多根的。可是皮筋在自己的房间里，麻溜不想进家里去拿，怕闹醒了爷和妈妈睡觉，说不定要挨爷一巴掌的。

于是麻溜便爬到大楝树上玩。麻溜家的这个大楝树很高，枝叶也密，爬到最上边一个树丫上，能够看到半个庄子。当然，也只有麻溜能够爬到最高的一个树丫。麻溜最喜欢爬到这个高高的树丫上，端着自己刻的木头小枪或者挂着爷为他做的大刀，像新四军的游击队员一样站岗。麻溜很喜欢这样站岗的感觉。他常常想象着日本鬼子或者美国鬼子从哪里进村，他怎么发现了鬼子，然后怎么给游击队发出信号，自己怎么把鬼子带进荡里，最后被埋伏的游击队消灭掉，而自己又怎么成功地逃走。

整个庄子都在麻溜脚下，麻溜就像站在高山上看下面的小山，一个一个茅屋的屋脊都在他的眼下，起起伏伏就像海里的浪，还能看见靠近的好多家的小院子，谁出来倒水了，谁从堂屋走进了厨房，谁家的狗在院子里懒洋洋地躺着，他都能看得见。还在他小的时候，就用弹弓打中过麻雀子家懒洋洋睡着的狗，疼得它瘸着腿“汪汪”地叫，到现在也没有人知道。有一次，他用弹弓打中了咬着小脚五奶奶的黄母鸡准备逃跑的一只很大的黄鼠狼。那黄鼠狼丢了鸡撒腿就跑，被小脚五奶奶逢人就夸了很长时间，但还是被他爷瞪了一眼："这种东西打不得的。"

麻溜站在树丫上东看西看，又开始想象他的打仗故事。忽然他发现几个鬼子从最东边的一条巷子进村了，鬼子人不多，一共就三五个人。"就不用向游击队汇报了"，麻溜想，便端着枪瞄准着走在最前面的一个。"叭！"一枪撂倒了这个最前面的日本鬼子，他又端起枪瞄准着走在最前面的一个。"叭！"一枪又撂倒了这一个。这时鬼子的小队长走到了最前面，他的眼镜在太阳光下反射着强烈的光。麻溜用枪慢慢瞄准着，枪的准星跟踪着这个鬼子小队长的头。突然，麻溜发现准星对着的是一起从巷口朝着他们家这边走过来的胖桃和他弟弟。很长时间看不见胖桃了，麻溜差点儿都把他忘记了。他们是一个庄子，但不是一个生产队的。大概胖桃自己也不敢见到麻溜，因为有人告诉他，说麻溜遇到他一定会打他的。是的，麻溜曾经在心里发狠一百次，要找个机会、找个借口报复胖桃，但麻溜不急，他知道这个机会、这个借口一定会有的。"君子报仇十年不晚。"拐子爹爹说的。

麻溜摸出了塞在腰里的弹弓。麻溜知道弹弓的橡皮已经没有劲了，可是打这么远是没有问题的，而且是居高临下，一个楝树果肯定能让胖桃的脸肿一个大大的包。麻溜摘了一个青青的、不大的楝树果子，把它紧紧包在弹弓的皮兜里，慢慢拉开皮筋。可是麻溜只是拉了拉，又松了手，他忽然想起在大盐河边上和胖桃他们几个人用瓦片砸轮船的事。

那天是星期天，他和胖桃几个人一起挑猪菜。篮子满了之后，就在大盐河边上玩。先是在陡陡的河坎上挖神仙洞，也就是掏一个洞当作供神的神龛，在里面再做一个供桌，捏几个菩萨。神仙洞挖好了，大家就在水边用瓦片打水漂，比谁的瓦片打得远，谁的瓦片在水上漂的次数多。这时来了一个拖船，很长很长，大家一数，一共有十四条船。有些船上除了掌舵的人，还有人坐在船舱的盖板上吃西瓜。这时不知是谁打的瓦片在水面上飘了几次之后竟撞到了船帮上，“咚”的一声然后反弹到水里。这个船上的人听到了响声，一起站起来对着岸上叫骂。

有的骂“王八羔子”！

有的骂“小杂种”！

有的骂“小土匪”！

还有的从船上找了砖块对着麻溜他们狠命砸过来。

本来，何淖庄的孩子对那些长得白白净净，穿得体体面面，从不下地干活却都是吃白米饭的城里人，既羡慕又不满，既向往又妒忌，甚至觉得他们就是地主，就是资本家，总是编出很多故事取笑他们。在麻溜他们眼里，这些船上的人同样也是不劳动的城里人。于是，听到叫骂，麻溜他们几个人也都火了。

“妈的！砸他们的狗头！”不知谁喊了一句。

“进攻！”麻溜下令。

于是几个人一起在河沿上捡起瓦片砖块对准拖船上扔过去。这个拖船很长也很慢，嘭嘭嗙嗙地很多瓦片落在了船上，船上的人跳着脚对着他们痛骂。

“咚”的一声，麻溜的一个砖块砸到了船舱上，一个人正坐着吃饭，砖块砸到了钢筋锅的盖子，然后一弹打中了那个吃饭人的脸。那个人“呀”的一声就用手捂住了脸。船上有人吹响了哨子，哨子声一节一节传到最前面的轮船上。轮船停了机器，整个拖船就像一条死蛇歪七八扭地浮在河里。有几个人划一只小船准备上岸。

“快跑吧！”不知谁说。

“撤！”麻溜说。于是几个人撒开腿就飞跑。据说那个船上的人上岸到庄子里找了几圈，没有找到人，就找癞爱武报告了情况，并且警告如果再有人砸轮船，就要带人扫平庄子，还要报告公安局。麻溜他们没有想到这件事癞爱武居然没有追查，也就是在广播里要各家教育细小的不要砸轮船了事。麻溜爷一直怀疑这件事情与麻溜有关，可是问了美国嘴子，问了胖桃，他们都说没有。后来这件事就没有人再提。

麻溜悄悄塞起了弹弓，等他们兄弟俩就要走到楝树的下面，他“啪”地从树上跳了下来。

“麻溜，你要干什么？”胖桃弟兄俩吓了一跳，胖桃问。

“我在我们家树上玩，也要你管？”麻溜问。

“我们要去我们三爷家……”胖桃弟弟说。

麻溜瞪了他一眼，胖桃弟弟便不再说话。

“麻溜，上次我……”胖桃胖胖的脸红成一片，说话更结巴了。

麻溜看着他红红的脸，心里一咯噔。麻溜听说胖桃爷对胖桃很不好，再看看他弟弟，眼睛露着很害怕的样子。麻溜便走到他跟前，两手叉腰看着他不说话。忽然发现他两只手别在背后，便问：“手里是什么？”

“小画书。”胖桃弟弟说，把手拿到了前面。麻溜盯着他手中的小画书看，不说话。

“二子，”胖桃说，“画书借给麻溜看吧。”

胖桃弟弟盯着麻溜，没有动，麻溜也盯着他看，也没有动。

“二子，画书快给麻溜吧，”胖桃说，“我们要送米给三爷家的，他们家还没有吃饭呢。三爷病了，家里没有米了，我妈叫我们送点米给三爷家。”

这时，麻溜才发现胖桃手里拎着一个用旧裤腿做的黑色的小布袋子。

“让我看看是什么画书。”麻溜向胖桃弟弟伸出了手，胖桃弟弟不情愿地把书送到麻溜手里。画书没有封面，麻溜便翻了几页，原来是《小英雄雨来》，麻溜看过的。

“麻溜，你和哪个叽叽咕咕说话？”这时麻溜妈妈醒了，在家里问。

“没有人。”麻溜一边回答妈妈，一边将画书塞进胖桃弟弟手里，挥手让他们走。

妈妈并没有起来。夏天的中午是漫长的，劳累的大人会睡很长很长时间的午觉。堂屋里很快又传来妈妈和爷的呼噜声。

“天热，不要出去晒顶子！就在厂里玩。——不要七里空隆地闹，你爷要睡觉的。”

妈妈停下呼噜声说了一句话，接着呼噜声又响了起来。

22

那个中午，癞爱文钻进了加宽老婆的房间

麻溜没有什么事可做，便用两个小腿勾住大楝树的一个树杈，将身子倒挂在楝树上，像荡秋千一样晃悠。麻溜觉得倒过头来看天看地更好玩。他觉得自己似乎成了神仙，踩着一片苇席在天上飘着，云朵在身边绕来绕去，而地上的茄子、辣椒似乎都倒长在天上，楝树就像倒栽在天上一样。他又觉得自己像是踩着一片苇席漂在海上，四边都是蓝蓝的海水和起伏的波涛。

麻溜正陶醉于自己的神仙世界，忽然两条蓝色的裤腿和一双高帮的白球鞋从他眼前闪了过去。麻溜起先没有在意，可是他一下子想到一个人，一收腹卷身坐到了树枝叉上。从树枝的缝隙里向前一看，

果然是他，癞爱武的兄弟——癞三癞爱文。

癞爱文也是个回乡知青，和加宽同一年从县中毕业，因为他爷是个烈士，再加上他们家族势力大，很快就当上了大队会计。癞爱文个子高挑，皮肤白净，夏天总是穿一件很白很白的的确良白衬衫，领子硬硬地竖在脖子里，看上去就像城里的人。癞爱文有一块上海牌手表，他总爱在人前看手表。他看手表的动作很是特别，先是使劲将左胳膊直接向前伸直，然后一使劲将小臂弯曲到几乎和身体平行，再一翻小臂，让手腕正对着眼睛。“哟，时间不早了，我要赶到大队部去。”看了手表，他总是这么说。有爱逗趣的人，只要看到他，就会显得非常谦恭地说：“大会计，现在几点？我们什么时候能放工？”那时候，很少人有手表，一般人家也没有钟，上工下工都看竖在生产队农场上的旗杆。旗子升了，就上工；旗子降了，就下工。

他便很认真地使劲将左胳膊直接向前伸直，然后一使劲将小臂弯曲到几乎和身体平行，再一翻小臂，让手腕正对着眼睛：“哟，快11点了，我要赶紧到大队部去。”

也有人会用手捻一捻他的的确良衬衫滑溜溜的布，很羡慕地说：“大会计，这布料很贵很贵吧？”

“不贵。这是我家大姑从上海带回来的，”癞爱文很平和地说，显得非常平常，然后突然说，“哟，不早了，我要赶快到大队部去。”

庄上的大人夏天都有睡午觉的习惯。这么热的中午，他出来干什么？麻溜这样想着，便站在楝树枝上看他到底要到哪家去。癞爱文从麻溜家旁边的巷子里走过去不远，向左一拐便不见了。哟，那不是加宽家吗？癞爱文虽然和加宽一起从县中毕业，一起回乡劳动，但两个人从不来往。加宽虽然是个老实人，但很瞧不起癞爱文。他就和麻溜说过癞爱文在学校里很多见不得人的事，说他考试总是作弊，偷过学校食堂的馒头，钻进女生宿舍欺负女同学，还打过自己的语文老师。学校处罚他，他就扛自己是烈士子女的牌子。加宽说他在学校时名声很坏很坏的。

那他今天到加宽家干什么呢？麻溜滋溜一下滑下楝树，悄悄跟过去。他看到癞爱文走进了加宽家的厂里，拉了一条凳子坐了下来。加宽家厂里没有人，他坐在这里干什么？麻溜这样想着，正要走开，却听到有低低的说话的声音。麻溜掩身在一棵大槐树的后边，伸头看过去，原来沈巧珍正躺在厂里的桌子上睡午觉。“没规矩的女人！”麻溜早听妈妈说，女人不能随便睡在屋外的，更不能睡在吃饭的桌子上。麻溜不想多看这个癞爱文，也不想多看这个臭女人。麻溜不喜欢沈巧珍，也不喜欢癞爱文。自从看到了她和癞爱武的事情，麻溜就非常讨厌这个女人，看到她就要对着地上唾唾沫。麻溜正要抽身离开，却听到门吱呀一声响。再一看，加宽家厂里一个人也没有了。

难道……麻溜不敢再想下去。他想离开，可是腿子却走不动。他知道加宽不在家。中午，加宽下地时在麻溜家坐了一会儿，说他妈妈去上海看他爷了，说他家黄豆地里的草太高了，他妈妈临走时叮嘱他要赶快薅一薅，要不就把豆子都欺死了。想到加宽，麻溜心里说不出的滋味，觉得心里很堵很堵。可是他们进屋子到底要干什么呢？莫非有什么正经事情？这样想着，麻溜轻轻走过去。走到门口一看，门关得紧紧的。从窗口走过时，麻溜听到了里面有那种让他脸红，也让他讨厌无比的声音。他飞快地跑开。槐树上的蝉突然一起叫了起来，吓了麻溜一跳。不知哪一只蝉还洒了麻溜一脸的尿，麻溜真想回家拿来弹弓将这只讨厌的蝉打下树来。

可麻溜没有回家，他知道这样的事不能告诉妈妈，更不能和爷说。上次爷用绳子抽打了一顿，疼了很多很多天。当然，这样的事情更不能告诉别人。他自己也不知道怎么就跑到了加宽家的地里。加宽正戴一顶破旧的草帽在太阳下薅草。加宽真不是做生活的料，不管做什么农活，都显得很笨拙、很吃力。麻溜妈妈经常劝加宽妈妈让加宽学个理发、裁缝什么手艺：“他不是做生活的人，让他做生活，活受罪；看他做生活，比自己做都累。”可加宽妈妈说：“我们家没有一个做生活的大劳力怎么行？再说，生产队也不会同意。”

麻溜见加宽满脸是汗，汗里还混着泥，那件从学校带回来的印有“县中”两个字的白背心全都贴在身上，学生蓝的中山装褂子都湿透了，扔在地上。

“你现在怎么到地里来了？”看到麻溜，加宽问，“这么点地，不用你帮的。”

“大嫂子，大嫂子，她……”

“她让你来的？她有什么事？”

“大嫂子病了……”

“她病了？让你叫我？”加宽停下手中的锄头。

“她肚子疼……疼得直哼哼……”麻溜也想不到自己为什么会这样说，他又想到那个让他厌恶的声音。

“真的？”加宽拎着锄头便朝家里跑。

跟在加宽后面走着，麻溜听到自己的心怦怦地跳。他有一种满足，又有点担忧。他不敢想加宽回家以后会发生什么，想到这些他又有点后悔。

加宽跑得很快，好像忘记了后边的麻溜。麻溜没有跟着加宽回去，他又回到了自己家的厂里，他又爬上了那棵大楝树，他想听听加宽家那边会发生什么。他有点为加宽担心，但又不敢跟过去。他想叫醒妈妈，叫她去看看，可是他又不敢说。他觉得自己肯定做了一件很错很错的事情。可是等了半天，加宽家那边一点动静也没有，甚至没

有一点声音。难道癞爱文根本就没有进加宽家的门？难道那声音是自己听错了？难道沈巧珍真的肚子疼？可是那让他讨厌的声音清楚地还在耳边响着。

“你中午不睡觉，乐什么心？”妈妈已经起来了，看到麻溜站在楝树杈上，一边用毛巾擦脸，一边问麻溜。

“我在捉假铃[①]。”

“你就是皮不死，这么热的天不睡觉。”妈妈说着又进屋去了，临进屋的时候说，“要不，到月亮家去两个人玩。别闹得你爷睡不成觉，你屁股要遭殃！”

麻溜于是到月亮家去。月亮家的厨屋对着巷口开了一个门，这样到麻溜家来很方便，麻溜到月亮家去也方便。月亮睡了一会儿午觉正在练毛笔字，于是两个人玩五子棋。麻溜总是输，觉得没劲，就不玩了。

---

① 方言，指蝉。

23

一个大雾的早晨，加宽不见了

“三妈，开门。三妈，开门！”

“三妈三妈！开开门。加宽不见了！”

“三妈三妈快开门！加宽不见了！”

第二天天才麻麻亮，麻溜正在梦里和麒麟一起玩，被一阵急促的敲门声惊醒了。沈巧珍死命敲着门，哭喊着麻溜妈妈开门。

麻溜起来时，看到妈妈正在堂屋中间和沈巧珍说话。

“说说看，两个人到底是怎么回事”，妈妈一边扣着衣扣一边说。

“五更头里，我起来小解。一看床上，没有人。就到他妈妈床上一看—— 他妈妈去上海了，我以为他嫌热，一个人睡到那张床上—— 也没有人——厨房里看了，茅缸上看了，都没有人。”沈巧珍衣衫不整，对面襟的褂子似乎扣错了扣子，下摆显得一边垂着一边吊着。

“庄子四周看了吗？这个书迂子会不会拿了书出去念书了？”

“庄子周围我都看了。一天的大雾，看不远的。我怕闹得人家睡不成觉，又不敢四丈高扬地喊，弄得惊天动地的，也怕闹笑话。”沈巧珍的脸色显得很是憔悴，好像一夜都没有睡好。

“两个人拌嘴了吗？”

“没有！昨天不知又为了什么事情，他拉着脸一晚也不理我。”

“不是我这个叔婆婆说你们，过日子就要像过日子的。两个人也不小了，细的不想要，总是不像个过日子的样子，成个什么人家！”

“又不是我不要——”沈巧珍低着头说，一脸的可怜和委屈。

“好了好了，还是先找人。麻溜，你眼睛尖，也帮着一起找。”

麻溜先跑到加宽家的那块黄豆地里看了看，没有人。还是昨天薅的草，剩下的还是昨天的样子。麻溜又去加宽经常读书的几个河边路头看了看，也是没有人影。麻溜一边找一边喊着加宽的名字。远处也不时传来沈巧珍和麻溜妈妈呼喊的声音。麻溜妈妈的声音充满了焦急，沈巧珍的声音拖着哭腔。

等麻溜回到加宽家门口的时候，已经聚集了不少人，大家都在七嘴八舌地分析可能的原因和去了哪里。

“是不是又闹鬼了？”小脚五奶奶说着，下巴抖动得比平时更厉害。

“哪儿来的这么多鬼？”杀猪的九佬总是不信。

“那这么个大活人怎么就不见了？”有人将信将疑地问。

“就是！而且上次爱武嫂子不是就被鬼迷到了淖边的潭里？”小脚五奶奶得了支持，又搬出了根据。

“恐怕真要到淖边去找找看。”

要是不说话，大家都没有注意到游神泥螺眼早就站在一边。这样的事情问他，或许真的知道点什么。

“你看到加宽了么？”麻溜妈妈问。

“这个这个……所应所应……”泥螺眼支吾着。

“你就不要支吾了。人命关天，你看我大媳妇急的。看见过就说。”麻溜妈妈有点急了，不客气地催泥螺眼。

“你什么时候能够痛快地拉一摊屎，老了也有个好死场。要不你断气了，我也不给你穿衣服。”九佬矮短身材，可是非常能吃，力气很大。一顿饭能吃三斤米的饭，一锹泥能挖一块150斤的土，一担能挑400斤的稻谷。既杀猪，又是扶冲的。庄上有老人死了，他领头和另外几个人一起挖坑抬棺材；人要断气了，也都是请他帮忙先把送终的衣服穿好。他说话都是这么粗。

“遇是遇到了。”尽管大家催促，九佬没有好声气，泥螺眼说话还是不紧不慢。

“真急死人了！你就痛痛快快说明白吧，”麻溜妈妈焦急地说，“人命关天的事，你也能这样说一半留一半。”

“真不是我留一半！”泥螺眼居然也急了，“三更天的光景，我在庄子西头遇到大迂子——加宽，他一个人在那边晃悠，嘴中念念有词。”

“他说什么？”

“他说什么你们又不是不知道。谁能听得懂？我只听清一句，什么‘死可忍，书不可以忍’。我问他什么事情，他只是口中念念有词，睬也不睬我。”

“这些废话快不要说了，赶快去淖边找找看。他那个书呆子，麻木粗粗的别陷进哪个潭里。”九佬说完，就带着几个大男人先走了。

他这一说，大家都有点怕了。离庄子西边一两里地就是那大片淖，有的地方是一片片的芦苇，有的地方是一片片的红茅草，也有的地方就是一片片光滩，上面贴着泥长些说不清名字的草。因为荡里的水越来越少，滩也就越来越大，也越来越硬，很多地方都可以走人了，甚至有时候牛都可以走过去吃草，但说不清楚什么地方就有一个潭，人陷进去，可能只是陷个半截，也可能越陷越深，最后连头也见不着，所以庄子上的大人都不让孩子进淖里去。

九佬他们一走，沈巧珍也跑着追了过去，脸色煞白煞白。麻溜也紧紧地追了过去，可是妈妈叫麻溜等等她，陪她一起走，麻溜只能慢下来等妈妈。妈妈问麻溜有没有听加宽说过家里什么事，麻溜告诉妈妈说真的没有。

天该亮了，可是雾一点都没有散。出了庄子雾更大了，玉米地就像望不到边的海，人很快就淹没在里面。走了一点点远，麻溜就觉得自己的头发都湿了，额头上的头发紧紧贴在脑门上。他两个眼睛的上眼皮凶猛地跳着，不停地用手拧也没有用处。他觉得肯定有什么大事要发生，他隐隐感到加宽不见了肯定与他有关，肯定与昨天的事情有关。但他不敢和任何人说，包括爷和妈妈。

24

在大淖里发现了加宽的尸体

麻溜和妈妈还没有走到淖边，就听到那边人声吵嚷，远远地传来沈巧珍的哭声。

“死鬼啊！你这一走，害死了我啊！我是跳进黄河也说不清了啊！”

麻溜和妈妈走过去，见已经到的人围成了一个圈子。见他们娘俩，人们分开了一条道。加宽头南脚北地躺在地上，除了脸和头，浑身都是泥，衣服紧紧贴在身上，两只手紧紧贴着身子，就像从下过雨的地里拔出来的胡萝卜。一只脚光着，一只脚上有袜子，快要掉了，只有袜管还套在脚上。脸色煞白煞白，深凹的眼窝显得特别刺眼，以前总是显得忧郁的两个眼睛紧紧闭着。

雾还是很大，一阵阵怪兽似的从荡里边奔涌而出，迅速弥漫在人们身边，即使靠得很近，也看不清别人的脸。

沈巧珍瘫在加宽的头边上哭着："死人哪，死人嗳。这深更半夜的，你一个人到处跑什么？你这短命的鬼啊！你把我扔下来，叫我这日子怎么过啊？"哭声很是凄惨，每句话的最后一个字都拖得很长，最后还要从喉咙里发出越来越细的含糊的声音，然后在喉咙里打一个嗝停住。哭完一句，就擤一把鼻涕，用力一甩，再把手在衣服的门襟上擦一擦。歇一会，再接着哭说。

麻溜妈妈一见加宽的尸体，也就眼泪千泷，想说什么又没有说。过了半天说了一句："我这可怜的儿嗳，你怎就这样的死场呢？白发的老子白发的娘还在，你怎就半句话不留一撒手走了呢？"说着，已是泣不成声。

九佬他们几个人浑身是泥地站在一边。

"这人活在世上，谁不憋屈？像你这样，还不个个走这条路？"九佬抹抹手上的泥说。刚才是他在腰里捆了绳子让别人拉着去把加宽拔出来的。

"说来说去，他就是个迂子。可见，这书是害人的。"和九佬一起帮人家抬棺材的李家墩子的二狗子说，"读书的人，就是想得太多。不像我们，有饭吃，有觉睡，什么也不想它。人活着，不就是个吃穿二字？"

“反正好死不如赖活。”

“你们几位，这样说是什么意思？好像我家加宽是自己寻这条路的？”沈巧珍听人们这样议论，停下哭泣抬起头说。

“你就少说句吧！”麻溜妈妈制止她，“都这个时候了。”

“人都死了，还谈什么‘意思’？”泥螺眼翻着白眼珠说了一句，他不知从哪来找来一张脏兮兮的芦席盖在了加宽的身上，但不够长，露出两只瘦长的脚，两个大脚趾长得特别刺眼。麻溜马上想到庄子上用来骂人的话：“滂流尸的！”“芦席卷子！”谁也不会想到加宽这样老实的人是这样的结局。

有人给加宽爷打了电报。第二天他爷、他妈妈和他弟弟都从上海赶回来了，他已经出嫁的姐姐当天就回来了。

他妈妈一回来就抱着加宽的身子哭得死去活来。

“苦命的儿啊！我知道你心里苦啊！你有苦为什么不对你娘说呐？我知道你是屈死的，是被别人算计死的。你怎就一点音信不留，叫你爷你兄弟怎么为你做主啊？”

很显然，加宽家里人都怀疑，加宽的死和沈巧珍有关，甚至和癞爱武有关。可是却没有一点证据，但加宽的爷和弟弟加宏还是到公社里去告了状。公社里派了一个穿制服的人和大队里的民调干部八爹爹一起细细察看了加宽洗干净的尸体，说是只有额头有一点点擦破皮的轻伤，但不是致命的伤。其他没有任何伤痕，肯定不是别人害了他，是他自已夜里闲逛陷进了淖里的泥潭。

加宽妈妈和爷还是不肯放过沈巧珍，但也不知道如何处治她。就在收殓前的一天夜里，沈巧珍娘家来了人，悄悄将沈巧珍接回了娘家。

那天加宽入殓的时候，麻溜看到了金寡妇的三女儿金小三子，两只眼睛都哭红了。麻溜也觉得她长得真好看，心里想，加宽哥哥如果娶了她，肯定不会这么早就死。

25

麻溜和麒麟的一次报复行动

这些天，麻溜一直像丢了魂似的。

他不知道自己看到的事情能不能证明加宽哥哥的冤屈，更不知道该不该告诉别人。他怕自己说了也没用，而他确实也真说不清楚，因为他什么也没有看到。他也奇怪加宽回去以后，家里怎么会那么安静；更奇怪为什么他半夜要走到漳里去，但麻溜心里相信，加宽哥哥的死和白天癞爱文到他家里去一定有关。他相信，沈巧珍也一定知道。麻溜决定要采取行动，要报复癞爱武、癞爱文兄弟。

可是，怎么报复呢？他还没有想到主意。他想和美国嘴子商量，但这种事还是不告诉别人的好。当然，月亮更不能说。如果她一告三姑奶奶或者自己的妈妈和爷，一切计划都会落空。

晚上，他关好小院子的门，将麒麟放出来吃草玩耍。他没有心思和麒麟做游戏，任由麒麟在他身边蹦过来蹦过去。

融融的月光洒在院子里，非常宁静。屋后几棵大槐树的影子浓浓地遮住小院子的一大半。麻溜仰头看着天上的月亮想心思。调皮的麒麟总是一会儿来拱一拱他，一会儿来蹭一蹭他。也许它自己玩太无聊了，过了一会儿干脆也依偎在麻溜身边不再动。麻溜用手摸摸它的后脑勺，便有点不忍心，于是站起身来陪它玩。

“麒麟，冲！”麻溜一指槐树根下爷挑泥的泥兜，它就冲过去用头对着泥兜拱几下，扯几下，再衔在嘴里甩几下。

“麒麟，来！”麻溜一招手，它就几下蹦到麻溜的身边。

“麒麟，滚！”它就伏到地上，先向右边打几个滚，再向左边打几个滚。

“麒麟，翻！”它就把圆圆的鼻子先靠着地，然后一抬屁股一个前翻，一抬屁股一个前翻，能连续翻好几个。

“麒麟，拜！”它就把两个前腿抬起来，用两个后腿直立起来走路，两个前爪还合成作揖的样子，不停地拜。

“跳！”它就一蹦一蹦地向前，每次都能蹦好几尺远。

看着麒麟一个个机灵的动作，麻溜突然有了报复癞家兄弟的主意。他为自己的想法很得意。

很快，机会就来了。

那天下午，麻溜正在家里的自留地里薅秧草，听到大队的大喇叭里很兴奋地在喊：“广大社员请注意！广大社员请注意！告诉大家一个好消息！一个好消息！公社放映队今天晚上来到我们大队放电影。请广大革命群众晚饭后到大队部的广场上看电影。”

“是个好消息！”麻溜自言自语地说。

对何淖庄的年轻人来说，一年来一次的公社的电影船，带来的是过年之外最大的快乐。一得到消息，大家就开始兴奋。挑泥的不再觉得泥担子沉重，割麦的会觉得镰刀像刚磨过一样锋快。大家都在心里盘算着晚上和谁一起去，和谁坐在一起。有人已经约好了平时没有机会见面的情人在电影场之外的哪个地方幽会。甚至有人高兴得不敢相信：“不可能！肯定是有人撒谎骗人的。”直到有人指着大队部门口广场上已经树起来的一丈见方的白色大屏幕，不敢相信的人才心里踏实：“嘿嘿，看来是真的要放电影了。”大家远远地看着两根竹竿上挂着的方方的大银幕，恨不得太阳一下子就掉下去。大家互相打听着电影的名字，是不是打仗的电影，有没有看过。那时候，大家都不关心电影的演员，只关心电影的名字和内容，甚至只关心内容，连名字也不关注。看过之后，就是说：“今天电影真好看！从头一直打到尾。”“他妈的小日本鬼子真坏！”“国民党就是不经打！”

太阳还没有落山，就有孩子光着上身，穿了一件手工做的大裤衩，搬着凳子去抢占有利的位置；有的人拎着一张小凳子，有的扛了一条长凳为一家人占位置；也有的一个人搬了几条凳子为别人抢占位置。放电影的人先在打谷场合适的地方挖个坑竖一根杆子，在杆子前摆一张八仙大桌子，放映机便都摆在桌子上。在桌子的正前方竖两根杆子挂上荧幕，桌子前和荧幕之间自然便是最好的位置，先来的人便占领这一块地方。来迟的人，有的就坐在前面的地上，有的则站在坐凳子的人后边，再后边的人就站在凳子上，甚至有人就坐到荧幕的反面。太阳一落，人群就吵吵嚷嚷地从四面八方的小路上赶过来。人越来越多，小路上就挨挨挤挤，有时候为走路也会闹出矛盾，甚至在过桥的时候有人被挤得掉进了河。本大队的人，除了身体不好的，除了年纪特别大的，除了有特殊事情的，大家都不会放过这样难得的机会。邻村的人也会赶过来，有的人为了看一场电影能跑七八里地，有的人能连续几天赶到邻近的七八个大队，同一部电影看七八遍。

平时麻溜总和他的几个要好的小伙伴们一起去看电影。他们一般不会搬凳子，因为他们很少坐着看。电影开始前，他们都会到处逛荡，看看有什么热闹可看，因为看电影也是各个庄子的年轻人展示实力的时候。遇到互不服气的，则要比试一番，但那是很君子式的比试，很有古人交战的风度。首先要说好是摔跤还是打拳。一般都是一对一，双方都不会乱来，更不会有人暗中下黑手，或者一拥而上。麻溜是少年中的高手，只要他从电影场上走过，就有人在背后指着他小声说：“那是麻溜。”麻溜装着没有听到，身边的伙伴们便非常自豪，摆出很得意的架势。一直到幻灯片和新闻片放完正式电影开始，他们才会找一个地方站下来看电影。如果电影好看，他们会安安静静地把电影看完。这时候月亮会让麻溜坐在自己的小凳子上。凳子不大，两个就挤一挤坐。美国嘴子他们会在后边做着鬼脸，可麻溜一回头他们就不敢了。月亮说不用看他们。如果电影不是自己喜欢的，不是打仗的或者打得不激烈的，他们就不会再看。电影不看了，他们或者就在电影场四周闲逛着，或者就会找一个地方练习摔跤打架，有时候会吸引很多人来围观；也有时候他们会搞一些恶作剧。有一次，他们几个人提前离开电影场。不知谁的主意，学习电影里游击队的做法，将电影场四周的几个桥的桥板都掀进了河里，说是“把鬼子困死在电影场上”。电影散场之后，很多人都找不到回家的路怎么走，也有的绕了很多路才回到家。后来知道麻溜参与了这件事，爷便认定是麻溜带的头，用栽秧用的湿漉漉的绳子狠狠抽了麻溜的屁股。麻溜知道自己不该做这样的“缺德事”，也记得不是自己的主意，但他只是忍着，坚决不说是谁的主意。

这天晚上，吃了晚饭，麻溜和美国嘴子两个人一起去电影场，而且是等庄子上很多人已经走了才从庄子上出发。美国嘴子知道，麻溜自从挂过牌子之后便不愿意和很多人在一起，胖桃、麻雀子和五子他们也都不再来找麻溜。等他们到电影场的时候，人基本到齐了，已经在放幻灯片。方桌的周围和前面是密密麻麻的一大片人，方桌后边的那根竹竿上高高挂着的电灯泡放着十分耀眼的光。一群一群的飞蛾和虫子在它周边盘旋，不时有飞蛾和虫子撞在灯泡上或者竹竿上，“啪”的一声落到地上。麻溜和美国嘴子悄悄来到电影场上。

“要找个地方坐下或者站下来吗？”美国嘴子问。

“不用，兜一兜再说。”

于是他们便绕着电影场人群的外围兜了几圈。麻溜终于在人群中看到了癞爱武、癞爱文的儿子和女儿，便说：“找个地方站下来看吧。”他们便在人群中挤出一条缝站定下来。那天放的电影是《智取威虎山》。等到座山雕和杨子荣开始对暗号的时候，麻溜说肚子疼，提前离开了电影场。美国嘴子要陪他一起回去，麻溜说，电影好看，你看了讲给我听。

于是麻溜一个人溜回了家。他抱着麒麟来到一块玉米地里，伏在一条小路的边上。这是癞爱武和癞爱文家的几个孩子看电影回家必须经过的地方。麻溜找到了白天看好的位置，那里堆着一堆他白天弄来的细沙土。麒麟显得特别兴奋，不时用舌头舔一舔麻溜的手，舔一舔麻溜的衣服，有时候还舔一舔麻溜的脸。一对圆圆的眼睛闪亮闪亮，骨碌碌地打转，总是盯着麻溜看，似乎想知道今天带它到这里来做什么事。

看着麒麟兴奋的样子，麻溜有点犹豫了。

本来他觉得自己想到了一个最好的主意，他为自己想到这样一个好主意感到得意，但他现在觉得这样做对不起麒麟。前一段日子，癞爱武曾经让民兵班白天黑夜地捉鬼，可自从加宽死了之后，明显放松了许多。白天几乎看不到小六子他们几个人到处转悠了，晚上也是装装样子而已，兜个两圈就回家睡觉了。如果因为今天晚上的事让麒麟暴露了怎么办？麻溜知道，癞爱武肯定能够将今天的事和前一阶段闹鬼的事联系起来，再一次大张旗鼓地捉鬼；肯定会让民兵班成天成夜地四处捉鬼的。当然，他们不知道是麒麟，他们只知道是“鬼”，但那样对麒麟很危险。

可是又能有什么办法呢？麻溜实在想不到更好的办法。仅仅自己一个人肯定不行，找美国嘴子他们肯定也不行，自然也不能告诉月亮，如果她告诉了妈妈，计划就破产了，而且麻溜也不愿意让他们知道这样的事情，但是如果不报复癞爱武、癞爱文，麻溜无法甘心。加宽哥哥那双深深凹下去的眼睛始终在他眼前。他想起下雨天他和加宽两个人躺在加宽的床上看着屋顶的篱笆，他想起加宽教他读诗，他想起加宽进城为他买回来的橡皮筋……

也只能这样了。麻溜还是下定了决心，他把麒麟揽在怀里。他暗暗下定决心，将来一定要好好保护麒麟，绝不能让六子他们捉到麒麟，绝不容许任何人伤害麒麟。

不一会儿，电影结束了，电影场上传过来一片喧嚷声。天空中晃动着手电筒的光柱，人群很快分散到电影场四边的各条路上。渐渐地，电影场上不再喧闹，灯光也渐渐熄灭了。看电影的人已经淹没在黑色的田野中。一开始人群都是一队队的，然后再不断分散。一起走进庄子的是一大队人群，进了庄子之后便分散到一条条巷子里，不断有人进了自己的家门。癞家兄弟是住在庄子西南角上的几家零散户。当初他们弟兄分家时，庄子里还是有砌屋的墩基的，但他们为了养鸡养羊更方便，就在庄子西南边的朴刀匡[①]地里选了墩基造了房。那块地就像一个半岛，三面是河，一面有一条路和庄子紧连着，路的两边都是玉米地，麻溜和麒麟就埋伏在路边的地里。

癞爱武有两个孩子，一个男孩，一个女孩。癞爱文只有一个孩子，是个男孩，才几岁。三个孩子看了电影便一起回家。在庄子边上和大家分开之后，三个孩子便沿着那条路向自家的墩子走去。出了

① “朴刀匡”是村子里一块地的名称。

庄子，田野显得特别黑，特别静。三个孩子中年龄最小的一个是癞爱文的儿子，一下子离开了人群，他突然停下了脚步：“姐姐，我怕。”说着便蹲下不肯走。田野一片寂静，不知名的虫子偶尔发出几声鸣叫。远处有灯光在天空闪动，萤火虫在庄稼地上飘忽。

“锁子，不要怕。你看，已经看到我们家的灯光了。”

锁子抬头一看，真的看到自己家中的灯光了，于是站起来又向前走。

突然，右边的地里传来一阵恐怖的怪叫，有点像被卡住了喉咙的牛，又有点像挨宰杀的猪，声音低沉、尖厉。

三个孩子都停住了脚步，四周一片死寂。

过了一会儿，三个孩子又手拉手轻轻抬起脚步向前走，那怪叫声突然又响了起来。三个孩子的脚步又停了下来，都蹲在那里不动。突然，“哗”的一声，在他们的头顶落下一片沙土。接着又是“哗”的一声一片沙土，过一会又是一片沙土。中间还夹杂着一声声刚才那种怪叫。

三个孩子吓得蹲在地上，一动不动，可是接着什么动静也没有。就在他们准备起身再向前走的时候，一个小怪物从玉米地里蹦到他们的面前。三个孩子“哇”的一声都哭出了声，就连癞爱武家最大的女孩子也哭了起来。只见那小怪物一会儿四条腿走路，一会儿两条腿走路，一会儿翻着跟头向前，一会儿在地上打着滚，路边的玉米地里也发出哗哗的响声，好像有什么东西从里面很快地穿过。

三个孩子哭成一片，惊恐的叫声在晚间的田野里显得很是恐怖。一会儿，那小怪物已经看不见了，只是偶尔还有一两声怪叫。可三个孩子还是不敢再走，就蹲在路边喊着爷和妈妈，大一声小一声地哭。癞爱武老婆可能是看到孩子没有回来不放心，也可能是听到了孩子的叫声，从家里找了过来。问了情由，见癞爱文的儿子吓得眼睛发直，赶紧把他抱在怀里，一边用手指在地上粘一点土，涂在孩子脸上，一边嘴里念念有词："锁子不怕，锁子胆大！锁子不怕，锁子回家和妈妈睡觉。锁子不怕，锁子胆大！锁子不怕，锁子回家和妈妈睡觉。哦，锁子回家和妈妈睡觉了。"然后抱着这孩子，带着另两个孩子向家里走去。那两个孩子还一边走一边不时回头看着。

"夜里走路，不要回头看。越看，越怕的。人的肩头有两盏灯，鬼看到这灯是怕的。你一回头，这灯就熄了。"

她这一说，两个孩子更加害怕，拉着她的衣角紧紧跟着，一步也不敢落下。

看着癞爱武老婆搀着三个孩子走回家去，麻溜心里觉得少有的痛快。他搞过无数次的恶作剧，可是他觉得这一次和以前任何一次都不同。这是他最开心的一次。他觉得自己做了一件大事情。或许，这才真正是拐子爹爹说的“伸张正义”，而且他决定这件事要永远不告诉任何人。有些事情是只能由自己一个人做，也只能自己一个人知道，麻溜想。

天上没有月亮，稀稀拉拉的星星，在远远的天边向他眨着神秘的眼睛。他看着麒麟，麒麟也正抬头看着他，对着他眨着那孩子一样的眼睛。它似乎还很兴奋，也很开心。麻溜把麒麟抱在怀里，用头抵着麒麟的头，用鼻子抵着麒麟软乎乎的大鼻子。“你今天可是立了大功！”他轻轻拍拍麒麟软乎乎的鼻子。麻溜觉得从这天开始，麒麟不仅仅是他最要好的朋友，而且是他要好好保护的对象。如果麒麟受到伤害，那就是自己的罪过，那他是绝对不能原谅自己的。

26

孩子被吓，癞爱武再次组织民兵捉鬼

癞爱武和癞爱文的儿子被鬼吓出病来的事情，很快就在庄子上传开了。

不仅是小脚五奶奶，很多人都相信庄子上又开始闹鬼了。本来加宽的死就有人说是鬼把他缠进了淖里，现在三个孩子亲眼所见，于是鬼的事越传越像，越传越真，甚至有人建议请个大神来庄子上除妖。

“这鬼也太胆大了！居然敢吓唬民兵营长的孩子！”也有人私下里说着风凉话。

但癞爱武并不相信是鬼。

“请什么大神来除妖！那是牛鬼蛇神！那是封建迷信！我们无产阶级革命战士从来不相信这一套！”他决定一定要抓住这个“鬼”。

他又把武装民兵班集中在学校的操场上训话：“什么鬼不鬼的？我们共产党人是不信鬼的！我们敢与人斗，敢与天斗。与天斗，就要与鬼斗！与鬼斗，就是与人斗。这一次，我们要加强力量捉鬼，一定把鬼抓住！同志们有没有信心？”

“有！”以六子为首的几个民兵斗志昂扬，回答“有”的时候，六子还把那把步枪举了举，就像真的要上战场一样。

“我们无产阶级专政是强大的。大家千万不要害怕。我要告诉大家，我已经勘察过现场。现场的脚印说明，那应该不是鬼，那是人，因为鬼是没有脚印的，是有人在背后操纵着这鬼。”

他没有说完，下面几个民兵就开始七嘴八舌地小声议论，看来他们是不怕鬼的，但似乎有些怕人。

“是人，大家更不用怕。大家相信，阶级敌人总是一小撮。他们是见不得阳光的，只能躲在阴暗的角落里搞破坏。我们有广大群众的支持，我们有无产阶级专政的铁拳。大家有什么害怕的呢？”

“不是说看见了四条腿的怪物么？”民兵队中的大兔问。大兔说完话，还吸溜一下嘴唇，他的嘴有点像兔子。

癞爱武的确看到了四条腿的动物的脚印，而且他反复研究也弄不清楚是什么东西的脚印，但他没有把这些告诉民兵们。

“大兔，你害怕不害怕？你参加不参加？你害怕，你不要参加，明天还去挑河泥。”癞爱武很平和地问。

“我参加！我不怕！”大兔说着，还把左脚跟和右脚跟靠一靠，两只脚垫了垫，尽管那双黄球鞋要是不用绳子扎，鞋底和鞋帮就分家了。

大家都知道站岗巡逻肯定要比挑河泥轻松，挑着两粪桶污泥在水田里走，可不是个轻松的活，而且参加了这样的任务，说明政治上是可靠的，也说明自己是得到癞爱武信任的人，将来有个什么事情要和癞家打交道就好说话多了。

接着癞爱武就布置如何站岗，如何巡逻。都是和上次差不多，就是强调白天夜里都不能有一点放松。

麻溜伏在学校的围墙上，一切都听得清清楚楚。

27

麒麟忽然不见了

就在这个时候，麒麟竟真的不见了。

麻溜想都没有想，就去找美国嘴子。美国嘴子正在打摆子，睡在床上，身上盖着两条被子。

“麻溜找金贵有什么事？”

美国嘴子的妈妈问。金贵是美国嘴子的大名。

“没什么事，看看金贵，五妈。”

美国嘴子和麻溜平辈，他爷排行老五，麻溜就叫他妈妈五妈。

等美国嘴子的妈妈去地里拔菜，麻溜用手拨开美国嘴子差不多蒙在脸上的被子，说：“麒麟不见了。”说罢，两眼紧紧盯着美国嘴子。

“什么？麒麟不见了？”美国嘴子忽地拗起头，很快就把半截身子钻了出来："你以为是我？"

"没有其他人知道。"麻溜说着，仍然盯着美国嘴子看。窗户很小，隔墙板上都熏黑了，房间里很暗。美国嘴子的脸上蒙着一层灰色，额头上有渗出的汗，眼睛显得很没有精神。

"我肯定没有说，没有对任何人说。"美国嘴子看着麻溜的眼睛说。

"我相信你。"麻溜本来以为一定是美国嘴子告诉了谁，不知什么原因，现在他相信他没有告诉别人，"你躺下吧，刚刚开始出汗。"

美国嘴子躺下了，干咳了两声，说："你再想想，还有谁知道。"

"难道是我爷？"麻溜说。

"他晓得？"

"他晓得。"

那天半夜里，麻溜悄悄起床，来到小院子里，关了院子的门，把麒麟放了出来。麒麟吃了草，在小院子里撒欢。一会儿蹦过来，一会儿又蹦过去，一会儿在麻溜前面用鼻子蹭蹭他的脚，一会儿在他后面用头拱他的脚后跟。麻溜正想用两只手搭着它的前腿，让它用两只后腿走路，只听树棍门"吱呀"一声。麻溜一掉头，是他爷披了衣服站在他身后。

“他们要抓的就是它？”爷问。

“嗯。”麻溜用哀求的目光看着爷。

“癞爱武家的几个细的是你吓的？”爷问。

麻溜不说话。

“让它去吧，留着会惹祸的。”

“他们会，会打死它的。”

“你留不住的。”

麻溜不说话，看着他爷。

月光很不明朗，在爷的脸上留下一片影子，麻溜看不见爷的眼睛，连爷脸上的神情也看不清。爷走近看了一会麒麟，用手托起麒麟的下巴，盯着麒麟的眼睛看了看，麒麟也不陌生，任由爷摆弄，像是很熟的样子。

“倒是个灵物，”爷说，“早点睡。”说罢，也进屋困觉去了。

难道真是爷出卖了麒麟？麻溜问自己。

美国嘴子将自己的被头在下巴下塞紧，可能是刚才折腾了一下，他浑身发抖：“会不会麒麟自己跑了？”

“不会。”一发现麒麟不见了，麻溜就这样想过。可是他看了，那么大的树根，麒麟拱不开的。再说，这么多天，麒麟也没有出来过，而且那树根离开洞口那么远，肯定是有人搬开的。

晚上吃过晚饭，趁爷上茅缸的时候，麻溜走过去，说：“麒麟不见了。”

他爷吃了一惊：“什么麒麟不见了？你不是——”

“是那个麒麟，是……”

他爷明白了：“留不住的，不要惹事。”

“它哪里去了？”

“让它去吧。”

“它哪里去了？”

“让它去吧。”

爷不再说话，吧唧吧唧地抽着烟，烟头的火很快活地跳，爷用大拇指头按了按红红的烟锅，又接着吧唧吧唧地抽。

麻溜不再说话，跑到房间，拉了一条被子蒙着头躺下。妈妈叫他洗洗脚，他装着没有听见。

过了一会儿，爷来了。又装了一袋烟，一边吧唧吧唧地抽烟，一边说：“人不能充雄，能挑八十斤，就挑不了一百。”

麻溜什么也不响。

“这世道不是你想的那样。你爷年轻时候，也不是怂人。”吧唧吧唧，烟锅里的火一闪一闪……

“谁不想做点事情。——结果，你看，连累你哥兵都当不成，想学个木匠，也不让，只能自己在家里瞎捣鼓。——欠了多少人情才算同意了。”麻溜还是什么也不响。又是一阵吧唧吧唧，烟锅里的火一闪一闪的……

“你人小，可爷知道你心雄。”吧唧吧唧，烟头红红地闪。麻溜还是什么也不响。

“可世道不是你想的那样。——你爷年轻时候，也有过一番雄心，最后……——让它走吧，它自有它的命……”

麻溜还是什么也不响。爷以为他睡了，就自己回屋子去睡觉。

第二天，大人们都出工了。月亮来了。

“麻溜，你最近干坏事了吧？”月亮一来就问。眼睛瞪得圆圆的，像圆圆的月亮，但像审讯犯人似的盯着麻溜。麻溜第一次发现月亮的睫毛这么长，就像是假的。麻溜说：“月亮，你的睫毛是假的吧？”

“别打岔！你听话不听话？你不听话，重要的事情我就不告诉你”，月亮说，眼睛又变成了弯弯的月亮。

于是麻溜就告诉了月亮遇到麒麟的事，吓唬瘸爱武的几个孩子的事，还有麒麟的所有事，并且叮嘱月亮是不能告诉任何人的。

“我就知道一定是你！——怪不得你们家小院子里最近不大正常，”月亮说，“那前天晚上三舅舅送走的一定是麒麟。”

“什么？你看见了？”麻溜急切地问。

于是月亮告诉麻溜，前天半夜她妈妈肚子不舒服，她去找陈良医，在路上遇到了麻溜爷，怀里抱着一个东西，一身的斑点，像狗又不是狗，像羊又不是羊。月亮估计是麻溜弄回来养的什么东西，他爷不让他养在家里就送走了。于是她今天便来找麻溜问问这件事。

知道是爷送走了麒麟，麻溜真的很生气。

28

麻溜爷是个能干却怕事的人

都中午了，麻溜还没有起来。麻溜在生爷的气。如果是往常，爷早就掀了他的被子："太阳都晒到屁股了！还不起来？"说不定还照着屁股就是几个巴掌。可是今天爷就像不知道麻溜还没有起来。

麻溜从小就怕爷。

因为调皮惹事，麻溜经常挨爷的打。小错误，瞪瞪眼；大一点错误，一个葱根[①]打过去，或者一脚屁股；再大一点的错误，就用绳子抽。庄子上，每个爷都打孩子，但人家用棍子打，随手一根树棍或树枝，抡起来就打。麻溜爷从不用树棍或者树枝，他总是用绳子，打哥哥是这样，打麻溜也是这样。爷从来不打姐姐。姐姐是女孩子，又很乖，从小身体又不好。麻溜挨打最多，因为麻溜调皮，总是闯祸，还

① 指用巴掌拍人后脑勺。

因为麻溜挨打从不花招，不认错。只要自己错了，麻溜任由爷打，不躲，不哭。如果他认为自己不错，他就会反抗。

但麻溜知道爷喜欢自己。爷一直跟别人说麻溜像他，爷进城总是带着他。那时候要节省一点粮食进城卖掉，家里作其他用处。爷总是天蒙蒙亮就挑着粮食进城，也总是让麻溜跟着。

爷的身材不是很高大，不像麻溜的大伯，但干农活是个难得的好手。堆草堆，占粮食，扬场，全大队都闻名的。他堆的草堆，又大又圆，几个人一起把草送到他脚下，草在他的铁叉下是那么柔顺，服服帖帖。草堆于是越堆越高，他自己也渐渐高起来。麻溜在下面看，爷就像站在云里边，让麻溜想起一首儿歌："稻堆堆得圆又圆，社员堆稻上了天。撕片白云揩揩汗，凑上太阳吃袋烟……"爷堆的草堆总是又圆又高的，而且样子好看，所以麻溜很得意。最让别人佩服的是麻溜爷堆的草堆下雨天不漏，而且样子还是那样好看，像个宝塔，也像个蘑菇。生产队里的大牛皮总是不服气，可他堆的草堆，一下雨顶子就陷了下去，四周不潮，中间都是烂的。麻溜爷堆的草堆顶上就像是屋子的顶，滑溜溜的，每根草都是顺着的，水总是顺着麦秸或稻草淌到了地上。

何漳庄的人都知道："女人的肩，男人的锨。"意思是看一个女人是不是能干，就看她能不能把一个褂子的肩补好；看一个男人是不是能干，就看他会不会扬场。麻溜爷扬场那更是没有人不服气。——扬场就是用木板锨把稻子或麦子抛上天空，借助风把干瘪和饱满的稻子麦子分开。——他一抬头就知道是多大的风，该使多大劲就使多大劲，该向上风迎多少就迎多少。等他扬完一个麦堆或稻堆，那地上一层一层，清清楚楚，最上边是土块瓦砾，然后是饱满的麦子稻子，下边是干瘪的麦子稻子，最下边是草叶和麦芒。

麻溜爷也是队里育秧苗的好手。育秧苗是生产队里非常重要的事，影响这一个秋季的收成。育不好，秧苗不够，就要花钱到外队去买，甚至要到外地去买。如果买不够，水田就要荒着，只能重新晒干，种种黄豆之类辅助作物。因此，从选种到浸种，从上窝到出窝，从做秧池到秧池的管理，一个环节也大意不得，随便哪个环节都可能使秧苗遭灾。种子上窝之后，是不能离人的。爷经常带着麻溜睡到焐稻种的队房里。夜里爷都要起来好几次，从来不用闹钟。手伸到稻种里一探，就知道温度是高了还是低了。高了掀开上面覆盖的稻草，凉一凉，冷了洒一点温水，而水温爷一伸手就知道。

麻溜爷挑担的力气不是最大的，但挑担的样子非常好看。看上去总是很轻松，轻轻晃悠的扁担，轻松的两腿和脚步，以及微微晃动的身体，是那么协调放松。爷挑担的号子，也是轻轻的、悠悠的。不像有的人挑担，总是显得很吃力，好像随时就要扭了腰，就像扁担随时就要断了似的，那号子更是难听。麻溜最爱看爷换肩的动作，肩膀头轻轻一抖，担子就从右肩换到了左肩，轻轻一抖，就从左肩换到了右肩。麻溜想，将来一定要做一个像爷这么能干的农民。

进城之后，爷找一个僻静处，将粮食担子放下，让麻溜看着。他自己在一只小淘米箩子里放上一点米，到河码头去，装着淘米的样子和那些早起淘米的城里主妇们谈卖米，谈妥了，就带他们过来秤米付钱。爷和城里主妇们秤米算账付钱的时候，麻溜就会在巷子口两边张望，看有没有工商所的人。爷总是用眼神夸赞麻溜的机灵。

庄上老一辈人都说爷当年也是个人物。拐子爹爹就说过，你爷当年是方圆三十里第一个龙师傅。只是如今不兴这个，如果当初……当初什么呢？麻溜问，可是拐子爹爹就不再接着说。“你爷这个人，是个能人，可就是少那么一个气。”过了一会儿，拐子爹爹又感叹了一句。什么是气呢？他便不再说，麻溜也不再问。

舞龙是这一代非常重要的活动，每年过年总要舞上个把月的。这一代，大多数村庄以前都有一条龙的。如果一个庄子，连条龙也没有，这个庄子就会被邻村瞧不起，庄子上的人也没有面子，到邻村去看，还会被邻村人讥笑。

何淖庄是一条青龙，是九个人的。隔壁的李家墩子是一条白龙，是七个人的。离五里地远的蔡家墩子是一条黄龙，是十一个人的。

这一代的龙和别处有一个不同，就是总有一个拿龙钐的人。龙钐就是在一个直径不到一尺的球状的架子外面包上红布。在这个红布包的球中间穿一根能转动的轴，将轴两头装在一个铁叉子的两根杈头上。铁叉子接一个二尺来长的木柄。在木柄和铁叉头相接的地方会套几个金属的圆圈。龙师傅挥舞着这龙钐，指挥着舞龙的人。一抖手中的龙钐，金属的铁圈就像铃铛发出响声，既引起舞龙人的注意，也引起看舞龙的人的关注，而且还渲染了气氛。舞龙头的人要始终将龙头的嘴巴追赶着龙钐，似乎总想一口将龙钐吞了，而龙师傅不仅要用龙钐引着龙头，舞出好看的花式，而且要指挥整个龙身做出各式各样的动作，什么跳龙门，什么捆龙索，什么十八滚，什么金龙翻身，什么金龙脱索，什么蛟龙入海，有几十个套路，上百个招式。要表演什么套路，出什么招数，全看龙师傅挥舞的龙钐。麻溜最敬佩拿龙钐的人。

每年过年的时候，几个庄子的几条龙会聚到一起斗龙。那是过年的一次盛会，参加斗龙的庄子上的男女老少都会来看。斗龙，一是看谁家的招数多，谁先没有了招，谁家就输了。最见功夫的，是几条龙由一个龙钐指挥，同一个指令，有的做得出，有的做不出。做不出的，自然就输了。比如，龙师傅龙钐一摇，做了一个动作——捆龙索，就是把龙身打成一个复杂的结，就像是龙被一条绳子捆住了；龙师傅龙钐再一摇，做了一个动作——金龙脱索，就是要把龙身子打成的结一下子打开。技术不娴熟的，有一个人出了差错，就会一片混乱，总是打不开。这个时候拿龙钐的，当然是公认套路最多、招数最多、最有权威的龙师傅。麻溜爷就是大家公认的龙师傅，可是麻溜没有怎么看过爷舞龙的样子，记得只看过一次，那时候还小，几乎没有印象了，后来就看不到了。

可是不知什么原因，麻溜觉得爷一点也不像别人传的那样，甚至不像自己小时候觉得的那样。除了生活做得好，真的什么也看不出，而且显得什么都小心翼翼的，什么话也不肯说，总怕得罪人，还经常责怪妈妈会多事。

麻溜这样胡想着，妈妈进来了。

"不要怪你爷。起来吃粥有事情。"

麻溜转了一下身，还是没有起来。

"起来吧，你也不是细小的了——"妈妈似乎有点生气了，接着又语气软和地说，"你爷最近很烦的——不要再为难他——"

麻溜忽然想起最近家里气氛和以前有点不一样，妈妈和爷总是在房里很神秘地小声叽咕着什么。游神有一次还钻进爷和妈妈的房间说了很长时间话。他临出门的时候，妈妈跟在后面谢他。

"我们是几十年的老邻居，要说什么谢！你们自己当心，我也是有半句没半句听到的，真不真，你们自己映当映当①。”说完了，就一溜烟地走了。

难道爷真遇到什么麻烦事了？麻溜又想起麻雀子爷阴狠地说的那句话：“我是反革命。你老子是什么，回去问你爷！”

“爷到底是什么？”

“没有什么事的，只是听说有人想揪你爷的尾巴——”

① 方言，表示掂量的意思。

29

麻雀子闹出一件惊天动地的事

就在麻溜和他爷闹气的时候，麻雀子和他爷之间发生了大事情。

麻雀子有弟兄五个，他是老四，还有个小五子、小六子，还有两个哥哥，本来三个哥哥，有一个没有养大。他大哥人家都叫大菩萨，三哥叫三菩萨，小六子叫六菩萨。弟兄五个，他和小五子都长得清灵白秀，两个哥哥长的都像他爷，粗气矮壮。于是外面传言，麻雀子和小五子不是他爷生的。那些年，他在外面混，不怎么回来的。当然，这样的事情真假说不清楚的，但是弟兄五个，麻雀子和小五子关系最亲近，总在一起玩，麻溜他们都知道。

这一天，麻雀子和他三哥三菩萨弟兄两个人一起砸钱堆子玩。砸钱堆，就是在地上画一个圆圈，每个人出一枚硬币摆在圆圈的中间。再在远处画一条线，每个人将自己的铜板扔到横线的边上，根据铜板和线的距离远近确定先后顺序。接着就按照顺序站在圆圈外边的一条横线前用自己的铜板砸圆圈中间的钱堆，谁将硬币砸出了圆圈，这枚硬币就是属于谁的。如果硬币正好在圆圈上，就叫“担纲”，要放到圆心上重新砸。麻雀子人比三菩萨要机灵，砸着砸着，就赢了三菩萨好几个硬币。于是三菩萨就不开心了，要么就说麻雀子脚踩了横线，让他重新再砸，要么就说麻雀子的铜板太大，让他换一个小的。

后来，两个人终于变了脸，吵了起来。麻雀子将一枚硬币砸出了圆圈，三菩萨硬说，还没有完全出圆圈，因为地上的圆圈，就是用一根树枝画出来的，圆圈的边缘并不清晰，那枚硬币似乎还靠着一点边，三菩萨认为是“担纲”，就硬要求麻雀子将那枚硬币放到圆心上重新砸。麻雀子则坚决不肯，弟兄俩拉拉扯扯动起了手。正好这个时候，他爷出诊回来，就叫两个人松开手，叫麻雀子将硬币给他，麻雀子不肯。

“为什么要给你？是我赢的。是他输了钱，耍赖！我就不给。”

他话还没有说完，“啪”的一声，他爷甩手一个巴掌打在麻雀子脸上。麻雀子脸上立马出现几个青青的手指印。麻雀子觉得脸上麻瑟瑟的，就跺着脚大叫起来：

“你为什么总是护他？为什么？为什么？”说着，还向他爷面前跳过去。

“妈的个——这世道真的反了？连你也要欺负老子？”他爷迎上去又是一个嘴巴。麻雀子随口“呸”的一吐，竟是一口的血。看到地上的血，麻雀子简直疯了，径直向他爷冲过去：

“你打！你打！——你今天就打死我算了！反正人家说我不是你养的。”

本来他爷看他冲过来，倒是向后退着，听到麻雀子这样说，他也彻底上了火：

“你个小杂种！你也要造老子的反？今天老子就打死你，让共产党毙了我也好。老子死了，看你过好日子去！”顺手拔了篱笆上的一根粗粗的向日葵秆子，对着麻雀子一阵乱打。一直到麻雀子妈妈叫来了麻溜爷他们几个邻居家的男人，才将怒火中烧的麻雀子爷抱住，夺了他手中的向日葵杆扔了。他爷已经气得脸色煞白，两手和嘴唇发抖，想说什么竟然一句话都说不出。麻雀子则赖在地上哭着，不肯起来，嘴里还在说：“让他打，让他打，打死我他偿命！”他妈妈跑上前去，用长长的手指甲拎起他嘴巴一边的腮帮子：“叫你这嘴巴再瞎说！叫你这个嘴巴再瞎说！这么大个东西，什么话能说什么话不能说，都不知道！”麻雀子被拎得死命仄着头，疼得直叫唤。

他爷看围着的人多了，转身离去，临走前踢了三菩萨一脚："你个狗娘养的，还不死回家去打扫猪圈？嫌丢人现眼还不够？"

于是大家也都无趣地三三两两地离开。

本来老子打儿子，在庄上是再平常不过的事，没有想到麻雀子却因此闹出一件更大的事来。

被爷打了之后，麻雀子一连在家里睡了几天。一是的确打得不轻，二是心里还有气，也不想起来做事情。家里人吃饭时，他也不吃。家里没有人了，他才起来吃一点剩饭剩粥。

有一天，身上的疼明显减轻了，趁着家里没有人，就把摞着的几个箱子一一搬开，在最下边的一个柜子里翻找他爷和妈妈藏着的铜板。他知道那个柜子里有一个圆圆的竹筒，竹筒上雕刻着精致的图案，还有个精致的盖，盖子用一个竹栓子栓着，但没有锁。那个竹筒里有不少铜板，袁大头蒋光头都有。他和小五子一起偷偷拿过。这一天，他掏了竹筒里几个又厚又重的铜板之后，又在柜子底下摸了摸，竟然摸到一个小铁盒子。小铁盒子有盖也有扣，但是却没有锁。他打开一看，里面竟然都是花花绿绿的钱，每一张都是多少多少万。一看上面的图案，麻雀子吓呆了：每一张上都是蒋介石的头像。他知道，这都是国民党的钱。他抖抖索索地将盖子盖好，又小心翼翼地塞到柜子底下，再把一个个箱子吃力地摞好，赶快躺到床上去，等家里其他人回来。

大概也是该要出事。那天广播里不停地播送着一些可以教育好的子女和他们的父母划清界限的事迹，说什么地方一个地主的儿子，为了表示和地主父亲划清界限，主动交出了父亲藏着的账本，揭露了地主父亲妄图变天的罪行，成了全县的典型，到处宣讲地富反坏右不甘心失败试图颠覆无产阶级专政的罪行，现身说法，效果非常轰动。麻雀子不想成为轰动全县的典型，只想能够加入红小兵，或者将来能让他也学个医生。整个下午，麻雀子翻来覆去，总拿不定主意。可是，晚上他听到了爷和三菩萨的一段话，他下定了决心。

“这么大个东西，不要没事就做那些无趣的事情。有空看看我抽屉里的几本书，看看家里各种药的名字和说明，看不懂的问问人。有个手艺，将来总有碗吃，别人想不求你都不成！”

麻雀子知道，爷要带三哥做徒弟学医了。他知道只要三哥学了医，他就没有指望了。晚上趁着家里人不注意，他跑到了癞爱武的家里。

第二天一早，大队大喇叭就通知召开全大队的紧急会议。正当大家坐定的时候，只见癞爱武和几个戴着红臂章的人将麻雀子爷和他妈妈押进了会场。两个人都戴一顶很高很尖的帽子，或许帽檐做得太大了，两个人的眼睛都看不见，要不时向上推一推，才能看清脚下的路。两个人都在胸前挂一个大牌子，麻雀子爷的牌子上面写着“打倒历史反革命分子某某某”，麻雀子妈妈的牌子上面写着“打倒历史反革命老婆某某某”，字写得歪七八扭，某某某三个字上面还有一个红红的大叉子。大概有人嫌牌子不重，所以在牌子下面掉了四个砖头。麻雀子妈妈明显显出很吃力的样子。两个人在一片打倒的口号声中，从会场中间的人行道上由后向前一直被押到主席台的前面，被两个押送的人摁着头跪下。

这次批斗会除了例行的内容，还多了麻雀子发言。麻雀子平时很会讲话，大概因为很紧张，乱七八糟地说了几句他爷的罪行，其中主要的是在家里藏着一大笔国民党的钱，另外还曾经在家里说了“这世道真的反了”这样反动的话。批判稿写得不好，但罪证是过硬的。癞爱武他们把抄家抄来的证据当堂摆了出来，因此，癞爱武认为这次批斗大会是最成功的一次批斗大会。麻雀子发言过后，为了表明自己和反革命老子划清界限的坚决态度，于是带头喊起了口号。

他喊一句，下面全体与会者跟着喊一句：

“打倒某某某！”某某某是他爷的名字。

“打倒某某某！”

“保卫毛主席！”

“保卫毛主席！”

“打倒某某某！”

“打倒某某某！”

“保卫党中央！”

“保卫党中央！”

本来，麻雀子应该见好就收，让其他人接着喊口号，会议的气氛会更好。可是他大概太激动了，或者希望自己能够有更好的表现，于是连着喊了下去：

“打倒某某某！”

“打倒某某某！”

“保卫毛主席！”

“保卫毛主席！”

“打倒——！”

“打倒——！”

“保卫——！”

“保卫——！”

等到最后两句喊过之后，整个会场一片死寂。麻雀子自己大概也意识到了问题的严重，脸色煞白煞白。

这时已经有人明白是怎么回事。马上有人冲上台去，将麻雀子押到了他妈妈的边上，没有人摁，他自己就跪了下去。有人很快就送来了一块牌子，挂在他脖子上，上面写着：

“打倒反革命的孝子贤孙！”

有人带头喊起了口号：

“打倒反革命的孝子贤孙！”

“打倒反革命的孝子贤孙！”

“保卫无产阶级专政！”

“保卫无产阶级专政！”

“保卫毛主席！”

“保卫毛主席！”

“保卫党中央！”

“保卫党中央！”

那天开会，很多人都去看了，月亮也去了。“麻雀子怎么可以这样呢？”月亮不解地说，眼睛里还含着泪水。其实麻溜也去了，但他在月亮面前装着没有去。平时一听说要开大会，麻溜就心里发堵。一看到那黑压压的一片人，他就想远远地躲开。这次起先也没有去，后来听到大喇叭里说是麻雀子检举有功，看到有人从庄子里把麻雀子的爷和妈妈押到大队部去，就悄悄跟着去了。他爬到一个大草堆的顶子上，一切听得清清楚楚，也看得清清楚楚。是的，麻雀子怎么可以这样呢？然而，他又觉得麻雀子也是很可怜的。

30

麻雀子被赶出了自己的家

不久，就听说麻雀子要被送到海边上他一个远房的叔叔家做过继儿子了。这个叔叔家没有儿子，只有一个抱养的女儿，让麻雀子过继过去做他们的儿子。

麻雀子走的那天，麻溜和月亮、美国嘴子还有三瓜正在渡口的河滩上玩。盐河，又叫串场河，是当年连接一个个盐场的河。河面很宽，河中间的河槽很深，一条竹篙直插下去都探不到河底的，但河两边靠岸的地方很浅，河坎的坡很平缓。孩子们总喜欢到这里来玩。既可以做游戏，又可以看河里的船，还可以用河滩上的瓦片打水漂。

“你们看，麻雀子！”是美国嘴子最先看到了麻雀子。

麻雀了穿了一身蓝蓝的新衣服，一双蓝色的新球鞋，用脚一踢一踢地走着路，慢慢腾腾，好像很不情愿的样子。他前面是他妈妈，他妈妈个子不高，走路时两只手总是很用力地前后划动，好像不是用脚在向前走，而是靠手划动着向前走。他妈妈前面还有个男人，不是他爷。个子不高，远远地看，脸非常非常黑。麻雀子好像也看见了麻溜他们，站住不动，向这边看着。麻溜他们便走过去。见他们走过去，麻雀子也走过来了。到了跟前，麻雀子拉住了麻溜的手，眼睛红红的："麻溜，我要走了，不能跟你们玩了。"

"会常回来的，回来再和麻溜玩。"他妈妈说，他妈妈眼睛也有点红。

"你常回来，我们玩。"麻溜说。

"当然常回来。——我们那边也有孩子和你玩的。"那个黑脸膛的男人对麻雀子说。麻溜这时才发现，那男人的脸不仅黑，而且整张脸都是歪的，鼻梁、嘴巴、下巴都是歪的，连眼睛也是歪的，整个脸就像一个从上到下被拧歪的茄子。麻溜想松开手，可是麻雀子还是紧紧抓着，小声说："我不想去。"

声音很小，可是他妈妈好像听清楚了，"走吧，你妈妈——你新妈妈已经烙好了饼在家里等你呢。"说着就拉开了麻雀子的手，搀着他向渡口走。

临上渡船前，麻雀子扑到他妈妈怀里，紧紧抱着，哭着不肯离开。他妈妈轻轻推开麻雀子：

“去吧。去三叔家，比家里好。——新爷、新妈妈也比爷好，比妈妈好。”

“我不——”他妈妈一把抱起麻雀子上了船，塞到那黑脸男人怀里，自己又下了船。那男人把麻雀子抱起来，夹在怀里。船到了河中间，还能听到麻雀子隐隐的哭声。

船渐渐远了，麻雀子眼睛还是一直看着妈妈，看着河这边，看得麻溜心里酸酸的。

麻溜他们四个人无精打采地回到了河滩上。大家不再想去挑猪菜了，也不想做游戏。大家用手里的小锹和小铲子在河滩上随便地乱刨乱画。麻溜画了一个男人的脸，脸是扭曲的，五官都是歪的。画好了，又在上面画了很多勾勾和叉叉。

“麻雀子爷怎么这么坏？”月亮含着眼泪说。

“大人都坏。”三瓜说。

“大人都坏吗？”月亮很生气地问，“我奶奶就不坏，我妈妈也不坏，我爷也不坏，还有……你们的爷和妈妈都坏吗？”

月亮一口气说了很多不坏的大人，还要说下去，被麻溜打断了：“不是所有大人都坏，但人大了就会变坏……”

“我们长大了，也都会变坏吗？”月亮问。

“反正我不想长大。”麻溜说。

“我也不想。”美国嘴子说。

“我也不想。”三瓜也扯起嗓子说。

“不想就不长大吗？”月亮问。

麻溜说不清楚，大家都说不清楚，四个人谁也不再说话，都怏怏地看着河的那边。麻雀子和那个歪脸的男人早已经看不到了。河对面是一个王姓的大庄子，村庄躲藏在密密的洋槐树中间，从河这边最多能看到几个尖尖的屋顶。

“嘎——嘎——”，天上飞过一只水鸟，长长细细的腿向后紧贴着身体一动不动，两个翅膀使劲地扇动着，头吃力地向前一伸一伸，显出奇怪的样子。麻溜仰头看着天，把两只手平放在脑勺的后面。

“呜——”从上游的河面上传来了轮船的喇叭声。

每天都有很多轮船从盐河里经过，但基本都是运东西的拖船，一般都有十条八条，有时候有十几二十条的，像一条慢慢爬着的长长的蚯蚓。运客的轮船每天只有一班，就是方向班。方向是个地方。麻溜他们不知道方向在什么地方，也不知道这个轮船从哪里来，但他们都喜欢这班轮船。他们只把它称之为轮船，而那些运货的船，他们都叫拖船。方向班原来在何滩庄这边是停靠的，码头就修在麻溜他们现在躺的地方。上午由北向南，停靠的时候，就是该烧中饭的时候。下午由南向北，停靠的时候，就是该烧晚饭的时候。何淖庄的人家都没有钟，煮饭的人都听着方向班汽笛的声音。方向班每天停靠的时候，也是麻溜他们很开心的事。有一次，麻溜和几个人找机会溜上了船，还钻到船头有方向盘的地方看了看。突然“呜——”一声，汽笛长长地响了起来，吓了他们一跳，他们赶快准备下船，可是船已经离开码头很远了。他们起身就跳，结果小兔和三瓜掉进了河里，引起了一阵哄笑。不知什么原因，后来方向班在这里就不停靠了。麻溜他们好长时间都觉得不开心。

“是方向班来了。——该回去做饭了。”月亮说。可没有人搭她的话，大家都躺着不动。

“麻溜，你看。”三瓜拉开小褂子，一鼓一瘪地吸着肚皮。当他呼气的时候，前后两张皮紧贴着，似乎肚子里什么也没有；当他吸气的时候，肚子就像一个充满气的气球。麻溜看了看，没有吱声。如果是以前，他会突然拍一下他的肚皮，三瓜也会很配合地瘪下肚子，可今天麻溜没有理他。

“肚子真的很饿了。”美国嘴子说。

“嗳，什么时候，大米饭让我们吃个饱就好了！”三瓜说。说着，还“嗞”的一声吸溜了口水。

“别做梦了！这可能吗？”美国嘴子说，“中国这么多人，那要多少大米！”

“当然能。我奶奶说，天上一颗星，地上一个人，土里一份粮。只要不糟蹋，每个人都有一碗米饭等着你。”月亮说。

大家又不再说话，似乎在想象着大米饭尽着吃的日子。三瓜用脚趾头在河滩上拱出一个个图案。

“你在做什么呢？像小猪拱地。”

“你们看，这是一桌八大碗的酒席。这是一碗红烧肉，这一碗是肉圆子，这是海参萝卜……这最后一碗是红烧刀子鱼。”三瓜说完了，又吸溜了一下口水，还用袖口擦一下嘴巴，似乎真的吃了八大碗。

麻溜看了看，也笑了。说真的，画的还真像呢。“你这三瓜，说你笨，你还真笨；说你聪明，你还真的聪明，用脚还能画出画来。”

三瓜得意地咧开嘴笑了，一串口水顺着嘴巴又流了出来，他赶紧用衣袖擦了擦，说：“李家墩子明天有批斗会，你们去看吗？”

麻溜瞪了他一眼：“你想去你去。”

月亮说：“反正我不去，这有什么好看的。”

“给——茅针。”美国嘴子抓着一大把茅针走过来蹲了下来坐到河滩上，把茅针分给大家。不知什么时候美国嘴子去拔了一把茅针来。

盐河两边的河岸常常有一片一片的红茅草，每棵红茅草的中间都裹着一根甜甜的草心，麻溜他们称它叫茅针。红茅草的茅针比其他茅草的茅针好吃多了，不仅甜，而且肥肥的，糯糯的。在大家说话的时候，美国嘴子跑过去拔来了一大把红茅针。

于是大家不再说话，躺在河滩上吃着茅针。不远处的河坎上，一簇簇红茅草，在微风的吹拂下轻轻摇曳着。

31

麻溜爷的历史问题

自从麻雀子家出了事情之后，麻溜似乎不仅不生爷的气了，反而既替麒麟担心又替爷担心了。他担心那些人真的抓了爷的什么把柄，也把爷押上台去批判。麻溜想，如果真那样，他一定饶不了癞爱武他们那些人。

这个时候，麻溜才知道爷和癞爱文之间一件不愉快的事。

那天生产队里分麦秸，爷挑了一担麦秸在水渠上走。干麦秸分量不重，但担子两头都像两个小山包，挑担的人只能看着自己脚下的路向前走。突然，爷听到癞爱文在后边打着自行车的铃，嘴里喊着让开。风很大，顶着大风，麦秸担子很难控制，好不容易让开一点道，在癞爱文从爷身边经过时，一阵风，麦秸担子一晃，爷脚步一踉跄，癞爱文连人带车，掉进了水渠。爷赶快搁下担子，想把他拉上来，可癞爱文很生气地一甩手，什么都没有说，水淋淋地爬上车就想骑着走，没有想到脚踩在车拐上一滑，又摔了一跤。回过头狠狠地瞪了麻溜爷一眼，骑上车走了。

“你这么大年纪，怎么像个小孩子？”爷把这件事告诉了妈妈，妈妈怪他不应该。

“这种人生活从来不做，成天东游西荡，不干正行。我看着就来气——不过，我真不是故意的。”爷解释说。

“我知道，我知道。和你过一辈子，我还不知道你那点心思。”妈妈说，“不过，还是小心的好。惹不得，就不惹。再大的风，总有定的时候；再大的雨，总有停的时候。”

后来，麻溜也知道了爷历史上的事情。

那天妈妈说：“麻溜，替你爷做件事。”

“什么事？”

“去送个口信。”

“什么事？送给哪个？”

爷年轻时候，带着一帮人耍龙。日本人来了，大家就没有心情玩龙了，就各自种地、做点小生意。有一天，当年跟着麻溜爷耍龙的马玉喜来找爷，嘀嘀咕咕说了半天，还在麻溜家吃了一顿饭。当然，那时候还没有麻溜。过不了几天，麻溜爷就跟着马玉喜到河东参加了汪伪的和平军。麻溜妈妈一开始都不知道麻溜爷出去干什么。一次他爷回来，逼问之下，才告诉了他妈妈，因为纪律规定是不许对任何人讲的。原来是藏在淖里红草田中的新四军游击队，参军的人不断增加，可是却缺少枪支。已经参加了游击队的马玉喜想了一个主意，就是带一些进步青年去参加汪伪部队，接受训练，训练结束发枪后，就找机会一起偷偷地逃跑。可是没有想到，才去了几天，马玉喜就被人出卖了，汪伪就用种种酷刑逼马玉喜交代打进和平军的目的，可那马玉喜受尽酷刑，就是一句怂话都没有说。后来，汪伪就用十根铁钉，一个指头一根铁钉将马玉喜钉在城门上。马玉喜在城门上钉了七天七夜，一直到死，没有说一个字。

马玉喜一死，群龙无首，大家都没了主意，于是趁一次营房里失火，大家都四散跑了。麻溜爷就跑回了家，从此成了一个本分而能干的农民。

后来，有人抓住这一节，说麻溜爷参加过和平军，做过汪伪，总想找他的麻烦。最近，麻溜爷在情急中忽然想起，曾听说当年一起去的人中有一个逃回来后还是参加了新四军，现在做了不小的官，而这个人是邻村一起去的彭二爷的远房表亲。麻溜爷和妈妈想找彭二爷来商议商议这件事，看能不能联系这个老表，就让麻溜背个粪兜去捡粪，给彭二爷送个口信，让他找机会来麻溜家一趟。

彭二爷是个性格爽快的人："你爷，浑身的本事，就是关键时候撑不起腰，要不，今天早就是个大人物了——叫他放心，没事的。不就是做了几天和平军，又没有干什么坏事。再说是新四军叫我们去的，我来想办法联系我那老表。"

后来彭二爷晚上到麻溜家来了一趟，叽叽咕咕和麻溜爷两个人商量了半天。爷的神情很沉重，那彭二爷还不时爽朗地笑几声，似乎真的什么也不用担心。临走的时候，彭二爷喊着麻溜爷的名字说："你伸直腿子睡觉，没事的。我想办法联系我那老表，让他写个证明不就行了。不要看蚂蚱跳得欢，就以为天下是他们的。"

临出门又说："人呐，其实就是关键时候一闪的念头。我要不是家里那位死活不让我和老表一起走，或许我今天比他官儿大。"说着哈哈大笑着走了。

彭二爷走了，妈妈笑着对爷说："我当年可没有拦你。"

"一个人一条路，一个人一个命。"爷苦笑说。

32

村里来了一个老革命

可事情并没有像彭二爷说的那么简单。

过了几天，彭二爷带信来说，老表还没有联系上。这人出去革命以后，只回来过一次，是刚解放那会儿，他老娘去世的时候，后来和家里人就没有什么联系了。有人说他打海南已经牺牲了，也有人说，他自己也被靠边站了。彭二爷让麻溜爷等等，他再想办法联系找人，一有消息就会来的。

可一直没有彭二爷的消息，庄上却在传言癞爱武、癞爱文正想办法找证据召开麻溜爷的批斗大会，扬言说不能让这些历史有问题的人猖狂，更不能放过一个隐藏的阶级敌人，甚至有人说看到高帽子都已经糊好了。

一天傍晚，游神泥螺眼悄悄飘进了麻溜的家。当时麻溜爷和妈妈正在房间里黑灯瞎火地商量什么，似乎是爷这一次要和他们拼个高低，而妈妈劝他能忍先忍。

“该你硬的时候，你不硬；要你忍的时候，你又不忍。你这个人！”只听妈妈生气地说。

“我有什么罪？他们想整我？”

“现在人家得势，人家势大，找个理由批斗个人，还要什么罪行？又不是判你的罪，就是……前天你没有看见连教书的司先生都被批判了——你不惹人家，不是一点事情没有？”

麻溜在房里想，如果他们敢批斗自己爷，总得想个办法。他绝不容许他们让自己的爷戴高帽子批斗。可是有什么办法呢？麻溜还没有想到。

爷和妈妈正争论着，游神泥螺眼来了。

妈妈和爷都走出了房门。

“小三哥来了？”麻溜爷比游神泥螺眼长一辈，“家里侄儿，就进房里说吧。”

爷和妈妈的房间并没有房门，他们说话，麻溜这边的房间全听得到的。

“三哥来有什么事？”麻溜妈妈问。

“叫三爷今年秧池上的事多当点心，不要被人抓了把柄。”

“这个我自然会的。没有这一节，我哪年不尽心？几百口人的口粮，我怎能大意？”麻溜爷说。

“还要处处多个心眼，”游神泥螺眼说，“那些人什么手段都会做的。好在扳倒你，对他们没有什么好处，你手中又没有什么权可夺的，要不，这些人什么都做得出的。”

没有想到，事情突然来了个转机。

彭二的那个老表竟然来到了何淖庄。

原来是这位老表的一个老战友去世了，他来参加追悼会。这位老战友是这里的军分区司令。军分区的政委听说司令的老战友就是本地人，便要用部队的小汽艇送他回老家看看。本来政委要亲自陪这位老表的，因为他自己又是地区的军委会主任，实在走不开，就派了一个参谋带了几个警卫员陪着。

小汽艇经过何淖庄，这位老表想起当年一个战友在这里牺牲了，便要求上岸看看。得知这位战友的名字已经是当地公社的名字，年年都有很多学生去祭扫，感到非常欣慰，一改严肃的神情，开着玩笑说：“早知道这么高的待遇，不如让我替他牺牲了。”说得大家都笑了起来。

癞爱武听说庄子上来一个大军官，一个老革命，连忙赶过来接待。自己介绍说："首长，我是这里的民兵营长，也是部队回来的，原来是某某部队的。"

这位老表在说了自己和彭二爷的关系后，突然问起庄子上是不是有个人叫何中玉。有人说有，就是麻溜的爷。

癞爱武连忙问："首长，有什么情况？"

于是彭二爷的这位老表讲了一段他和麻溜爷的故事。

"当年马玉喜带着我们几个人到汪伪那边去参军，目的是训练结束拐一批枪就走，可是，没有想到他自己很快就被人出卖了。我们几个人群龙无首，大家互相也都不熟悉，只能溜。一天晚上，趁着军营失火，大家就各自逃走。在逃跑的时候，一不注意，我的脚崴了，是何中玉背着我走了几块田，找了一条河沟，停下躲起来。一说，才知道，都是马玉喜的人。这个人手很巧，三下两下，便将我崴了的脚筋拉直了。——要不然，我或许又被抓进去了。"

这位老表用变了味的家乡话，兴致勃勃地讲着当年的故事。

"那首长要不要见见何中玉？"癞爱武问。

"那敢情好啊！"这位老表念了旧情，"他在吗？过得怎么样？"一激动说起了部队的话。

那位参谋凑到这位老表的耳边说了几句话，然后对大家说："首长的时间很紧，还有重要安排，今天就不见了。"

“那就代我向他问好。”说着，从手腕上除下了一块手表要交给癞爱武：“营长同志，请你将这块手表转交给何中玉同志，就说我向他问好。”

癞爱武嘴里说着“谢谢首长”，便伸出手，可手表被刚刚赶到的彭二爷抢先接了：“老表，我是彭二，来接你回老家看看。”

癞爱武悻悻地缩了手，便又主动伸出手和这位老表握手告别：“祝首长回家顺利！希望首长常来我们何淖庄！得便我要去看望首长，首长可不能不让我进门。”说着自己先大声笑了起来。

“不会的，不会的。欢迎来，欢迎来。”那位老表也爽朗地笑了起来。

这位老表一来，麻溜爷的事就平息了。

后来才知道，彭二爷的这位老表当时自己也正在“靠边站”。

33

他们为麒麟找了个新的家

这天晚上，美国嘴子来找麻溜，见麻溜闷闷的，没有一点精神，嘴里嚼着麦秸秆，翻着白眼看着天发呆，便问：“是想麒麟吗？”

“不是，我后来在玉米地里已经找到了它，昨天还和它在一起玩了。——我是担心，迟早它还会被发现。想不到有什么办法能把它藏起来。”

“是的。藏到哪里才不会被发现呢？”美国嘴子也皱起眉头动脑筋。

突然，美国嘴子想到一个主意：“我们家的猪圈有一个是空的，能不能让麒麟待在里面，外面挂上帘子？”

麻溜心里很感激美国嘴子，他是真心为麒麟想着，但非常肯定地说："不行！麒麟肯定不肯待在里面的。再说，你们家成分不好，不能连累你们家的。"

"那怎么办呢？"美国嘴子显得愁眉苦脸。

"再想办法吧，总有办法的。"麻溜这么说，其实他心里也很急，已经想了很多天，就是没有办法。

两个人蹲在地上，身子靠在草堆上，看着天。天上有一大堆云，灰灰的像一座小山，一动也不动。远处的天边似乎在打闪，一条条火蛇一闪就不见了。

"我们到外面去兜兜吧，在这里太闷了。"麻溜说。

两个人走出了小院子，不一会儿就来到学校南面的大池滩边上。大池滩是一个葫芦样子的池塘，一个大池塘，一个小池塘，两个池塘连在一起。庄子上的老人说，这是薛仁贵征东的时候饮马的池塘。这个池塘从来不干的，说有一年大旱，所有河里的水都干了，大池滩就是不干。还有一年春节，想抽干池塘，捉鱼分给各家过年，抽水机抽了五天五夜，看着还有一点点，就是抽不干。池滩边有一片荒地，池塘周边和荒地上稀稀拉拉长着一片永远长不大的树，有槐树，有桑树，也有楝树和柳树。可是这些树似乎约定好似的，这么多年过去了，它们就是那么一两个人高，碗口粗细。据说，这里原来是何家的家祠，后来家祠在抗战中毁了，就成了高高低低的土墩。上学的时候，他们几个男生经常跑到这里来玩，六爷上体育课有时也带他们到这里来进行野外训练，因为这里高高低低的地形，很适合训练“利用地形地物”。土墩之间零零星星地种上了黄豆。黄豆已经开花，晚上都可以看到星星点点的白花，还散发着淡淡的清香。他们在没有种黄豆的地方胡乱兜着。

突然，美国嘴子 “哟”了一声，原来是他一只脚踩进了一个很深的坑，身子一歪跌倒了。麻溜赶快去拉住他：“腿有没有摔坏？”

“没有，”美国嘴子坐在地上用手扭着脚踝，“脚崴了一下，不过不要紧。”

“真缺德，谁在这里挖这么深的坑？”麻溜很生气地说。

“麻溜，你忘了这些洞是哪儿来的了？”美国嘴子突然很兴奋地说，“有办法了。”

麻溜也想起来了，这是去年学校让大家挖的防空洞。去年秋天，学校接到通知，要求所有同学都必须挖防空洞，或者一个人挖，或者几个人一起挖。可是时间不久，又接到通知，说里下河地区水位低，雨水多，不适宜挖防空洞，于是就停了。后来听说是有的学校挖防空洞出事了，防空洞塌了，砸坏了学生，所以就通知不要挖了。当时，何淖小学的学生挖防空洞大都选在这片荒地上。靠学校近，地势又高，很多土墩子和稀稀拉拉的树，可以作为隐蔽。后来停止挖洞之后，这里就留下了深深浅浅的许多洞。有的才挖了一点点，有的已经挖得很深，也有的已经挖成功，可是不久有许多就坍塌了。

“你还记得我们挖的防空洞吗？”美国嘴子问。

“当然记得，我们挖的是梅花洞，可是没有挖完，就不让挖了。”

“是的。你跟我们说，‘要挖就挖最好的’。我们准备挖六个洞，一个大洞，五个小洞，每一个洞都相互连接。已经挖好了大洞和一个小洞，而且已经连起来了。”

“你的意思是把麒麟藏在防空洞里？”

美国嘴子点了点头。

“走，我们先去找找看。”麻溜觉得这个主意不错。

麻溜他们的洞是在最角落里面，应该在池塘的一个拐角处，有一个特别高的土墩，其他同学都嫌这里远，麻溜觉得那个地形最好。

他们细心地找过去，可是兜了一圈，就是没有找到他们挖的洞。

“怎么会没有了呢？难道被人填了，或者是塌了？”美国嘴子担心地说。

“应该不会，细心一些找。”

“在这里，”美国嘴子终于发现了地洞口，很是兴奋，“太好了，如果不细心看，根本就看不出来。”

原来洞口是在一个土墩面对大池滩的那一面，从上面长下来的巴连根草密密地把洞口挡住了，洞口四周还有好几簇红茅草。

美国嘴子正要用手拉掉那些巴连根草，麻溜叫住了他：“不要动，留着做个门帘多好。”

“这简直就像孙悟空的水帘洞了。”

“走，进去看看。”两个人轻轻扒开巴连根的藤，小心地钻了进去。

进去一看，两个人开心极了。两个洞都很好，基本还是当初挖时候的样子。大洞里面很宽敞，也比较干燥，从小洞的洞口到大洞的过道也没有坏。麻溜觉得这简直是专门为麒麟挖的。

他们约定第二天白天先弄一点干草和青草过来，晚上便去找麒麟，找到了就把麒麟送过来。

第二天一切都很顺利。

他们装作挑猪菜，将干稻草和鲜草送进了洞里，还专门找了一些红茅草，一点都没有引起人注意。晚上也很顺利地找到了麒麟，或许麒麟也在找他们呢。到了淖边的那块平地，麻溜叫了两声，麒麟就蹦出来了。因为太早了，很容易遇到人，说不定还能碰到民兵班的人，他们便又和麒麟一起玩了一会儿。麒麟明显长高了，也重了，两腿站起来，前面的爪子就可以轻易地搭在麻溜和美国嘴子的肩上，头也可以抵到麻溜的胸口了。麒麟现在和美国嘴子也很熟了，它也知道这是麻溜的好朋友，所以和他很亲密，美国嘴子很开心。

等到人脚定①了，他们轮流抱着麒麟从玉米地里的沟渠中一路钻过来。天特别闷，两个人热得都是一身的汗。麻溜先钻进了洞，然后美国嘴子把麒麟塞进去，美国嘴子最后进来。洞里倒是凉爽，只是大洞里比较黑，才进去几乎没有一点亮光。

“明天要搞个灯来才好。”美国嘴子说。

麻溜说：“不用了，慢慢适应就好了。大荪庄的红小兵就是乱拉电灯被发现的。”

麒麟显得有点兴奋，骨碌碌地转着眼睛四处看。

“这是你的家，知道吗？”麻溜对麒麟说。

麒麟“扑哧”一声打了一个喷嚏，甩了甩头。美国嘴子笑笑说：“它还不愿意？让我住都愿意。”

“要告诉月亮吗？”美国嘴子问。

“暂时不要，她胆小。”麻溜说着，就把干燥的稻草铺好，把鲜草拿到麒麟的嘴边。适应了之后，里面还算不得非常黑，尽管洞口有巴连根草遮着，但还是有一些光线钻进来，麒麟已经就着光在吭哧吭哧地吃草了。

---

① 方言，表示没有什么人活动了。

过了一会儿，麻溜拍拍麒麟的脑袋说："这就是你的家了。你待着，我们要先走了。明天来看你，给你送草。"

说着麻溜弓着腰就要出去，美国嘴子也跟着向外走。可是要到洞口的时候回头一看，麒麟仍跟在后边。他们钻出洞口，它也要向外面挤。麻溜拍拍它的头说："进去吧！乖乖地在这里待着。"

可是麒麟不听他的，还是用力把头从巴连根里往外顶。麻溜对美国嘴子说："看来麒麟一个人不愿意待在这里。你先回去吧，天不早了。我留下来陪陪麒麟吧，它可能还不习惯。"

"怎么？你不回去？"

"我不要紧，明天早一点溜回去就行。"

"我也不回去，和你一起陪。"

"你不行，你身体不好。太迟了，你妈妈会到处找你的。"

34

防空洞里的生死之夜

麻溜推了一下美国嘴子，自己拨开巴连根藤，又钻进了洞里。麒麟甩着尾巴跟着他回到大洞里。麻溜拎拎麒麟的耳朵："你这胆小鬼！一个人还不肯待。"

麻溜拉了一把干燥的稻草垫在屁股底下坐了下来，麒麟也乖乖地伏在他身边的草上。不一会儿，麒麟就先打起了呼噜，声音并不大，也很均匀。过了一会儿，麻溜也进入了梦乡。

这天一放学，妈妈就让麻溜试试新衣服是不是合身。

"又不过年，为什么要做新衣服？"麻溜问。

"结婚了，总要有身新的。"妈妈说。

"什么叫结婚？就像姐姐出门吗？"妈妈笑着点了点头。

于是麻溜想起姐姐出门，一家人都穿了新衣服，家里还请了很多很多客人。舅舅来了，姨娘也来了，还有平时基本不来的几个表叔也来了。不仅请了生产队干部、大队干部吃饭，还请了周边的邻居吃饭。那些天，家里到处充满喜气。好吃的东西特别多，妈妈烙的米饭饼，裹的粽子就不用说了，鱼和肉几乎都是随便吃的。尽管妈妈再三叮嘱冷肉冷鱼是不能吃的，会吃坏肚子，麻溜和哥哥还是趁没有人注意偷偷吃了好几块肉和好几块鱼。姐夫来娶亲的那天，自然也是全身的新衣服，还跟着一顶四个人抬的花轿，还有两个人吹着唢呐。后来姐姐就被爷抱上轿子，抬走了。姐姐上轿子时哭了，爷和妈妈也流了眼泪，麻溜也哭了。轿子来的时候和走的时候，都要放很多鞭炮。那天的爆竹特别特别响。

可是想到自己现在也要结婚，麻溜不禁笑了："我不是还上学吗？我和谁结婚呢？"麻溜心里想，会不会是月亮呢？这样一想，自己先脸红了。

妈妈笑笑不说话。那些天，爷总是笑嘻嘻地在忙着，总是看不到他。

"爷在干什么呢？"麻溜问妈妈。

妈妈说："在为你们盖房子。"

突然是一阵阵爆竹，很响很响，比姐姐出嫁的爆竹还响，但闷闷的，一声连着一声。

“接新娘！接新娘——”很多人起哄，当然有美国嘴子，胖桃也来了，好像麻雀子都来了。麻溜想问他，那么远他怎么知道的，又是怎么来的，在那边过得开心吗？可是一转头却又看不到麻雀子了。于是麻溜掀开轿帘，先看到的是新娘的两个耳朵。耳朵怎么这么大？接着是一张长长的脸，脸上似乎还有点毛茸茸的，鼻子特别大。这是谁呢？麻溜想不起来。只有那双眼睛特别熟悉，又圆又亮，像个孩子。——难道是麒麟？等新娘从轿子里走出来，一看，果然是麒麟。于是爆竹声又接着响起，一声连着一声，很响很响，只是闷闷的。麻溜也不管为什么。

“入洞房！”有人怪腔怪调地在叫。麻溜不懂什么叫入洞房，但一会儿就进了一座新房子。新房子好像就在自己家的小院子里，不高也不大，四周的墙都是麦秸做成的，又暖和、又好看，怪不得大人们都说爷的手很巧，但小院子里什么时候有这样一座新房子的呢？麻溜不知道，也许是爷这几天偷偷盖好的。

新房子不大，但很干净，很凉爽，也很空，房子里什么也没有。麻溜四处张望，怎么一个窗户也没有呢？就在这时，轰隆一声爆竹，房顶塌了一大块，刚好砸在麻溜的头上。头不疼，但有点晕。会不会也砸到麒麟呢？

“麒麟！麒麟！”麻溜死命叫着，忽然感到脖子里湿漉漉的，用手一摸，泥乎乎的。怎么淌血了吗？麻溜想睁开眼看看，可就是睁不开，费了很大劲才睁开。房里黑黑的，什么也看不到。

“轰隆隆，轰隆隆……”响雷在头顶上滚动。麻溜醒了，知道刚才在做梦。

“麒麟，麒麟！”忽然一个软乎乎的大鼻子凑到了他的脸上，定睛一看，是麒麟。它一定也是被打雷声惊醒的。就在这时，哗啦啦一大片土又掉了下来，麻溜的头上、脖子上都是泥。

“不好，洞要塌了，快走！”麻溜拉起麒麟就向洞口跑，可刚刚跑了两步，又是一大片土掉了下来，砸在麻溜和麒麟身上。麻溜顾不得这些，嘴里说“麒麟，快！”就只管往前跑。

可是跑不几步，前面的洞已经都塌了，到洞口的通道被堵住了。麻溜停了下来，麒麟也停了下来。

能听到外面轰隆隆的雷声，只是显得闷闷的，但听得很清楚。

“出不去了，怎么办？”麻溜看着麒麟，麒麟也看着麻溜，麒麟眼睛中并不显得惊恐，似乎只要麻溜在，它就不用怕。

麻溜也不感到怕，但他想到了死。当然，他一点也不知道什么叫死。他知道，出不去了，就可能死，或者整个洞都塌了，也就可能死。

“人，不管什么时候，心里要有盏灯。有盏灯，就穷不怕，富不怕，生不怕，死不怕。”麻溜忽然想起拐子爹爹说过的几句话。那是冬天的一个晚上，说到一个孤寡的老人上吊自尽的事情，拐子爹爹眼睛盯着墙上的油灯说。

“什么灯？”麻溜问。

拐子爹爹还是看着墙上的油灯，没有回答麻溜。

麻溜突然听到似乎有水流动的声音，脚底下的水也渐渐多起来。“水肯定是从洞口进来的”，麻溜想。他一下子明白了自己应该怎么办。于是他用两只手拼命地扒泥，本来就是刚刚塌下来的土，又有水，并不难扒，但肯定塌了不少地方，扒了很长时间，还没有到出口。麻溜觉得自己已经没有力气了，想停下来歇口气，可是他扭头一看，呆住了。原来在自己拼命扒土的时候，麒麟也在拼命扒土。两只前爪，不停地向后扒着，嘴里还发出扑哧扑哧的声音。麻溜真想好好抱抱麒麟，真想好好亲亲麒麟，可是他没有，只是赶快埋头扒着土。

扒着，扒着……又是一声闷闷的雷。

扒着，扒着……又是一大块土塌了下了，砸得麻溜赶紧闭了眼睛。可等他睁开眼睛一看，麒麟正在将头钻进前面已经扒开的洞，不一会儿，整个身子就钻了进去。过了很长时间，也没有什么动静。

麻溜估计麒麟已经钻出去了。他真的佩服麒麟的聪明，可是麒麟钻过去的洞口，麻溜还是钻不过去，他用手死命将那个洞口扒得更大一点。

扒着扒着，一个头从洞口钻了出来。麻溜细细一看，是麒麟。

麒麟钻出来，便又使劲扒着洞口，一会儿又钻了过去，可是过了一会儿，麒麟又钻了过来。麻溜明白了，麒麟这样来来回回地钻出去、钻进来，就是为了让麻溜也能够钻得出去。

又扒了一会儿，麻溜跟着麒麟终于钻了过去。可就在他们刚要从那边洞口出去的时候，咔嚓一个响雷，头顶上的洞口又塌了一大块。麻溜抬头一看，头顶出现了一个圆圆的洞。雨水正从洞里浇下来，四周的积水也正从洞口流进来。

一道强烈的光猛然闪过，“咔嚓！”一个雷就在他们的头顶上炸开。麻溜摸了一下脸，睁眼一看，闪电中远近的树木都显出狰狞的样子，真的像大人们讲过的披头散发的厉鬼。

麻溜钻出了洞口，又把快要爬出来的麒麟拉上来。麒麟摇着身上的水，可是身上已经都是泥了，麻溜一看自己也是浑身的泥。

“咔嚓！”一声，又一个雷。

“哪个？”又一个闪电过去，麻溜发现前面不远的地方站着一个人。

“你是哪个？”说这话的时候，麻溜知道自己害怕了，声音有点抖。

“是我，麻溜！我是金贵，美国嘴子！”

美国嘴子说着就扑了过来："我以为你和麒麟都被压在下面出不来了。"说着，竟呜呜地哭了起来。

麻溜也抱着美国嘴子，任眼泪哗哗流着："你怎么想到过来了？"

"睡到半夜被雷声惊醒了，一听外面是铺天盖地的雨。我一想，这么大的雨，万一你们的洞塌了怎么办？我再也睡不着了。悄悄开了门，扛了一把铲就来了。到了一看，真塌了。我一下子就懵了，就像死了过去，只能呆呆地看着塌下去的洞口。可是想不到，一个闪打过，看到你们爬出来了——"

这时，麒麟也钻到了他俩之间。麻溜蹲下身子，将额头紧紧地贴在麒麟的额头上。

雨突然停止了，远处的天边还不时闪着电光，雷声也在远处贴着地面滚着。

35

麻溜和美国嘴子冒险进荡

这几天，麻溜越来越放心不下麒麟。

防空洞塌了以后，麻溜想把麒麟还带回小院子里，但怕爷知道，如果把它送得更远就难办了，所以还是先把他送回那个树洞里。

不知因为麒麟机灵，还是六子他们民兵班的人不负责任，麒麟一直还没有被发现，但麻溜总觉得这不是长久之计，迟早总会被在那一片转悠的民兵班发现的。

这天，睡到半夜，麻溜听到外面有响声。他很快就醒了，会不会是麒麟自己回来了？

麻溜披了小褂子就起来，打开门一看，是美国嘴子站在门口。

“你怎么来了？”

“我想到一个主意，不知行不行。”美国嘴子说。麻溜看着他。

“把麒麟送进荡里。”麻溜吃惊地看着美国嘴子。

“那里草多，人也去不了。”

“那我们怎么去？”

荡里，就是那片河淖的深处。那是一个很危险很危险的地方，麻溜他们从来没有去过。从小爷和妈妈就反复叮嘱，不能进荡。传说当年新四军在荡里有根据地，日本鬼子和伪军围剿过几次，没有一次进得去。每次都要有不少人陷进去出不来。因为荡里鱼多，芦苇多，红茅草多，獐猫鹿兔，什么都有，很多人都想进去。解放后，也三年两年有人进荡没出来。听说前几天，还有一头牛贪吃肥嫩的芦苇，陷进河淖，没有出得来。

“我们进得去？”

“有人说，小人能进，人轻。”

麻溜看着瘦瘦的美国嘴子，月光下，他身后拖着长长影子。他没有想到美国嘴子这么仗义。

“那我们先要找条船，有水就用船，进去再说。”麻溜说。

“哪儿有船？”

麻溜想了想说：“只有偷矮子大爷放鸭的船。”

“什么时候去？”

“现在就去。”

他们决定去偷矮子大爷放鸭的鸭溜子。

鸭溜子，就是放鸭的小船。大概有三五尺长，有两尺来宽，尺把深，两头窄窄的。会使的人，一根篙可以撑得飞快。

麻溜是使船的好手。有时候，姐姐家里有猪菜吃不了，带信让爷去运。爷不能缺工，也舍不得耽误工分，就跟矮子大爷借了放鸭的鸭溜子，让麻溜去。麻溜就一个人一根竹篙一条小船，去姐姐家把多余的萝卜缨子什么的猪菜运回来。一般一天就一个来回。如果是顺风，麻溜会在鸭溜子隔舱横梁的方洞里树一根竹篙，用绳子在竹篙上绑一片苇席当作帆。用爷扬场的木锨做舵子，自己在船尾轻松地把着方向，俨然是老练的艄公，跷着脚丫，哼着小曲，快活自在。河两边做工的大人，看了都佩服得不得了。

生产队里只有一只鸭溜子，是矮子大爷放鸭用的。矮子大爷身材很矮，比九佬还要矮。力气也大，没有九佬大，但比九佬灵活。有人说，他也跟拐子爹爹学过功夫。可是他不学好，吃喝嫖赌，什么都会，拐子爹爹便不认他这个徒弟了，但矮子大爷为人仗义，赌钱喝酒从不赖账，为了兄弟，从不顾家。就因为他不顾家，而且又赌又嫖，矮子大妈上吊死了。矮子大爷哭了三天三夜，从此不赌不嫖，连酒也不喝了，一个人抚养儿子，终身不娶。庄子里那些本来看到他就骂他的婶妈们，后来都夸他有情有义。他年轻时候也在上海混，不会地里的生活，后来就养了一趟鸭子。入了社，就还是养鸭。到每年中秋，队里就每户分一只鸭。大家吃着鸭子，就觉得矮子大爷越来越好了，他的名声也越来越好。

矮子大爷人好，名声也好，但他的鸭溜子，一般人借不到的。

“这是生产队的财产，也是我的饭碗，不能借的。再说，我一刻也离不得的。”

麻溜他们知道，要想跟矮子大爷借，肯定是不行的，只有偷。

他们轻手轻脚地出了庄子。

从来没有见过这么好的月亮，路边星星点点的野花也看得清楚。田野里有许多虫子在或长或短地鸣叫，有的还拉出很有韵味的长调。不时还会从玉米地里，或者从黄豆地里，“噗”地飞出一只野鸡或者野鸟，用力地扑打几下翅膀，“咔咔”地叫几声，飞到不远处，很快又落在了田野了。偶尔也有黄鼠狼从他们面前越过小路，从这边的田野钻进了那边的田野。

远远地已经看到了矮子大爷养鸭的鸭栏。鸭栏很简单，就是用三四尺长的细竹竿编成长长的帘子，紧靠河边竖起来围一个房基大小的圈。将三面的竹帘子的一头埋进土里，压压紧，踩踩实。四个角上各有一根粗粗的竹竿或者树棍，固定和支撑着竹帘子。鸭栏有一面向着河，这一面的竹帘子是可以活动的，就像一个大大的门。这里的河坎做成平缓的坡。早上将这一面的竹帘子向一边卷过去，鸭子们便欢快地拍打着翅膀，涌向河里去。晚上放鸭回来，矮子大爷嘴里吆喝着，用竹篙敲敲船帮，鸭子就呼啦一下子顺着斜坡进了鸭栏。一些没有吃饱或者贪玩的鸭子，还会赖在河里不愿意进栏。矮子大爷就会一边骂着，一边用竹篙赶："亡人鸭！心也野了。这么晚了，还不想上栏。"竹篙贴着水面一挥，鸭子们就老实地进了栏。也有更调皮的，或者远远地落在后边，或者跑到远远的河边，用扁扁的嘴在河边的泥里寻找着螺蛳什么的小吃。矮子大爷有一把长柄的小锹，他随手在河边挖一点泥，用力一挥，那泥块准准地落在鸭子的屁股后面。正悠然玩着的鸭子和那些正一心淘着螺蛳的鸭子，就吓了一跳，扑腾着翅膀飞离水面，"嘎嘎嘎"向前一窜，乖乖地游到栏口，摇摆着身子，顺着河坎的斜坡爬上岸，钻进栏里。矮子大爷关了鸭栏的门，一五一十地点一点鸭子的数量，走进自己的小屋。

鸭栏的一边有一间小屋，是矮子大爷自己住的。说是屋，也就是随意搭起来的草棚。不大，紧紧挨着鸭栏。矮子大爷养了一条狗，个子不大。太大了，吃得多，矮子大爷养不起。"再说，就是吓吓黄鼠狼偷鸭的，用不着多大。"小狗成天就和大爷在一起。大爷在船上，小狗也在船上；大爷在岸上，小狗也在岸上；大爷睡觉，它也睡觉。只是它比大爷反应更快，有人来了，有什么响动，大爷不知道，它就知道了。它一叫，大爷也就知道了。大爷的鸭溜子就拴在小屋的河边上。

不一会儿，已经清清楚楚地看到鸭栏了，听到了鸭子偶尔发出的“嘎嘎嘎”的声音。鸭子胆小，一有什么动静，就会喳栏，嘎嘎地叫成一片。

“怎么办呢？鸭子一听到脚步就喳栏的，而且大爷还有一条狗。”美国嘴子停下脚步，压低声音说。

麻溜招了招手，两个人溜下河坎，将身子倚在河坎上。河水安静地在他们脚下流着，水面上偶尔飘过一团团稻草。

“只能从河里过去。”麻溜说。

“好的。”美国嘴子说着，就开始脱衣服。

麻溜摁住了他的手：“只能一个人去，要不衣服怎么办？”

“踩水。”

“不能踩水。踩水动静大，惊动了狗，就不行了。”

美国嘴子觉得也是，就说：“那我去！”

“你的水性没有我好，你绕到前面去等我。”

麻溜脱光了衣服，让美国嘴子拿着。美国嘴子就远远地兜一个圈，从田野里绕过去，在鸭栏那一边的河边上等着麻溜。

麻溜顺着河坎轻轻滑下河去，慢慢游到河的中间。等到一团稻草飘过来，就侧身在这团草的后边，向鸭栏那边游过去。

“汪——汪——”就在麻溜靠近鸭栏的时候，矮子大爷的小狗看见了什么，突然叫了两声。麻溜赶快一个猛子沉到水底，在水底下向河岸游去，然后贴着河坎钻出水面，伏在河坎上一动不动。

草团还在向前飘着，小狗跟着叫了几声，见草团渐渐飘远了，也就不再叫。

矮子大爷被小狗叫醒了，披了衣服起来，看到小狗对着河里的草团在叫，拍了一下它的脑袋：“你看到什么都要叫！闷得慌吗？”小狗舔舔矮子大爷的手，用力地摇一摇头，甩一甩尾巴。矮子大爷看了看鸭栏，鸭子都挤在一起伏在栏里，便钻进草棚睡觉，小狗摇摇尾巴，也跟了进去。

麻溜见没有了动静，轻轻解开了绳缆，将身子躲在小船的一边，一只手拉着船帮，一只手划着水，两只脚也一起蹬着水，人和小船一起慢慢向前行。船不大，麻溜一点也不吃力。

船到了美国嘴子的跟前停下，美国嘴子也上了船。

36

麻溜和美国嘴子淖中遇险

他们没有想到偷船这么顺利。

他们很快就进了荡。

荡里弯弯曲曲，到处都有水沟。他们都是弄船的好手。有些地方水比较浅，两个人一边一根竹篙一起用力撑，鸭溜子贴着泥一滑就都过去了。也有的地方特别浅甚至没有水，他们就下了船，两人拉着船一使劲，船底就从浅浅的水上或者滑滑的泥上溜了过去。

月色似乎暗了一些，但天并不黑，一切看得很清楚，甚至能看清水边芦苇的倒影，水浅的地方，还能看到水草的尖子在水里晃动，像游动的鳗鱼。有些地方芦苇很高，河面就显得很幽深。偶尔河边还会有一两棵伸到河中间的树，蜷曲的树干，先伸到河中间，然后再向上长去。树的影子像极了游动的龙。麻溜和美国嘴子低一低身子，小船便在树干和树的影子中间穿过。

“麻溜，那次我真的没有出卖你。”美国嘴子在船头偶尔用竹篙点一下，助一下力，或者帮着调整一下船头。

“明天要赶紧找麒麟。”竹篙在麻溜手里，轻巧地上下穿梭，小鸭溜子飘逸轻巧地向前滑行。

“你说我们能找到让麒麟待的地方吗？”美国嘴子又有点担心起来。

“应该能的，”麻溜说，“当年新四军不是在这里有根据地吗？人能住，麒麟一定能活。”

“但新四军不是一般人。广播里都说，共产党是特殊材料制成的，”美国嘴子说，“如果是别人，肯定活不了。”

“拐子爹爹说，荡里以前也有过土匪的——后来都被新四军消灭了，或者投靠了新四军，”麻溜想了想，很坚定地说，“麒麟也一定能活下去的。”

“不知道荡里有没有麒麟喜欢吃的草？”美国嘴子说。

这件事，麻溜当然也想到过，而且他已经有了自己的主意，但他不想和美国嘴子说，至少现在不想说。

天蒙蒙亮的时候，他们感觉已经快到荡中心了。岛子越来越多，也越来越大，芦苇越来越密，各种鸟和各种动物的声音也越来

越多。

“就到那边看看吧。”麻溜指了指前面说。他们发现前面有一个很大很大的岛子，又高又密的芦苇，远远就听到各种野鸟的叫声。麻溜紧撑了几篙，鸭溜子就磁在了浅滩上。

“要不要上去看一看？”美国嘴子问。

“当然，要不怎么知道能不能把麒麟送上去，怎么知道麒麟来了之后能不能有草吃？”

“那我去。”说着，美国嘴子已经卷了裤腿下了船，白生生的腿子很刺眼。

“不行，我去，你刚刚打了摆子。”麻溜说着就要下船。

“你不能下来，船上要留一个人。”美国嘴子大声说。见美国嘴子已经离开了船，麻溜又回到船上，盯着向前慢慢走的美国嘴子。

“怎么样？”

“还行，应该能行。”

“小心点。”麻溜看到美国嘴子渐渐走远，身影渐渐小了。

“哎呀！不好！”突然，美国嘴子叫了一声。

“怎么样？”

“好像是泥潭。”

“别动，快趴下，把两个膀子分开！”麻溜知道美国嘴子遇到淖潭了。

“趴不下来了。”

“把两个膀子分开！”麻溜大声说，“别急，别动，我来了。”

“你别来，你不能来。”

麻溜对船上看了看，说：“当心，我溜一根篙子给你。”说着，一甩手，一根竹篙，像一条泥鳅滑了过去。

“能够到吗？”

“差一点点，我来试试看。”美国嘴子小心地侧过身子，闭了眼睛，将右手慢慢伸过去，伸过去，终于碰到了篙梢，然后用两个指头慢慢将竹篙夹住，一点点拉过来，拉过来，最后终于将竹篙横在了胸口前面，似乎不再下陷了。

“还行吗？”

“好多了。”

“别急，我来了。”

“你不能来，你也陷进来就没有办法了。”

“我不来，你有什么办法？”麻溜说着，已经拿了竹篙下了船，“我从一边绕过去。”

麻溜选了一个感觉没有问题的路线绕过去，他用脚小心地试探着，一步步向前。麻溜小心翼翼地一步步向前走，美国嘴子紧张地看着麻溜，不时地改变竹篙横在泥上的方向，减缓下陷的速度。

“别走了！”美国嘴子看到麻溜身子一晃，一只脚陷了进去，还没有来得及再说什么，麻溜的第二只腿子也陷了半截。好在麻溜反应特别快，他把竹篙横在胸前，身体微微向前倾着，暂时控制了下陷的速度。

“怎么办呢？叫你别下来。”美国嘴子说。

“等一会儿。我这个篙子长，看能不能够到你。”

“你千万别动了，一动就陷的，”美国嘴子说，“你没有篙子，会陷得更快。”

“那我能不管你？”麻溜说，“再说，是因为我，麒麟是我的。”

“不，麒麟是我们两个人的。”美国嘴子说。

“你这个美国嘴子！”麻溜笑了笑，将手中的竹篙慢慢向美国嘴子这边滑过去。

美国嘴子紧张地盯着麻溜，眼里含着泪。

竹篙的梢一点一点向美国嘴子靠近。两个人的身子也一点一点向下陷着。

“麻溜！你别动了！”美国嘴子含着哭腔说。

“别怂样！”麻溜说，“不会死的！就是死也用不上这样。”

“麻溜，你不能死，你刚刚死过一回。要死，这回该我。”美国嘴子说。

“我们都不死。”

竹篙的梢一点一点向美国嘴子靠近。两个人的身子也一点一点向下陷着。

“求你！麻溜，你别动了！”美国嘴子含着哭腔说。

竹篙的梢一点一点向美国嘴子靠近。两个人的身子也一点一点向下陷着。美国嘴子闭上了眼睛。

“美国嘴子！我的脚踩到底了！”突然，麻溜很高兴地说。

“真的？——那我们不会死了？”

“不会。拐子爹爹说过，怕死必死。——他说我命很大的——你刚才怕了？”

“有点怕。我从小胆小，不像你——”

麻溜用劲把竹篙伸过来。可是，全部竹篙都伸了过去，还是够不着美国嘴子。

“怎么办？”美国嘴子看着就差那么一点点的竹篙，有点失望了。

“我有办法了。你别动，我把竹篙换一下头，把粗一点的伸过去，要靠到你的时候，你把细的一头稍微靠过来一点，插进我的竹篙头里面。”

两支竹篙按麻溜的计划，接在了一起。

麻溜说：“我们先用点劲，挤一挤，将竹篙接得牢一点，然后我们一起用力。”

两支竹篙接在了一起，麻溜用力拖着美国嘴子，美国嘴子自己也用力拉着竹篙。美国嘴子的身体渐渐伏在了泥面上，慢慢淤积的水越来越多，滑行起来就更快，两个人的距离渐渐缩短。

突然，麻溜不再拉动竹篙，他不再将美国嘴子拉到自己身边，因为他发觉自己的脚下又开始有点下沉。可能他踩到的并不是硬的潭底，而是踩到一个什么陷死在这里的动物的肩背。

“怎么不让我过去？”美国嘴子问。

“我的脚踩的好像不是硬底，还是想办法让你先到那边我刚才来的地方，你到了边再拉我。”

美国嘴子不再说话，伏在泥面上，在麻溜竹篙的帮助下慢慢向能站住的地方滑过去。麻溜使劲推着美国嘴子，自己的脚在渐渐下沉。

还好，美国嘴子很快就感到了脚下越来越硬实，终于滑不动了。用脚一试，觉得能站住了，赶快再用竹篙慢慢将麻溜拉过来。

“美国嘴子别动！”突然，麻溜有点紧张地喊着。

“怎么了，麻溜？”美国嘴子停住竹篙。

“蛇！”麻溜看到一条蛇正扭动着身子向他游过来。美国嘴子也看到了，那应该是一条不小的蛇。

“我用竹篙赶走它。”美国嘴子知道麻溜害怕蛇。

“你够不到。”

美国嘴子也发现蛇是从另一个方向游过来的。从那偶尔昂起的头看，这条蛇肯定有好几尺长。

看着朝自已游过来的蛇，麻溜心里真的很害怕。

“要是麒麟在，就好了。”麻溜想。可是麒麟并不在。

那条蛇依然扭动着身子游过来，似乎还越来越快。渐渐地，已经能听到它嘴里发出的嘶嘶的声音。突然，麻溜想起那天夜里的一条蛇，也是这样发出嘶嘶的声音，麒麟一点也不害怕，嘴里也发出扑哧扑哧的声音，吓得那条蛇一动也不敢动，最后灰溜溜地逃走了。麻溜突然有了主意，他把身子微微向前俯下去，朝着蛇游来的方向，嘴里也发出扑哧扑哧的声音，那蛇似乎也听出了声音，先是停了停，还抬起头来听了听，接着又游过来，麻溜继续发出扑哧扑哧的声音，声音更响。那条蛇犹豫了一下，改变方向游走了。麻溜才舒了口气。

等到两个人躺在地上时，肩膀以下全是污泥。如果有人这时候看到他们，一定会以为是两个怪物。

这时，天已经亮了。

“美国嘴子，你看！红茅草！”

这时，美国嘴子也看到了，在他们前面是一片红茅草，长得密密麻麻，都有半人高了。长长的叶子，在晨风中轻轻地摇曳着。那深红深红的颜色，是那么悦目。两个人顾不得浑身是泥，就抱在一起跳了起来。

“这一下好了！麒麟终于有家了！”

荡里刮着微微的风，泥土的腥味是那么浓。水面有微微的波在轻轻荡漾，像抖动着的一块绸布。一丝丝水汽在水面上飘着，在芦苇的顶上缭绕。一片一片的芦苇，轻轻晃着身子，清绿的叶子飘逸地舞动出各种身姿，长长的苇花散发出清香。各种鸟的叫声，组成绝妙的合唱，还夹杂着许多不知名的动物的叫声，野牛的叫声特别浑厚有力。

37

庄子上似乎风声很紧

麻溜和美国嘴子将鸭溜子还给矮子大爷的时候，已经准备好挨他一顿臭骂，甚至要被踢几下屁股。找麻溜爷告一状，也是肯定的。

还没有看到鸭栏的时候，就远远听到了鸭子“嘎嘎嘎”地吵成一片。靠近了发现，矮子爷正将一把把稻谷洒进鸭栏。

还是大爷的小狗先发现了鸭溜子和船上的人，它对着船使劲叫着，还想对着船冲过来，可冲到水边又停了下来，接着退回去又“汪汪汪”地再冲过来。等麻溜和美国嘴子靠了岸走下船来，它反而不叫了，还凑过来嗅嗅他们都是泥巴的裤腿。

矮子大爷脸色铁青地站在鸭栏边，因为他停下了撒稻谷，鸭子们又吵得更凶。

“吵，吵，吵，晚一顿就饿死了？”他对着鸭群恨恨地说着，一边打开了鸭栏。鸭群就像放学的孩子一起涌出鸭栏，“哗啦啦”冲进河里，有的快活地仰起头“嘎嘎嘎”地叫，有的一个猛子扎进水里，只有屁股朝天竖着，两只脚在空中吃力地划着，半天才翻过身来，使劲甩着头，嘴里衔着一颗螺蛳或一条小鱼。

麻溜和美国嘴子赶紧转过头看着矮子大爷。

“大爷，我们，我们偷了你的船……”麻溜看着矮子大爷说，美国嘴子低着头。

“你这个反王！迟早要闯大祸！要不是看在你爷脸上，我一脚踹断你的肋骨！”矮子大爷正发着火，突然注意到两个孩子浑身都是泥。“怎么？这夜里进荡了？——麻溜，你这细的也胆子太大！这不是找死吗？——陷进潭了？算你们命大——要不，今早你爷得给你们收尸了！——我一定找你老子，让他好好管管你。”

麻溜和美国嘴子老老实实地由他训斥着。突然，美国嘴子脸色煞白，两条腿也不停地抖着。

“你怎么了？”麻溜问。

矮子大爷也发现美国嘴子不大对劲，说：“看你们这样子！还不快回去，洗了换衣服。”

麻溜和美国嘴子回到村里时，已经是快小望中①了。

---

① 指接近中午，晌午。

在大巷口，他们遇到一群人正围着游神泥螺眼说话。麻溜停下听听他们说什么，美国嘴子也停下了。麻溜让他快回去，美国嘴子不肯。

“这看来是真有鬼了！”三瓜妈妈有些瑟缩地说。

“我上次就说有，可九佬不相信。”小脚五奶奶很是得了理，为自己的先见之明很有点得意。

“他是杀猪的人，杀伐气重，也许鬼不敢沾他，所以就不信。”病恹恹的吊死鬼说。

“不要打岔，还是听小三哥说，”辈分高的四老太说，“你是真的见了？”

“我也不敢说是鬼，”泥螺眼是一贯的说话风格，“所应我是看到了一个东西。——尺把高，二尺来长，有时四条腿走路，有时候两条腿走路。快得来不见看，一会儿在前，一会儿在后。眼睛里是绿光，盯着人看，让人浑身发酥——”

“快别说了怪吓人的。”三瓜妈妈声音抖抖索索地说。

“大家回吧，把门弄弄好，晚上千万不要出来。”小脚五奶奶说着，就自己走了。“我要找我大侄子，让他管管这件事情，不能再闹出人命来。”

“好像癞爱武的民兵已经发现问题了，”游神泥螺眼说，“我看见他召集民兵又开始搜索了。”

听到这里，麻溜对美国嘴子说：“我们回家吧，下午赶快要去找麒麟了。”

“这两个泥猴，你们到哪里去了？”这时不知谁发现了他们。

“捉泥鳅去了。”麻溜说。

“捉泥鳅，会弄成这样？——你们自己都成了泥鳅了。——你们进荡了吧？”辈分高的四老太说，“我是一定要告诉你爷的，这细的！”

麻溜和美国嘴子不接她的话，很快就溜走了。

“麻溜这孩子，总是不同别的孩子。”三瓜的妈妈说。

四老太在后面大声说：“麻溜，你不要到处瞎跑，小三哥就是在你家巷子里遇到鬼的。”

38

民兵队突然包围了小院子

那天晚上，要不是美国嘴子提前送了信，麒麟就要出事了。

麻溜在蒙蒙眬眬的睡梦中，听到外面有野猫的叫声。麻溜一听就知道是美国嘴子。这么迟他跑过来肯定有急事，而且他的病刚刚好一点。麻溜轻轻起了床，轻手轻脚地走到门外。

美国嘴子压着嗓子说："快！麻溜。癞爱武他们马上要来包围这个小院子捉麒麟了。"

"麒麟在这里吗？他们怎么知道的？"麻溜急急地问。

"听说，六子他们跟踪好几天了，发现麒麟夜里常常要躲进这个小院子的。"

两个人轻轻走进小院子。

"麒麟，我是麻溜。"麻溜走到草堆的洞口，对着里面说。

果然，从洞口乱草中探出麒麟的头和脸。一对孩子似的眼睛，还是那么纯净，那么亮。

“麒麟！”麻溜一把将麒麟抱了出来，紧紧搂在怀里，用头抵着麒麟的头。

“快想办法！麻溜，他们一来麒麟就走不了。”

麻溜走到围墙边，把麒麟轻轻放在围墙上，用手推了推麒麟的头：“走吧！走吧！你再也不要来了！”

麻溜说着，眼睛里全都是眼泪，泪珠挂在脸颊上。

美国嘴子也哭了。

可麒麟站在围墙上不肯走，总还想跳进小院子。

“走吧！走吧！我们会去找你。”麻溜用手背抹了抹脸上的眼泪。

麒麟站在围墙上，还是没有走，不理解地看着麻溜，也扭过头去看看美国嘴子。

“麒麟！”麻溜又把麒麟抱了下来，紧紧搂在怀里。

远处似乎有脚步声。

“快点！麻溜。”

“你也抱抱。”麻溜将麒麟塞进美国嘴子的怀里。

过了一会儿，麻溜从美国嘴子的怀中抱过麒麟，一放在围墙上，就用力推了麒麟一把：“麒麟快跑！——我会找你的！我们会看你的！”

两个人互相看着，都是泪汪汪的。

“围墙后边去人了吗？”癞爱武已经站在了小院子门的外边，他双手叉腰，很威武地问身边的六子。

六子说：“大兔他们已经去了。”

“开一下门，麻溜。”癞爱武已经发现了麻溜和美国嘴子，用很严肃的口气说。

“谁敢？”麻溜手里有一把叉草的铁叉，摆了一个架式，对着木棍钉成的门站着。

“半夜三更的，干什么？想打劫还是抄家？”这时麻溜的爷也起来了，手里抄着一根扁担，麻溜妈妈在后边拉着他的衣袖。

“三哥，你别动气，这是‘抓革命，促生产’的重大行动！”癞爱武解释道。

“‘抓革命，促生产’，‘抓’到我家里，‘促’到我家里来了？”麻溜的爷两眼放射着怒火。

“中玉三爷，你应该知道，最近庄子上一直闹鬼，已经出了很多事。我们侦查到这怪物就藏……就躲在你们家院子里，可麻溜拿了铁叉不让进。”癞爱武口气软和了一点。

“捉怪捉鬼，我不管，不要到我家里来闹事就行。”

“小院子是麻溜他们孩子玩的地方，会有什么鬼怪？”麻溜妈妈说。

“麻溜，快打开门，你这是破坏革命行动！”癞爱武想吓唬麻溜。

“不许进来！”麻溜舞了一下手中的铁叉，又换了一个姿势。麻溜虽然是个孩子，但庄子上人都知道他是会拳脚的，一个大人未必是他的对手，再说他手里还有铁叉。

麻溜又换了一个架式，六子以为麻溜要冲过来了，便把枪端起来对着麻溜。

麻溜爷一看火了，甩开麻溜妈妈的手，冲上去对着六子的后脑勺就是一个巴掌：“妈妈的！你把枪对着谁？”

六子端着枪，对着麻溜爷吼道：“你凭什么打人？”

“打得好！”六子妈妈也不知什么时候来了，径直走过去一个大嘴巴子，“什么？三爷不能打你？你没有老子，就无法无天没人管了？前天我才让你认错，你今天胆更大了！敢用枪对着你兄弟了？敢和你三爷顶嘴了？人搀你不走，鬼搀你飞奔。看我不打死你这个婊子养的东西！”说着，到处找东西要打六子。

“枪里又没有子弹。”六子辩解道。

“有没有子弹，都不许对着人。”不知什么时候六爷也来了。六爷现在已经调到公社的文教办公室去了，连六妈也一起去了，平时很少回来。

“这是用枪的规矩，知道吗？”六爷说话总是很严肃，现在更是如此，“再说，伟大领袖毛主席一再强调，要文斗，不要武斗，要分清敌我矛盾和人民内部矛盾两种不同性质的矛盾。怎么可以和一个革命群众动枪呢？这是违反政策的，你懂吗？”

“扬刀三年罪。——你还嘴硬。”六子的妈妈说着，扬起手又要打过去。

麻溜妈妈赶紧拉开了麻溜爷，又拉开六子的妈妈。

“美国嘴子，你把门打开！”癞爱武想利用美国嘴子，因为他知道麻溜不好对付。

“我也不开！”想不到美国嘴子嘴也很硬。

“你也不开？你知道你是富农弟子吗？”

“我是富农弟子，可是毛主席说了，我们也是可以教育好的，不应该被歧视。”癞爱武和麻溜都没有想到美国嘴子的嘴巴这么厉害。

“你就不怕我们批斗你老子？”癞爱武威胁道。

“干什么？干什么？半夜三更的，闹得全庄都睡不成觉？”这时已经围了很多人，九佬披了一件油渍麻花的褂子，脚上拖着一双厚厚的木板做的拖鞋，脚一动，啪啪的响。他也两手叉着腰说。两个胳膊抄在一起，都是满满的肌肉。九佬在家里排行老九，有八个姐姐，都说他在妈妈怀里吃到11岁的奶，上学以后，放学到家先要到妈妈怀里喝奶的，所以力气特别大。

瘌爱武又说了一通“抓革命，促生产”的道理。

九佬挥了一下手，披着的褂子差点掉下地：“‘抓革命，促生产’，毛主席的话谁都要听。我们要听，你们也要听，但‘抓革命，促生产’明天到田里去‘抓’，到地里去‘促’，成天不下地干活，深更半夜跑到别人家里革什么命？我们革命群众还要不要睡觉？睡不好觉，怎么‘抓革命，促生产’？”

“因为民兵队伍侦查到怪物躲在这里。”

“什么鬼？什么怪？你们就是要造一点事，混一点工分，大家伙没有意见，但要让我们革命群众能好好睡觉，这样我们明天才能‘抓革命，促生产’。——是不是没有地方发泄精力，闲得慌，想找点事做做？”

围观的人轰的一下笑了起来，接着是叽叽喳喳的议论。

“麻溜，我再说一次，你开不开门？”瘌爱武红了脸，不再睬九佬，对麻溜说。

“就不开！看他能把老子怎么样？”麻溜爷说。自从彭二的老表来过之后，麻溜爷的脾气也比以前大了。

“我开，”麻溜心里盘算着麒麟肯定早就跑远了，“但找不到怪物怎么办？”

“找不到怪物，我向你爷认错。”

“不要你认错，你认错有什么用？我要你给在场所有的人记一天工。”大家一阵笑，都夸“麻溜这细小的就是看得清——”

麻溜收了铁叉，打开了小院子的木棍门。

癞爱武亲自进去到处细细看了看，六子他们几个人都不敢进去。

癞爱武找了半天，什么也没有发现，最后终于发现了草堆上的洞：“这是干什么的？”

“你这是找怪物还是找茬？谁家草堆底下没有洞？”麻溜爷说。

麻溜说：“这是我们官兵捉强盗躲的地方。”

癞爱武什么也没有发现，尴尬地拍拍手上的灰：“反正现在阶级斗争形势非常紧张，大家要提高革命警惕。”

这时在外面包围的大兔他们来报告：“没有发现逃跑的怪物。”

“怎么会呢？看得清清楚楚跳进这个院子的。”六子说。

“好像看见从围墙跳出去的，后来就看不到了。”糜烂眼说。

“有没有到隔壁搜查一下？”癞爱武说。

“隔壁是三姑奶奶家……”糜烂眼说。

“看来形势比我们想象得要复杂。——明天再说。”癞爱武说罢，尴尴尬尬地带着几个民兵走了。六子也想跟着去，被他妈妈一把拉住："你再跟着鬼跑，就不要归这个家！"

一会儿六子和他妈妈也走了。小院子里只剩下麻溜和爷，还有妈妈。

妈妈说："睡吧。你这细的！总让人操心。"

麻溜没有动。

"癞爱武这东西，下一次再啰唆，我非让他吃一顿扁担不可。不要以为……"爷说着就走近麻溜，想用手搭在他肩上，麻溜的肩一抖，爷的手滑了，"不要想了，走了就让它去了。——我早说过，留不住的。"

看着爷，看着妈妈，不知为什么麻溜突然哭了。没有声音，只是抖动着肩膀。这是麻溜爷和妈妈从来没有看到过的。

月亮已经西斜了，三个人都拉着长长的影子。麻溜忽然觉得这个小院子很陌生。

39

麒麟躲进了月亮的家

爷先进了屋子。妈妈拉着麻溜说："走了就算了，进屋睡觉吧。"麻溜跟着妈妈进了屋子，走进自己的房间，摸黑上了床躺下。

"麻溜，麻溜。"正要蒙蒙眬眬睡着的时候，麻溜似乎听到有人压着嗓子在叫自己。慢慢地麻溜听出来了，是月亮。这时候，月亮她来干什么呢？这样想着，麻溜悄悄开了门出来。

"月亮，这么晚你来干什么？"

月亮不说话，拉着麻溜来到她们家。进了厨屋，关了门，月亮告诉麻溜："麒麟在我们家。"

"麒麟在你们家？"麻溜问。

原来，麒麟被麻溜推出墙头之后，本来要顺着巷子逃往庄子外边的，可是看到巷口上有人，·蹦就进了月亮家的院子。和麻溜家不同，月亮家是有院子的，四面都围了一圈的砖墙。月亮奶奶觉得这样心里踏实。庄子上一般人家都不围的，舍不得钱，也怕人家说藏富小气，当然也用不上。月亮奶奶说："我们一家都是女人，火旺低。围个墙，图个安稳。"麒麟进了院子，就跑不出去了。外面吵吵嚷嚷，它一急，就从猫洞中钻进了月亮家里。这里的人家，都在大门的左下角或者右下角留一个洞给家里的猫进出，就叫猫洞。猫洞不是很大，但麒麟一急，挤了进去。

月亮妈妈和两个小妹妹睡在一个房间，月亮和奶奶睡一个房间，睡一张床。妈妈让她夏天帮奶奶打打扇子，冬天可以帮奶奶焐焐脚。冬天帮奶奶焐焐脚是真的，夏天还是奶奶帮她扇扇子的多。

这天，祖孙俩刚刚睡下，就听到隔壁吵嚷。月亮本来要去看的，奶奶说睡吧，凑什么热闹。何淖庄，天天闹的，看不完的热闹。月亮说热。奶奶说，心定自然凉。于是奶奶帮月亮晃着扇子。

忽然听到猫洞里呼啦一响，什么东西进了屋子。最近奶奶有点伤风，不想吃饭。月亮妈妈买了一点小鱼和雪里蕻咸菜一起煮了，让奶奶下饭。可是一顿晚饭，奶奶吃了一点点，几个孩子又都要留给奶奶吃，剩下不少。怕猫钻进来吃了剩下的鱼，月亮妈妈拿了一个捶草的榔头塞在猫洞里。

听到响声，月亮妈妈以为是猫钻进来了，忙点了灯看。麒麟本来是躲在客厅的墙角，看到有灯光从月亮妈妈房间出来，想从猫洞钻出去，可是怎么也钻不出去，就一下子钻进了月亮和奶奶的房间。

月亮妈妈看到一个狗一样大的东西想要钻出去，后来又钻进了月亮和奶奶的房间，吓得连忙喊："月亮，三姑，快起来，有个东西进了你们房间了。"

月亮奶奶点了灯，看到一个一身白色斑点的狗大小的东西正靠在墙边抖着。

"麒麟！"月亮尖声叫道。

"你怎么知道是麒麟？"月亮妈妈问。

"是麻溜告诉我的，躲在他们家好多天了，前些天被三舅舅送走的，它又来了。癞爱武们捉的就是它。"

"就是那个吓死人的怪物？"月亮妈妈有点害怕。

这时月亮奶奶已经从床上下了地，对着麒麟细细打量起来。麒麟一双眼睛惊恐地看着月亮奶奶，就像找不到家的孩子，两只耳朵一会扇一下这边的一只，一会扇一下那边的一只，浑身一抽一抽的。看着奶孙三个不断向后退缩。

"二丫头，应该是麒麟。我小时候在画上看过的，就这样子，"月亮奶奶说，"什么怪物！是他们少见多怪，没有见识，才这样说。黄鼠狼尚且打不得，这样的祥瑞之物更是打不得的。你看，看着就叫人心疼，叫人怜爱。”

这时外面有人敲打院子的门。月亮奶奶叫月亮和妈妈把门关好，她自己开了门出去：“这三更半夜的是哪位？”

“三、三姑奶奶，——”见开门站在门口的月亮奶奶，糜烂眼和大兔结结巴巴说不出话来。

月亮奶奶穿一件豆沙色乔其纱的短袖小褂，一件蓝色士林祝的半长裤子，一双黑色布鞋，一双小脚，真正的三寸金莲。手里晃着一把不大不小的蒲扇，声音不高不低地问：“大兔，这么晚急急忙忙地到三姑奶奶家来有什么事？”

“没、没有事，三姑奶奶。”大兔连忙说，眼睛看都不敢看三姑奶奶。说真的，三姑奶奶这通身气派，何淖庄任谁来了，也不敢多说。

可糜烂眼还要逞能：“有个怪物从麻溜家院子里逃了，不知有没有钻进月亮家来？”

“哦。原来双子是带人来执行搜捕任务的。——我们家是有围墙的，一般的东西都进不了。——要不要进去看看？”糜烂眼是癞爱武的堂兄弟，叫忠双，月亮奶奶叫他双子。

“不了不了。”两个人掉头就走。

40

麒麟还是不见了

麻溜一进月亮的房间就看到了麒麟。

麒麟用一双惊恐的眼睛看着他，那眼睛里全是可怜楚楚的眼神，就像找不到家的孩子终于看到了父母，两个鼻孔眼里出着粗气，不时还发出粗重的“噗”的一声，两只大耳朵不时地扇动一下，浑身还在一阵阵抽搐，肚皮一吸一吸的。在它嘴边有几棵青菜，还有一碗拌了鱼汤咸菜的饭，都一动也没有动。

“麒麟！”麻溜一进门，就扑过去抱着麒麟，眼泪哗啦啦地流了下来，麒麟也紧紧地依偎着麻溜，把头埋在他怀里。

“走，麒麟，跟我回去。”麻溜抱起麒麟就要走。

“你们到哪里去？”月亮奶奶问。

“我抱回去。”

“你爷不是不让你养在家里吗？要是癞爱武的人再回来怎么办？”

麻溜只是看到麒麟心疼，没有想怎么多。月亮奶奶一问，他倒没有了主意。

“就留在我们家吧，没有人敢来的。”月亮说。

“我们家，它待得住吗？”月亮妈妈说，“让它住在哪儿呢？”

“这样吧，”就在大家都没了主意的时候，月亮奶奶说，“我们家那间猪圈多日不养猪了。一直空着，放着些乱七八糟的东西。收拾一下，给它做个窝，就委屈它几日。”

大家都觉得这个主意好。月亮妈妈去整理一下说：“好了。”

猪圈里本来东西就不多。月亮妈妈把几捆草堆到一起，在一个角落用稻草做成一个窝，对麒麟来说应该很好了。

麻溜把麒麟抱进猪圈，月亮妈妈把几棵青菜拿来了，月亮把粥碗也端来了。麻溜说：“它只吃草的。青菜也吃，可能吓坏了，不想吃。粥不吃的。”于是把青菜留在猪圈里，粥碗端了出去。麻溜拿了一棵青菜送给麒麟，麒麟先是闻了闻，停了一会才轻轻咬了一口，慢慢地咀嚼起来。

月亮奶奶说：“到底是个灵物，见了主人才肯吃的。”

看着麒麟吃了两棵青菜，麻溜准备走了："今天你就待在这里。我明天来带你。"说着拍拍麒麟的脑袋。可是，等麻溜要走，麒麟也站了起来，跟着麻溜要离开猪圈，看得月亮妈妈和月亮奶奶都很心疼。麻溜只得又留下来，用手捋着麒麟背上的毛，等它又伏在地上，才对它说："麒麟，你今天不能跟我回去，很危险的。你今天就留在这里，我明天就想办法送你进荡里去。好吗？"麒麟仰头听着麻溜说话，好像全能听懂似的。等麻溜说完了，它把下巴伏在了地上，似乎很累了，打起了盹。麻溜这才悄悄出来。他们在猪圈的门上挂上了厚厚的草帘，因为担心狗啊什么的钻进去和麒麟打架，下面两个角用绳子和墙上的桩系紧，外面又用铁叉钉耙牢牢抵住。看看很安全了，几个人才离开。麻溜才又回家睡觉。

可是第二天一早，麻溜还没有起来，月亮就又来敲门。一进门就跑到麻溜房间说："麒麟跑了！"麻溜一骨碌就爬了起来，来到月亮家的猪圈一看，剩余的菜叶还在，草窝还是昨天的样子。看来，麒麟很不愿意待在猪圈里。它拱开了猪圈后墙上一个窗户里塞着的草，钻出洞跑了。月亮妈妈起来做早饭，就先看看麒麟还在不在。没有想到，一看居然不在了，赶快让月亮叫来麻溜。

"看来这物的确是有身份的，"月亮奶奶说，"这猪圈里的气味它肯定受不了，所以就走了。——昨晚上就没有想到这一层。"

麻溜心里非常后悔，要是把它带回去，或者自己留在这里陪它就好了。

“你留下陪它，也看不住它的。”月亮奶奶看出了麻溜的心思，就安慰他。

41

胖桃妈妈的故事

第二天麻溜去找美国嘴子一起去找麒麟，并且商量找到后怎么把麒麟送进荡里。

美国嘴子听说麒麟又跑了，也很难过。

“可总比让癞爱武、六子他们抓住好。”麻溜安慰他。麻溜感谢美国嘴子昨天提前送了信，问他怎么知道消息的。美国嘴子说是胖桃告诉他的，是胖桃让他找麻溜的。

自从胖桃告发了自己，麻溜就一直不和胖桃说话，看到当没有看到。

“他早就想和你认错的。”美国嘴子说。

“你帮着他还是帮着我？”麻溜生气地瞪着美国嘴子。“他不是出了名了吗？”

“麻溜你不知道，胖桃其实很可怜的。”

胖桃的妈妈很好看，也很能干。麻溜妈妈一直说庄子上的媳妇，没有比她更好看、更能干的。可是胖桃爷和妈妈不好，两个人从不吵架，也几乎不说话，一点都不亲热，看上去就像是生人一样。

“饭好了，吃饭。”胖桃妈妈把做好的饭端到桌子上。

他爷就放下手里的报纸，挪了凳子吃饭，什么也不说，什么表情也没有。吃完饭，饭碗一推，就到门外巷口抽烟。遇着人，就随便搭几句话。

“队长，吃饭了？”有人打招呼。“吃了”，他随后答道。一般不会多说一个字，除非遇到了辈分比他长的，或者是非常有身份地位的，他会主动寒暄一两句：

“老太爷，饭吃了？”

“老书记，随便看看？”

“今天中午吃什么？”有时候，胖桃妈妈问爷。

“随便。”胖桃爷还是什么表情也没有地说，甚至只是看一眼，什么也不说。

胖桃爷是生产队的队长。庄子上人都说他是全大队最能干的队长。何淖庄有好几个生产队，胖桃他们生产队最富，一个工分有七八毛钱，可麻溜他们生产队一个工分才两毛多钱。队里的社员都很怕他，也很尊敬他。他从来话不多，也从来不下地，但队里人都听他的。他管地、管账都很精。生产队里几百亩地，什么地方该种什么庄稼，什么地方可以栽点什么树，长点什么农作物，什么地方该收了，什么地方该种了，种多少亩棉花，种多少亩小麦，什么人做什么活，什么活该派什么人，他心里都清清楚楚，都安排得妥妥帖帖。文革一开始，有人贴大字报说他贪污，有人贴大字报说他腐化，让他靠边站。可是没有几天，队里就乱了，接二连三地出事情。社员们觉得生产队里不能没有他，很快就又恢复了他的队长身份。

可是他对胖桃妈妈不好，对胖桃也不好。这是庄子里的人都知道的。有人说是因为胖桃出生的日子不对，有人说因为胖桃长得不像爷，和两个弟弟也不像。据说，有一次胖桃爷到胖桃外公家去，看到一个人和胖桃非常像，后来就不再去胖桃外公家了，也不再搭理胖桃妈妈。但他什么也不说，成天总是一副表情，没有人知道他生气不生气，也没有人知道他开心不开心。胖桃很怕他爷，胖桃的朋友也怕，大家都不敢到他们家去玩。不管看到谁，他都是那个样子，不生气，也不开心，脸上没有表情。没有人知道他在想什么。有人说他外边也有人的，但没有人知道是谁。

“那个死人脸！我和他一天也不能过，”九佬的老婆问胖桃的妈妈，“和这种人，你怎么过的？”

胖桃的妈妈微微一笑，笑得很是好看。

九佬的老婆摇摇头，也一笑，却很难堪。

胖桃外婆曾经问过胖桃妈妈："他外边有人吗？"

"不知道。"胖桃妈妈说。

"这样的事，你也不知道？"

"真不知道，"胖桃妈妈说着，有眼泪流出来，很快就用手臂擦了，笑了笑说，"我不想知道。"

"你这么年轻，就这么守着？"

"妈，你别操心了。——这怪不得他。"

"弄不懂你们。"胖桃外婆叹口气说。

胖桃和妈妈特别好。妈妈对他们弟兄三个都好，可是对胖桃最好，胖桃心里知道。不是穿得好，也不是好吃的多，是从妈妈眼睛里看出来的。胖桃也最知道妈妈的苦楚。妈妈成天就是做活，家里的活，队里的活。很早就起来煮早饭，喂猪食，洗衣服，扫院子，把家里什么都收拾好了，才去上工，而且从不迟到，更从不少干活。有时候，人家要照顾她是队长娘子，让她做轻一点，多歇会儿，她坚决不要，总是做得比别人多。自留地的活，也是她一个人做，都是起早摸黑地做，或者夜里去做。胖桃爷什么都不做的，队里的活不做，家里的活也不做，家务一点不做，自留地的活也一点不做。成天穿得像个教书先生，长袖长裤，一顶印着“为人民服务”字样的草帽，或者戴在头上，或者背在身后，鞋子袜子上总是干干净净的。从田埂上走，他都挑干燥的路；没有干燥的路，他就远远地看看。看到他的影子，就没有人敢偷懒的。他成天就戴个草帽在生产队里兜来兜去。有人说他就像诸葛亮，成天在想着生产队里的事，他安排好了，就让副队长通知什么人做什么活。

那天因为胖桃的小弟弟病了，上工时他妈妈迟了一会儿，没有赶上跳忠字舞，正巧被到各个队里巡看的癞爱武看到了。

“为什么跳忠字舞要迟到？对伟大领袖这是什么态度？你作为干部家属怎么能带这样的头？”癞爱武一本正经地训斥胖桃的妈妈。

那天胖桃妈妈去薅棉花草，胖桃准备去帮妈妈把薅了的草收起来带回家给猪吃，猪不吃的，就扔进茅缸泡肥料。要不留在地里，一下雨还会活的。见癞爱武训斥妈妈，胖桃心里替妈妈委屈。他知道癞爱武对妈妈有坏心思，而他妈妈从不理他。胖桃好几次看见妈妈一个人在地里做生活时，癞爱武和妈妈动手动脚，妈妈总是冷冷地将他推开，什么也不说，继续做自己的活，回去也不告诉胖桃他爷。

“你不要装得一本正经，你在娘家的事情，我又不是不知道！”有一天，妈妈在棉花地里打枝，癞爱武在背后抱着胖桃的妈妈要动手解她的衣服。胖桃也去了，他蹲在棉花地里捡着妈妈打下来的棉花枝。他个子小，埋在棉花中间，癞爱武没有看到。他真想冲上去狠狠揍癞爱武一顿，可他知道，自己不是癞爱武的对手。他要是麻溜就好了，他一定打得过癞爱武的。

“胖桃，快过来帮妈妈一把。”

“来了。”胖桃赶紧走过去。听到胖桃妈妈叫胖桃，癞爱武松开了手，尴尬地讪讪笑着走了，还嬉皮笑脸地说：“饭不吃会馊，地不种长草。”

胖桃不懂这些话是什么意思。他一走，妈妈就会抹眼泪，但很快又像什么都没有发生过。

“你如此对领袖不忠，你说怎么处理？”癞爱武对胖桃妈妈说。

胖桃妈妈不说话，很多跳完忠字舞的人都围着看。

“不看僧面看佛面，人家好歹也是队长娘子，再说就迟这么一点。”有人帮胖桃妈妈解围。

“是我兄弟病了。”胖桃大起胆子说了一句。

“不关你们的事。这是政治问题，决不能含糊。你们快去做你们的生活。”癞爱武对那些群众说。围着的群众也就叽叽喳喳地各自去干活。

“好吧，你说是私了还是公了？”

“公了。”胖桃妈妈毫不含糊地说。

“好。那就对着忠字楼上毛主席老人家的像背诵‘老三篇’。”

“就背一篇吧，我还没有全背完。”

“那不行！”癞爱武横横地说，“政治问题还能讨价还价？”

“那随你怎么办吧。”

“妈妈，我替你背吧！”胖桃说。

“你能背？”胖桃妈妈和癞爱武都不相信。

“好，你背，可一个字都不许错，错了，就罚你妈妈。”

话还没有说完，胖桃已经开始背了。先是《为人民服务》，后是《愚公移山》，最后是《纪念白求恩》，一口气背完，停都没有停，一字不落。癞爱武惊呆了，胖桃妈妈也惊呆了。

“我还能背《毛主席语录》呢。”背完了，胖桃很得意地说。

癞爱武还没有缓过神来，妈妈向忠字楼鞠了一躬，已经拉着胖桃走了。

“你什么时候背会的？”妈妈问。

“我还能背诵《毛主席语录》，从头到尾都能背。”胖桃得意地说。自从揭发了麻溜也没有能加入红小兵之后，胖桃自己也很后悔。真的，他本来以为揭发了“黑组织”，自己一定能立功的。立功就一定可以加入红小兵的。可是没有想到，红小兵没有能加入，从那以后却没有人愿意和他一起玩了，邻队的几个孩子甚至躲在院子围墙的后边大声喊：“叛徒！叛徒！”

孩子们什么也不懂，但这让胖桃很痛苦。听说美国嘴子又和麻溜要好了，他也曾想主动找麻溜，可害怕麻溜一定会不理他。那段时间，广播里经常广播一个老奶奶学毛选的事迹。说她因为背诵老三篇，成了学毛选的先进人物，全国都闻名的。胖桃想，反正也没有人和他玩，他就天天闷在家里背《毛主席语录》，天天背诵“老三篇”。一天读很多很多遍，真的就都背熟了，可他还是坚持天天背诵，他怕忘记了。他等着有一天，也像那个老奶奶一样出名，妈妈一定高兴的，说不定爷也会高兴的。

妈妈含着眼泪摸着胖桃的头：“你真是个懂事的孩子，就像，就像你……”

“我刚才看到爷的，他为什么不来？”刚才癞爱武为难妈妈时，胖桃看见他爷了。如果爷来了，癞爱武或许会不为难妈妈的。

妈妈没有回答，好像没有听到胖桃的话。

42

胖桃真的成了名人

胖桃后来真的出名了。

那时公社要召开学习毛选讲用大会，每个大队都要推荐一个人到公社去介绍经验，看哪个大队学得好。这其实就是学毛选的比赛。癞爱武当然不甘心何淖庄不如别的大队，可是何淖庄能够把“老三篇”背全的人并不多，都是抄头不抄尾地背几句，更不用说一本《毛主席语录》了。

忽然有一天，他想到了胖桃。对，这小东西不是能背吗？一个十岁的孩子能背“老三篇”，能背诵《毛主席语录》，一定能够引起轰动，成为先进人物。他找来了胖桃，胖桃也很愿意。果然不出所料，胖桃出尽了风头，别人提到哪段背哪段，提到哪句背哪句，被公社“文革”主任好好表扬了一通，癞爱武也被好好表扬了一通，说他政治学习抓得好，有成效，有特色。后来癞爱武就经常带着胖桃出去参加学毛选讲用大会。

和李家墩子的学毛选先进典型老香瓜的学毛选比赛，使胖桃一下子成了名人。

李家墩子人不多，但有位奇人老香瓜。据说这个人当年和拐子爹爹一起在上海滩混过，长得是瘦巴干精，却绝顶聪明，记忆力超常，什么三国，什么水浒，什么包公，什么说岳，说起来无不头头是道，别人讲这些段子，他总能挑出毛病。但他却坚决不肯下地干活，说从小就没有下过地，不会。“文革”开始，有人说他历史不清，又不务正业，游手好闲，准备组织他的批斗会。就在这个时候，各个地方掀起了学习《毛主席语录》的热潮，老香瓜显示了他超常的才能。他做农活不行，但背诵《毛主席语录》行。“老三篇”，很多人背诵了很多天，一篇也背不全，老香瓜两个晚上就背诵得滚瓜烂熟。后来老香瓜也成了李家墩子大队学习《毛主席语录》的积极分子，单靠这个就挣了不少工分，也为大队挣了不少面子。

因为何淖庄人多，又都姓何，李家墩子人口少，而且还是杂姓，所以何淖庄的人都瞧不起李家墩子的人。那一天，癞爱武到公社去开会，在路上遇到了李家墩子的文革主任。癞爱武对他吹嘘自己大队里一个十岁的孩子背诵《毛主席语录》可以倒背如流。李家墩了的“文革”主任不信，说肯定不会超过老香瓜。两个人一个不服一个，于是约定比试一次，向公社“文革”主任一汇报，居然得到了表扬，但“文革”主任说，不能叫“比赛”，只能叫“交流会”。

那天的“学习《毛主席语录》交流会”就安排在何淖庄小学的操场上进行。旗杆下摆了一张长桌子，桌子前坐了三个人：胖桃、老香瓜，还有公社革委会的主任。革委会的主任特地来主持活动，其实就是担任裁判。

“交流会”分为三个阶段：第一阶段是革委会主任指定内容背诵；第二阶段是接龙背诵，也就是一个人背前几句，另一个人背诵后几句；第三阶段是一个人提出背诵哪一页哪一段的要求，另一个就按要求背诵。听说何淖庄和李家墩子要搞学习《毛主席语录》打擂台，围观的人很多。连其他大队都有人来了，男女老少，占了大半个操场。

“广大革命社员同志们，最近，我们公社学习《毛主席语录》的热潮一浪高过一浪。何淖庄和李家墩子都是我们公社学习《毛主席语录》的先进典型。今天，这两个大队举行学习《毛主席语录》交流会，是一件非常有意义的事情，也是带了一个好头。将来这样的活动我们要在全公社推广。现在，我宣布，何淖庄和李家墩子学习《毛主席语录》交流会现在开始。”公社革委会的主任宣布活动开始后讲了要求，特别强调这不是比赛，没有输赢，就是两个大队互相交流、互相学习，掀起学习《毛主席语录》的新高潮。

他先让老香瓜背诵了《毛主席语录》第一条："领导我们事业的核心力量是中国共产党。指导我们思想的理论基础是马克思列宁主义。"老香瓜一字不落、一口气背诵了下来。李家墩子的人爆发出一声叫好声，有人啧啧赞叹不已，也有人小声议论："老东西做生活不行，嘴倒溜滑。"

革委会主任又让胖桃背诵了第二条："既要革命，就要有一个革命的党。没有一个革命的党，没有一个按照马克思列宁主义的革命理论和革命风格建立起来的革命党，就不可能领导工人阶级和广大人民群众战胜帝国主义及其走狗。"胖桃也一口气背诵了出来，也是一字不落。何漳庄的人也是一片掌声一片叫好声。有人说："到底是队长的儿子，就是聪明。""人家爷就聪明。"胖桃的妈妈也来了，听别人这样议论，她红了脸，悄悄把身子掩到了别人的身后。

革委会主任又让两个人分别背诵了几段语录，两个人都背诵得一字不落、一字不错。

于是进入第二阶段。这一次是胖桃先背诵前半部分。胖桃想了想开始背诵："阶级斗争，一些阶级胜利了，一些阶级消灭了——"

胖桃一停，老香瓜就接了过来："这就是历史，这就是几千年的文明史。拿这个观点解释历史的就叫做历史的唯物主义，站在这个观点的反面的是历史的唯心主义。”

接着，是老香瓜先背：“革命不是请客吃饭，不是做文章，不是绘画绣花，不能那样雅致，那样从容不迫，文质彬彬，那样温良恭俭让——”

“革命是暴动，是一个阶级推翻另一个阶级的暴烈的行动。”胖桃一点也没有犹豫就接着背诵了出来。

两个人就这样先后背诵了十几段。每背诵一段，小操场上就是一阵掌声和欢呼声。自从放假之后，学校的操场上很久没有这样热闹了。

第三个阶段是互相翻页码提要求背诵。

这次是老香瓜先提要求：“最后一页最后一条。”他看着胖桃狡猾地笑了笑。

胖桃眨了眨眼睛，一口气就背完了：“在组织上，厉行集中指导下的民主生活。其路线是：1. 党的领导机关要有正确的指导路线，遇事要拿出办法，以建立领导的中枢。2. 上级机关要明了下级机关的情况和群众生活的情况，成为正确指导的客观基础。3. 党的各级机关解决问题，不要太随便。一成决议，就须坚决执行。4. 上级机关的决议，凡属重要一点的，必须迅速地传达到下级机关和党员群众中去。5. 党的下级机关和党员群众对于上级机关的指示，要经过详尽的讨论，以求彻底地了解指示的意义，并决定对它的执行方法。”

胖桃一口气背诵了这么多，而且一字不乱，赢来一片掌声，连李家墩子的人也跟着拍手叫好。

胖桃歇了口气，看着老香瓜说：“倒数第二页倒数第二条。”

“划清两种界限。首先，是革命还是反革命？是延安还是西安？有些人不懂得要划清这种界限。例如，他们反对官僚主义，就把延安说得好似‘一无是处’，而没有把延安的官僚主义同西安的官僚主义比较一下，区别一下。这就从根本上犯了错误。其次，在革命的队伍中，要划清正确和错误、成绩和缺点的界限，还要弄清它们中间什么是主要的，什么是次要的。例如，成绩究竟是三分还是七分？说少了不行，说多了也不行。一个人的工作，究竟是三分成绩七分错误，还是七分成绩三分错误，必须有个根本的估计。如果是七分成绩，那么就应该对他的工作基本上加以肯定。把成绩为主说成错误为主，那就完全错了。我们看问题一定不要忘记划清这两种界限：革命和反革命的界限，成绩和缺点的界限。记着这两种界限，事情就好办，否则就会把问题的性质弄混淆了。自然，要把界限划好，必须经过细致的研究和分析。我们对于每一个人和每一件事，都应该采取分析研究的态度。”

老香瓜也一口气就背了出来。

两个人又来来回回背诵了十几段，还是不分上下。围观的人无不对这一老一小佩服不已。

公社革委会的主任就和胖桃、老香瓜商量是不是就这样结束。老香瓜微微笑着对胖桃说：“你看呢，小兄弟？”

胖桃看着他怪笑着的眼睛，很不服气，说：“我们再背诵‘老三篇’，你先挑。”

老香瓜也不客气，背诵了《为人民服务》，胖桃背诵了《纪念白求恩》，还是不分上下。

“怎么样？握手言和吧？”老香瓜温文尔雅地对胖桃伸出了那瘦骨嶙峋的手说。

“我们再倒着背诵《愚公移山》，好不好？”胖桃也狡黠地笑着问。

“倒着背？”老香瓜好像心里没有底。

“对，我先背诵倒数第一段，你背诵倒数第二段；或者你先背诵倒数第一段，我背诵倒数第二段，然后一段一段往前翻。”

“好！”很多人起哄。

“好吧，今天舍命陪君子了。”老香瓜说。

“现在中国正在开着两个大会，一个是国民党的第六次代表大会，一个是共产党的第七次代表大会。两个大会有完全不同的目的：一个要消灭共产党和中国民主势力，把中国引向黑暗；一个要打倒日本帝国主义和它的走狗中国封建势力，建设一个新民主主义的中国，把中国引向光明。这两条路线在互相斗争着。我们坚决相信，中国人民将要在中国共产党的领导之下、在中国共产党第七次大会的路线的领导之下，得到完全的胜利，而国民党的反革命路线必然要失败。”

胖桃飞快地背完了最后一段。

老香瓜想了想也开始背诵：“美国政府的扶蒋反共政策，说明了美国反动派的猖狂。但是一切中外反动派的阻止中国人民胜利的企图，都是注定要失败的。现在，现在的世界潮流，民主是主流，反民主的反动只是一股逆流，是一股逆流。目前反动的逆流企图压倒民族独立和人民民主的主流，但反动的逆流终、终究不会变为主流。现在依然如斯大林（丢了‘很早’两个字）就说过的一样，旧世界有三个大矛盾：第一个是帝国主义国家中的无产阶级和资产阶级的矛盾，第二个是帝国主义国家之间的矛盾，第三个是殖民地半殖民地国家和帝国主义宗主国之间的矛盾（将三个矛盾的顺序背乱了）。这三种矛盾不但依然存在，而且发展得更尖锐了，更扩大了，更扩大

了，更扩大了。由于这些，这些矛盾的存在和发展，所以虽有反苏反共反民主的逆流存在，但是这种反动逆流总有一天会要被克服下去。”

老香瓜终于把倒数第二段背了下来，但已经显得很吃力，丢三落四，上下也不连贯了。何淖庄的人开始起哄。癞爱武的脸色显得十分得意。胖桃的脸更红了，也显得更胖，看上去也更像长熟的桃子。

“昨天有两个美国人要回美国去，我对他们讲了，美国政府要破坏我们，这是不允许的。我们反对美国政府扶蒋反共的政策。但是我们第一要把美国人民和他们的政府相区别，第二要把美国政府中决定政策的人们和下面的普通工作人员相区别。我对这两个美国人说：告诉你们美国政府中决定政策的人们，我们解放区禁止你们到那里去，因为你们的政策是扶蒋反共，我们不放心。假如你们是为了打日本，要到解放区是可以去的，但要订一个条约。倘若你们偷偷摸摸到处乱跑，那是不许可的。赫尔利已经公开宣言不同中国共产党合作，既然如此，为什么还要到我们解放区去乱跑呢？”

胖桃一口气又背诵了一段，然后瞪着眼睛看着老香瓜。

老香瓜先是低着头想了一会儿，然后站起来向围观的人连连作了几个揖，拱了拱手：“各位各位！献丑了，献丑了！自古英雄出少年，老骨头不行了不行了，输了输了！——这个玩笑开不起的！这个玩笑开不起的！”

于是革委会主任讲了几句话，说一老一少都是学习《毛主席语录》的标兵，大家要向他们学习，就宣布交流会结束。

从此，胖桃就成了何漳庄的名人，也成了癞爱武的红人。大家都奇怪，说话结巴的胖桃背诵《毛主席语录》怎么就不结巴了呢？

43

原来是胖桃救了麒麟

六子他们要包围麻溜家小院子的消息，就是胖桃和癞爱武从邻大队讲用回来时听到的。

胖桃和癞爱武走在路上被六子和几个民兵拦了下来。

“报告一个重要情况，那个怪物又钻进麻溜家的小院子了。”六子说着，还站成立正的姿势，将脚后跟靠了靠。

其实胖桃早就知道小六子他们要捉的怪物躲在麻溜家的小院子了。

胖桃爷经常是吃了晚饭就出去，很晚很晚才回来，他出去了妈妈就在家里做家务，一边做家务一边流眼泪。胖桃知道妈妈的心思。

那天晚上，爷吃了晚饭又出去了。胖桃就悄悄跟在后边，他想知道爷出去到底干什么。那天晚上月亮很不好，一堆一堆像棉絮一样厚厚的云不时遮住月亮。朦朦胧胧的月色使巷子里到处都是高高矮矮的围墙的黑魆魆的影子，以及斑斑驳驳的鬼怪一样的树影。离远了就看不太清楚，可胖桃不敢跟得太近。转了几个巷口，便看不到爷了，他就在附近的巷子里转悠，看能不能再找到爷。走到麻溜家的巷口时，他突然看到一个像小狗、又像小羊的东西，先是一蹦，跳上了麻溜家隔壁月亮家很矮的围墙，然后再一蹦就跳上了麻溜家的围墙，再一蹦就跳进了麻溜家的小院子。他不知道这是什么东西，开始他很害怕、很害怕，可是过了一会儿小院子里就有麻溜和什么东西说话的声音。

一会儿听麻溜说“冲”！一会儿听麻溜说“拜”！一会儿听到麻溜说“来”！一会儿听到麻溜说“滚”！一会儿麻溜说“翻”！一会儿麻溜说“跳”！胖桃觉得很奇怪，麻溜在院子里干什么呢？他便爬到麻溜家的围墙上偷偷向里面看：原来麻溜正在逗那个像小狗、又像小羊的东西玩。

后来听说，癞爱武和癞爱文家的孩子看电影被一个什么怪物吓了。胖桃就想一定是麻溜和那个像狗又像羊的东西，因为麻溜以前带着他们看电影时就做过这样的事，但胖桃却没有和任何人说。他觉得自己决不能再出卖麻溜了，他要想办法得到麻溜的原谅。

现在听六子一说，胖桃就知道是什么事情了。晚上胖桃找到了美国嘴子。他知道，自己去告诉麻溜，麻溜也不信的，但他一定要把这消息告诉麻溜，因为他很快要离开何漳庄了，要到他外公家去住

了。妈妈说，他和妈妈的户口也要迁走的。他想在走之前和麻溜和好，他想让麻溜不要恨他，他喜欢麻溜。

美国嘴子问他为什么他和他妈妈要到外公家去，胖桃只是哭，什么也不说："这是妈妈不让说的，什么人也不知道的。"胖桃"呜呜"地哭着。

"你不告诉我，那我就不替你告诉麻溜。"美国嘴子吓唬他，他后来才说了。

原来有一天癞爱武又拉拉扯扯想欺负胖桃的妈妈，正好被胖桃爷见着了。胖桃妈妈以为他一定不会放过癞爱武，也以为晚上回家一定要问问自己是怎么回事。可是他爷就像什么也没有看见，从一边走了过去，晚上回家就像什么也没有发生。那天胖桃妈妈一夜都没有上床睡觉。胖桃知道，妈妈哭了整整一夜。他爷还是一句话也没有说，第二天一早吃了饭就出去了。他爷走了之后，胖桃妈妈搂着胖桃说："儿啊，这里不是我娘俩存身的地方了。——真走了，妈妈又割舍不下你的两个兄弟。"

"过几天，胖桃就要走了。"美国嘴子说。

麻溜突然想去找胖桃，但找胖桃说什么呢？他自己也不知道。麻溜的眼前浮现出胖桃爷那张没有表情的脸。他突然想起三瓜说过的话，是的，大人为什么都这么坏呢？

44

麒麟陷入了绝境

麻溜和美国嘴子两个人找了一天，连麒麟的影子都没有看到。第二天，美国嘴子要陪他妈妈到他姐姐家去——他姐姐和那个军官姐夫从部队回来了，麻溜便一个人去找麒麟。月亮本来要来的，麻溜也答应了，可是一早起来，还是没有叫她。

麻溜先到他第一次遇到麒麟的淖边的洼地去找，没有遇到，压着嗓子叫了很多声，也没有看到。他在那里躺了很长时间，也没有等到。他又在玉米地里到处寻找，还是不见麒麟的影子。麻溜还到庄子东边的河边兜了一圈，庄子东北边的坟地也去过了，都不见麒麟，甚至连大池滩那边的地洞也去看了，都没有，还差点和小六子他们碰上。小六子他们几个人肯定也在到处找麒麟。小六子还背着那支真枪。这时，麻溜心里不由得又有点怨恨爷，为什么要把麒麟赶走呢？爷就是胆小。麒麟被癞爱武他们抓住怎么办？

到处找过之后，麻溜还是来到了淖边的那块洼地，他估计麒麟还会到这里来找他。他躺在那块红茅草上。草已经很老了，不再像以前那么柔软，硬硬的茎戳在脊背上很不舒服。玉米长得很高了，显得很密，顶上抽出长长的穗子。叶子和叶子交错地搭着，像麻溜他们在月光下做抢龙头尾的游戏时互相牵着的手。即使从墒沟里看过去，也看不到一块田的那头了。有些叶子已经开始枯黄，不时有刀螂在上面飞快地溜来溜去，忙碌地捕捉它们喜欢的虫子。几乎每一棵上都长出了很结实的玉米棒，有的还长了两个。玉米棒都长得很饱满了，裹着的叶子很多都被撑开，有些玉米棒的头都绽了出来，垂着长长的、褐黄的须子。

“快！我看到了！我发现了！就在我前面！”突然似乎是小六子在叫。

麻溜身子一翻就站了起来。玉米地里有几个人头在动，声音就是从那里传来的。

肯定是小六子他们。几个头都向玉米地的北面移动过去，时隐时现，真像是传说中有头无身的鬼。难道他们发现麒麟了？有一个头移动的速度最快，肯定是小六子。在他前面几十丈的地方，玉米地里似乎一直有一条线在晃动。麻溜的心一下子吊到了嗓子眼上。

“你们分散开！从两面包抄！”小六子在喊，风中传来他不太清晰的声音。

麻溜起身钻进了一条墒沟，弓下身子，像一条鱼在水草间游得飞快。他要在小六子他们前面追上麒麟，然后破坏他们，让麒麟逃走，或者就像上次那样把麒麟抱回家，爷不允许也不行。

可是麻溜的计划没有得逞。他没有想到，玉米地的北面已经被砍掉了一大片。麒麟被小六子他们赶到了这块空地里。当麻溜钻出玉米地时，他看到麒麟在前面飞跑，小六子他们在它后边死命追着。麻溜的心全部悬了起来。完了，完了，即使追不上，小六子只要一开枪，麒麟也必死无疑。——后来麻溜才知道，正是这支枪救了麒麟。小六子他们的枪没有子弹，他又不敢把枪扔了，背着那杆枪，他实在跑不快。那枪重重的枪托，总是不停地拍打他的屁股和大腿，有时候还绊一下他的腿。

麒麟在前面飞跑，远远的都看不清楚它的样子，只觉得它贴着地面在飞，四只脚刨起的土灰，完全掩盖了它的身子。“麒麟真了不起！跑得比我都快。”麻溜是学校里跑步最快的。

后面紧追的是小六子，小六子后面是另外几个基干民兵。麻溜在斜刺里也冲着麒麟飞跑过去。麻溜边跑边在心里喊着：麒麟，快跑！麒麟，快跑！稍不留意，麻溜被一棵玉米根绊倒了。等他爬起来，小六子已经不跑了，麒麟也不见了。怎么回事？难道麒麟逃了？

麻溜正疑惑着，听到小六子对着河对面一个人在叫："如金师傅，如金大师傅，帮我拦着涵洞口，怪物就躲在涵洞里面。"

这时麻溜想起来了，这里有一条东西方向的河。河上没有桥，但有一条涵洞。涵洞是架在空中的水道。这些涵洞能将河两边的水渠连接起来，用来送水灌溉，胆大的人也能把它当作桥，从上面走过。麒麟奔逃到河边时，就一头钻进了涵洞。本来只要从那边钻出去，麒麟就可以逃跑了，但大队的抽水机员王如金正好在河那边准备抽水，于是小六子叫他堵住了麒麟那边的出口，这样就把麒麟堵在了水泥涵洞中。

这时，小六子的几个手下也赶到了。

"怎么办？"有人问。

"有人钻进去最好。"

"谁钻？"

因为这里很少有人经过，所以涵洞不粗，直径只有一尺左右。小六子是个矮胖墩，他肯定钻不进去，他对另外几个人看看，可几个人都不看他。

"那先从涵洞上过去两个人，"小六说，"人家王如金不是民兵，他马上肯定就要走的。"

这时王如金已经在对面喊:“你们快过来,我要去修理抽水机的。”

小六子一边答应着“就来”,一边看看身边的人,身边的人还是不看他。

“那我过去,你们一定把这边守住。”说完,就伸出一只脚,小心地往涵洞上踩,涵洞圆溜溜的表面并不好站。

“我有个主意。”糜烂眼说。糜烂眼常年眼睛有病,总是红红的,四周还常常粘着眼屎,大家就叫他糜烂眼。

“快说!”小六子把伸出的脚又缩了回来。

糜烂眼翻着红丝丝的眼睛说:“叫王如金抽水,涵洞里水满了,那怪物就一定出来了;不出来就淹死它。”

小六子有点犹豫:“那要抽多长时间水?”

也有人说:“馊主意!一条渠的水什么时候满?”

看着糜烂眼的嘴在动,麻溜恨不得上去撕烂这张嘴。忽然,他有了主意:“六子,我过去。”

大家都没有注意,麻溜在他们身边。

“你?”六子看着瘦瘦的麻溜。

“我过去,钻进涵洞一赶,那怪——它一定会从这边出来。”麻溜说。

“对，太有道理了！”有人说。

“主意不错。”糜烂眼也承认。

六子说：“那难为你。”

麻溜轻松地站到涵洞圆溜溜的肩背上，一路小跑就到了涵洞那头。

王如金问他做什么，麻溜说六子让他进去赶那东西。

“你不要听他们的，他们自己怎么不来？这种东西，最好不要惹。”王如金很认真地看着麻溜说：“生是杀不得的，更何况，这是什么东西谁也不知道……”

45

麻溜在涵洞里救了麒麟

“快点进去，麻溜。”六子在对面催。

“他们得工分，让你钻洞。”王如金说着，走了。

麻溜心里扑通扑通地跳。他看着王如金走下河坎，上了抽水机船。

“麻溜！快点进去！”六子在对面喊。

麻溜弓下身子，向涵洞里看。涵洞里很黑，看不到里面有什么。

“麒麟！麒麟！”麻溜对着涵洞一声声叫。什么反应也没有，里面什么也看不到。

“麻溜，你进去了吗？”六子在对面喊。

“正进去。”麻溜对着涵洞说，声音嗡嗡地回响。

麻溜伏下身子，用在体育课上学的动作慢慢向前匍匐前进。涵洞里有些地方还有水，有些地方还有些不大的砖屑和水泥渣，咯得他的手臂、腿子和肚子很疼。

“麒麟！麒麟！”麻溜爬了一段又叫，好像还是没有反应。

麻溜又继续向前爬。

突然前面传来“扑哧扑哧”的喘气声音，是麒麟。麻溜赶紧说：“麒麟，别怕。是我，麻溜。”好像麒麟能够懂他的话似的。

再向前爬几步远，麻溜看到了对面黑黑的涵洞里有一双亮亮的孩子似的眼睛。麻溜停了停，就这样看着对面的眼睛，有眼泪在自己的眼里滚着。那双眼睛也看着麻溜。

过了一会儿，麻溜又向前爬了过去，可是那双眼睛在向后缩。

麻溜知道，麒麟还没有认出是他。它害怕，就向后躲。

“麒麟，是我——麻溜。”麻溜大声说。

“麒麟，是我——麻溜，我也不认识了？”麻溜有点急了，声音很响。涵洞将麻溜的声音弄得嗡嗡的，很不清楚。

麻溜又向前爬，可是那双眼睛又向后缩。

“麒麟，是我——麻溜，你不能向后缩。——他们在那边等你！”麻溜压低声音说。

“麻溜，进去了吗？快点赶！”六子在外面喊着什么，麻溜听不清楚，但知道他们喊什么。

麻溜又向前爬了一点，可是那双眼睛又向后缩了一点。

“麒麟！你不能向后缩了，他们要捉你的！”麻溜终于哭了出来。“麒麟！我是麻溜。”

“麻溜——”涵洞里传来六子的喊声，声音一震一震的，听不清楚，“快赶！我们好像看到它了！”麻溜知道他们在叫什么。

那双眼睛更靠近了一点。麒麟听到后面的叫声害怕了，又向前爬了一点。

麻溜又向前爬了一点，他要让麒麟知道自己是谁，麒麟才敢过来。

那双眼睛再没有向后退，但麒麟嘴里发出猛烈的“扑哧扑哧”的声音，就像那天遇到了一条火赤链蛇。麻溜知道，麒麟不会咬人，生气时就会发出“扑哧扑哧”的声音。

于是麻溜就不再动。过一会儿，再稍微向前爬一点点。对面有人对着涵洞在大声喊着。这次，对面那双眼睛盯着麻溜看，一动也不动。大概麒麟知道自己没有退路了，它只是过一会儿发出一阵“扑哧扑哧”的声音。

“麒麟！我是麻溜。你不能向后退了，他们要捉你的。”麻溜压低声音说，但涵洞里的声音嗡嗡地回响。

那双眼睛还是看着麻溜一动也不动。

忽然，麻溜觉得自己真笨。自己一口气说这么多话，嗡嗡的，麒麟怎么听得清楚，怎么知道自己是麻溜。他忽然想到月光下在小院子里和麒麟玩耍的情景。等涵洞里静下来，麻溜轻轻地喊道：

“麒麟，来！”

“麒麟，来！”

对面那双眼睛似乎晃了晃。

麻溜又向前爬一点，对面那双眼睛又晃了晃。

“麒麟，来！”

“麒麟，来！”

麻溜又向前爬一点，对面那双眼睛没有动，麻溜听到轻微的喘气声。

“麒麟，来！”

“麒麟，来！”麻溜又向前爬一点。

一直爬到可以用头抵着那软软的大鼻子，那软软的大鼻子也用劲抵着麻溜的头。麻溜感到有热乎乎的气喷到自己的头上。

小六子似乎在叫什么，但麻溜听不清楚。

就这样过了好久好久。

外面的声音越来越响，越来越嘈杂，麻溜听不到他们说什么，但知道他们肯定是在催自己。

突然，麻溜觉得涵洞上似乎有人走动的脚步声。

他侧耳听了听。不错，是脚步声。一定是六子他们过来了。

麻溜赶紧将身子慢慢向后缩了缩，用手拉了拉麒麟的耳朵："麒麟，来！麒麟，来！"然后再向后缩了缩，又向麒麟招了招手："来，麒麟。来！"

就这样麻溜慢慢向后缩，麒麟一步一步向前爬。

涵洞上的脚步声越来越重。

麻溜向后缩得越来越快，他的膝盖和膀肘弯子，大概已经破了，很疼很疼。

麒麟一定也听到了涵洞上的声音，越爬越快。

涵洞里渐渐地亮了起来。

快到涵洞口的时候，麻溜拍拍麒麟的头，让麒麟不要动，自己先缩出洞口，看了看，一个人也没有。天色已经晚了，浓浓的暮色笼盖着田野。玉米地上，河面上，飘着一片片雾岚。

王如金似乎还在抽水机船上摸索着什么。

六子已经走到了涵洞的中间。糜烂眼在对面挥舞着手叫喊着。

麻溜招招手，让麒麟来到洞口，把它紧紧抱在怀里，他们的鼻子紧紧抵在一起。麒麟热乎乎的气喷了麻溜一脸。

涵洞上响着六子重重的脚步声。

麻溜拍拍麒麟的头，然后拍拍麒麟的屁股："快跑！快跑！麒麟。"

麒麟一下子穿出了洞口，跑出去十几丈远，又突然停了下来，回头看着麻溜，那双眼睛很亮很亮。

"快跑！"麻溜压低声音说，泪水模糊了他的眼睛。

麒麟一掉头，飞跑而去，很快钻进了一片密密的黄豆地，不见了。

"是不是跑了？"六子已经快走过涵洞。

麻溜躺在渠道的边上，看着朦朦胧胧的天。天上有一片云在向远处飘去，很像很像麒麟。麻溜突然放声哭了起来。

"麻溜，你怎么了？"大家都知道麻溜是个非常硬气的孩子，从来不哭的。

六子也吓呆了："麻溜，你怎么了？"

麻溜只是哭，什么也不说。

"你们怎么叫人家细小的做这种事情？"王如金责问六子，"吓出事情，你们承担？"

"他自己要来的。"六子申辩道。

"你们这些东西，从不做正行，就搞这些鬼八道！"王如金愤愤地说，"有力气，下地干点正活。"

46

麻溜病了

麻溜被怪物吓病了，在庄子上很快成为一个新闻。

麻溜一连几天不吃不喝。并不发烧，但一会儿清醒，一会儿恍恍惚惚的。嘴里常常喊着："麒麟！麒麟！"有时候还说着胡话："麒麟！我要和你一起飞！"

月亮妈妈和月亮一有空也过来照看，月亮奶奶还让月亮妈妈送来一包红茅草的根，说是泡茶给麻溜喝，很管用的。

"你看这孩子病的。"麻溜妈妈急得哭了好几次。"这小东西，从小泼皮，从不生病。有个伤风感冒，三碗饭一吃就好。那年大冬天掉进河，我煮了一碗红茅草姜汤，一喝也就好了。你看，这次——"

"要不要进城到医院看看？"月亮妈妈问。

很少发急的麻溜爷也急了，抄了扁担要去找六子："妈的，这年头就六亲不认了？好歹，我和他老子还没有出五服[1]。”

麻溜妈妈夺下了扁担：“细的病了，你就不要生事了。——还说什么呢？他爷结婚，还是借的我家的被子。新棉胎，我们一次没有用，就先借给他们做喜事了。”

“三妈三爷，我来给你们打招呼赔罪了！”

麻溜妈妈正劝说他爷，六子妈妈来了。麻溜妈妈脸一红。

“我家六子越来越不像个东西，昨天被我狠狠顺了几扁担！跟好人，学好人；跟高花子，学游行。成天不务正业。膘肥体壮的，什么活不能干？现在一没有日本鬼子，二没有国民党，整天背着筒子枪，人模狗样，到处欺男霸女的！——进来，给你三爷三妈磕头！”

麻溜爷和麻溜妈妈这才知道，六子在门外边。麻溜妈妈正想喊六子进来坐，六子妈妈已经走出门拧着六子耳朵进了门：“快，跪下，给三妈三爷认罪。你个小畜生！一家人都不认了！”

六子正要跪下，麻溜妈妈一把架起了六子的胳膊。

“这么大的孩子，跪就不要跪了！现在也不时兴这个。”大家都没有注意小脚五奶奶来了。

“啊哟，五奶奶，你啊虽然是小脚，但消息灵，腿脚也灵。”六子的妈妈说。

---

① 指很亲近的宗族关系。

“我来倒不是看热闹的。一来看看我们家麻溜病得怎样，二来我大侄子让我带个信，说他要不是公社有会，也来看麻溜的，他说这孩子昨天参加捉怪，是可以记一天工分的。”

“谁他妈要……”

麻溜爷话没有说完，麻溜妈说：“谢谢你大侄子了。”

“只是听说，这怪物还是跑了。”小脚五奶奶说。

“麒麟！麒麟！我……”麻溜在房里的床上喊着。

大家都不知道他喊什么。麻溜妈妈赶紧端了碗要进房间喂麻溜喝水。月亮说：“我去吧。”麻溜妈妈将水碗给了月亮。月亮便去喂麻溜喝水，可麻溜不肯喝。

“你听话不听话？”月亮明明知道麻溜病了，还是这样说着，用调羹慢慢把水喂到他嘴里。

“你呀，成天就是鬼啊怪的，说得人心里惶惶的。”九佬的老婆说。这时候，九佬的老婆和加宽妈妈几个人也来看麻溜。

“你说要不是鬼怪，又是什么东西呢？你看吓得麻溜这孩子都病了。这孩子是个多大胆的孩子？——三嫂子，请陈良医看了吗？”

“请了。陈良医说是偶染风寒，受了惊吓，不要紧的，开了一点药吃下。”

“这就好。要不，我家里还有点药丹的。——这怪物真是害人精！”小脚五奶奶说着，拄着拐杖一崴一崴地走了。

“我看，你就是个老怪物。”九佬的老婆有时候说话和九佬很像。

“三妈，麻溜不要紧吧？”五子体弱虚虚地说。一直听说五子身体不行了，今天听说麻溜病了，他居然也来了，蜡黄的脸上只剩下了一张皮。

“不要紧的。他身子骨好，挺一挺就会过去。”

“那就好。”

看麻溜爷脸色不好，大家就散了。麻溜妈妈一一道了谢。

人都散了，月亮奶奶来了，把手背放在麻溜的脑门上，过一会儿说：“肯定是受了风寒和惊吓，应该是没有大碍的，红茅草根的茶喂了吗？”

麻溜妈妈这才想起，红茅草根的茶还没有煎。于是麻溜爷赶紧把红茅草根洗了洗切了，用水泡起来，准备煎茶。月亮奶奶临走的时候，对麻溜爷和妈说：“麻溜这个细的，正气，硬气，心慈。——你们多花点心。”

47

麒麟真的走了

躺了几天，麻溜觉得精力好多了，只是走路腿子还有一点发软。妈妈说他脸色还不大好看。他和妈妈说要出去走走，妈妈说去吧。

麻溜心里放不下的是麒麟。已经几天不见麒麟了，他不知道麒麟到哪儿去了，还会到玉米地来吗？还会到小院子来吗？还会找他吗？

他想去找美国嘴子一起去，可是美国嘴子家里的门紧锁着。邻居说他病很重，去城里医院了。他妈妈也跟着去医院照顾他了。

麻溜便一个人向玉米地走去。

夜里刚刚下了一场雨。看来雨不小，玉米叶子上还有大大小小的水珠，地里和墒沟里低凹的地方还有积水。不小心踩到地里，泥土软软的，有时还会陷下去很深。空气特别清新，蜻蜓成群集队地在玉米叶子间飞舞，有的还咬着尾巴连接在一起飞。

麻溜在玉米地里兜来兜去，可走了半天也没有麒麟的踪迹。其实以前来也是如此，白天是很难看到麒麟的踪迹的，不知道它藏在哪里。忽然，麻溜想到，麒麟会不会藏在那个洞里呢？那个洞在河坎上一个树根的旁边，洞口不大，也不是很深，但进去有点拐弯。人们一般不注意，如果上面再有一点树叶，真的很难发现。

麻溜来到那棵树下。最近下了雨，草长高了，长密了，将洞口遮得很严实。麒麟很聪明，从来不吃洞口的草。麻溜拨开草，探头进去一看，他感觉麒麟这两天又来过了。伸手一摸，洞里有软软的粪便。麻溜知道，应该是这两天的粪便，可是麒麟现在在哪里呢？

麻溜有点后悔。要是那天小六子到处搜寻麒麟的时候，自己能先到这里来找麒麟，一定能找到而且能够把麒麟藏起来，或者自己陪着麒麟躲起来。有他，麒麟就不会害怕，就不会乱跑，就不会被六子他们发现追得到处逃奔。

现在麒麟到底在哪里呢？

走了一会儿，麻溜有点累。他觉得身上不是很有劲，走走停停，停停走走，忽然眼睛一黑，栽倒在玉米地里。

麻溜醒来时，太阳已经偏西。他慢慢爬起来向家里走去。在庄子口，又看到六子他们神神秘秘的，还用异样的眼神看着自己。麻溜不用正眼看他们。

到了家，妈妈责怪他身体刚爽一点就到处乱跑。爷只是盯着他看了看。麻溜喝了一碗红茅草根煎的姜汤和两碗稀饭，上床睡下。一搭眼就开始做梦，各种各样的奇怪的梦，一会儿自己在空中飞，一会儿自己在水底下游，一会儿在坟地里打仗，一会儿自己的家就在坟里面。居然还做了一个梦，说自己在梦里和美国嘴子他们官兵抓强盗，大家都找不到他，后来他也找不到他们，也找不到家……

忽然，他在梦里听到外面有“嗑吃”“嗑吃”的响声，他一开始以为是在梦中，后来知道自己已经醒了，“嗑吃嗑吃”的声音还在一阵一阵响，而且还很清楚。

麻溜悄悄穿了衣服，开门出来。外面是一天的好月，地上都是树和篱笆的影子。天空澄蓝澄蓝的。月亮很圆很圆，桂花树的影子能看得清清楚楚，仿佛一使劲，就可以爬上去。

他走到小院子里，看到一个东西，轻捷地一跃从矮小的围墙出了院子。麻溜感觉那东西是从他为麒麟掏的草堆洞里出来的。对！是麒麟。麻溜快步走过去一看，草堆的洞口敞着，伸手进去，还是热乎乎的。麻溜知道，一定是麒麟回来找过他，一定是麒麟觉得躲在这里最安全，可是他却不知道！

麻溜呆呆地看着草堆上的洞口。月光在地上画出他矮小的身影，一会儿，一个大大的影子盖在他的身影上。麻溜一抬头，是爷。爷也披衣起来了。

“让它去吧，留不住的，”爷说，把肩上的衣服披麻溜的身上，“人，很多事情是由不得自己的。”

麻溜走进房间睡觉，爷跟在他后面，麻溜没有说话。

48

麻溜循着足迹去寻找麒麟

这天，麻溜吃了早饭又去找麒麟。起先想找美国嘴子一起去的，但美国嘴子进城看病还没有回来。也犹豫过，要不要告诉月亮，想了想，还是一个人去了，可还是到处看不到麒麟的影子。玉米地里兜了半天，没看到；河北的黄豆地里，也找了，没有；树根下的洞里，也没有。能想到的地方，都去了，全都没有。

天快中午了，太阳已经很晒人了。麻溜又来到那块洼地，躺在那片红茅草上仰面躺下。天很高很蓝，一丝丝的云在天上慢悠悠地飘来飘去。忽然，麻溜觉得有东西在脖子上轻轻拱着，痒痒的，他还隐隐听到背后玉米地里有什么声音。

“对，是麒麟！”麻溜睁开眼，掉过头去，什么也没有。可脖子上还是痒痒的，麻溜用手一抓，手里捏着一个刀螂，已经被他折断了头。

麻溜心里很难过，坐起身子，低下头想着心思。地上仍有一条条极细小的沟沟，仍有无数的蚂蚁在忙碌地爬来爬去，可是麻溜却没有心思再编打仗的故事。忽然，麻溜的心跳得快起来，他在地上发现了一个个梅花状的脚印。是的，是的，这是麒麟的脚印，而且是新鲜的脚印。麒麟一定刚刚来过。麻溜手一撑站了起来，弓下身子，循着麒麟的脚印向前走。

走着走着，不知不觉地来到滹边。

脚印还继续向前延伸着。平坦的泥滩上，两行梅花状的脚印清清楚楚。来到一条沟边，脚印延伸到水里，然后不见了。麻溜想了想，脱了衣服，举在手里，下了沟。在小沟那边又看到了麒麟的脚印。麻溜弓着身子，循着麒麟的脚印向前走去……

"麻溜，麻溜！不能向前了，前面有潭的。"

突然，背后有人喊他。麻溜掉头一看，是六子和大兔。——原来他们一直在跟着自己。

"呸！狗腿子！"麻溜唾了一口唾沫，狠狠地说。

"麻溜，不能向前了。——我们不跟着你了—— 你也快回来！"麻溜听到六子在背后死命喊着。

"麻溜，你快回来！"

麻溜看了看六子，又看了看地上麒麟的脚印，向前走去。

“麻溜！麻——溜——”

麻溜隐隐听到好像是美国嘴子和月亮的声音，但麻溜没有停下，也没有回头，在他的眼前是一片红茅草，就像那天夜里和美国嘴子一起看到的，就像在梦里看到，密密的、高高的，一簇一簇的，深红深红的颜色，在风中摇曳着，就像燃烧的火苗……

“麻——溜——麻——溜——”

但麻溜没有回头，也没有停下脚步，寻找着麒麟的脚印，继续向前走着。

淖里的太阳要温和得多，芦苇很高很密，各种各样的鸟快活地在芦苇丛中和杂树上跳跃着，唱着各自的歌，偶尔还有一两声水牛雄浑的叫声。

49

麻溜进淖惊动了何淖庄

麻溜跟着麒麟进淖的消息，很快传遍了何淖庄。

月亮和美国嘴子跟着麻溜进了淖的事，更是惊动了整个庄子。

很多人先先后后来到麻溜家里，麻溜家的堂屋心里聚满了人，连瘦得皮包骨头的五子也来了，没有一点血色的脸上显得无比惊恐，嘴巴一直微微张着。

大家都站着。只有麻溜妈妈坐在吃饭桌子旁边的凳子上。她身子依靠着吃饭的桌子，招呼着大家也坐下。可是凳子不多，也没有人坐，只有从李家墩子过来的老香瓜坐在靠墙边的一张木杌子上。据说他会拿卦打时的。听说麻溜进了淖，他和别人说，过来看看麻溜妈妈要不要拿一卦，可麻溜妈妈没有说，他就一直坐着，没有作声。

“这下子可怎么好呢？”最先到的是美国嘴子的妈妈，很是紧张地说。说话时浑身不停地抖动，眼睛慌乱无助地看着麻溜的妈妈。她有四五个女儿，五十岁上才生了美国嘴子这个老来子。

麻溜妈妈没有说话。看得出，她心里也很是着急，她看了看美国嘴子的妈妈："也不至于就一定有事，——我已经让六子到地里找麻溜他爷了。"

"也只有麻烦三爷了，我们家那位是不敢出头的，也请不动谁，说不动什么人。三妈，你就把金贵当作麻溜的嫡亲兄弟吧。"美国嘴子的妈妈可怜兮兮地说。

"金贵妈妈，看你说的，不都是一样的细的吗？"六子的妈妈抢着替麻溜妈妈说，"这大家伙还不是一起想法子吗。"

"三妈，三妈在吗？麻溜妈妈，麻溜妈妈，麻溜妈妈呢？"这时，小脚五奶奶也来了，她一路念叨着走过来，不停地抖动着下巴，"这可怎么得了呢？这可是塌了天了！这可怎么办呢？"

"五奶奶，我在这儿呢。还惊动你了，你快坐下！"麻溜妈妈赶快站起来拉着她坐下。小脚五奶奶坐下之后，下巴还在不住地抖，两手用力地拄着拐棍，眼睛只是看着手下的拐棍。

"你不要嘘，本来天不会塌。你这一嘘，天说不定就真塌了"，九佬没有好声气地说。早稻已经登场了，他本来和几个人在帮王如金抬柴油机上岸准备脱粒。一听说麻溜这件事，和几个大男人就一起来了。

“可是，这怎么说呢？麻溜那么能干的细的，怎么就跟着这小怪物进了淖呢？”大兔妈妈声音低低地说。

“你看，这怪物有多大的魔力，连我家麻溜这样精灵百窍的细的都被它迷走了。”五奶奶又不失时机地说开了，“三嫂子，我真服你的心气。你怎么这样定定地坐着，得赶快想想办法。”

“你们不要神神道道的。什么鬼呀怪的，找人就找人。大家伙帮着赶快找人，扯这些不着边的闲篇有什么用呢？”九佬说话总是很冲。

“这说话的是九佬爷吧？”五奶奶一下子变得严肃起来，“我跟你说，你不要这样跟老太说话。你不要以为你什么不怕，就真的什么不怕。要不是怪物，汪秀芳怎么陷进了泥塘？要不是怪物，加宽年纪轻轻怎么就进了淖里回不来？要不是怪物，怎么就把麻溜这细的迷得痴痴地跟着它到淖里去了呢？”小脚五奶奶终于发现了回敬九佬的机会，刚才她被气得一直在抖着下巴。

“所应，所应，我觉得这事不是闹着玩的，还是多当一点心好。人要找，那东西到底是个什么东西，谁也不知道，还是当心点好。”一直只是翻着白眼不说话的泥螺眼说，“所应，我见过，那东西古古怪怪，不像个正经东西。”大概因为泥螺眼亲自见过，所以他的话似乎有些权威，其他人便不再反驳。连九佬虽然脸上还是不屑，但一下子也找不到话驳斥。

“三嫂子呢？三嫂子在吗？”正说着话，月亮奶奶来了。站在门口的人都往两边让，站在屋子里的都往边上靠。凡是被她目光看到的都叫一声“姑奶奶”。月亮奶奶笑了笑，算是和大家打了招呼。麻溜妈妈站起身拉着她坐下。

“这么大的事怎么不说一声？”月亮奶奶问。

“怕你担心，没有敢惊动你。”

“我说你们——这么大的事，怎么不说一声大家凑凑主意。——”她停下来看看麻溜妈妈，她看得出麻溜妈妈很是担心，就说：“不要太担心，那东西不是什么鬼怪，也不是什么不正经的东西，我见过的，温顺乖巧得很。”

“什么？姑奶奶你见过？”麻溜妈妈问，五奶奶、还有大兔妈妈，好几个也一起跟着问。

“见过，它在我家待过一个晚上的。那是个灵物，和我小时候在画上见过的麒麟一个样。——这淖里的确是凶险的，大家伙倒是商量商量，该怎么办。——三哥呢？”

“一早就下田了，刚才已经让六子去找他三爷了。”

“我看大家伙不用在这里站着了。该找人的找人，该做生活的做生活去。”月亮奶奶说。

这时候，麻溜爷回来了，肩上扛着一把大锹，两个腿子都绾着半截裤腿，腿子上满是泥，不过看得见一条条蜷曲的经脉，像一根根粗细不一的蚯蚓。六子跟在后边，浑身都是泥。一屋子的人，麻溜爷谁也没有看，也没有说话，连月亮奶奶好像也没有看到，把大锹放在门后，从门后拿了一匡绳子，斜套在身上，又到小院子里拿了一根长柄的铁叉，就走了。六子也在小院子拿了一根竹篙跟着走了。

“三子，不要着慌！”月亮奶奶对着麻溜爷的后背说。

“六子，紧紧跟着你三爷！”六子的妈妈粗着喉咙对六子的后背也叮嘱了一句。

“我们也走吧。大家看看能找到什么得手的东西。”九佬和他身边的人说，于是几个大劳力也跟着九佬出去了。

“几个细的进了淖，你们怎么还在这里酸文加醋的一点主意没有。——我在青蛇河里放鸭，人家李家墩子的二狗子，本来在河里捞水草，听说麻溜进了淖，把一船的水草掀下河，已经撑着船进了荡。”

“矮子，你还是年轻时候的性子，进来先坐坐。”

“啊哟，是姑奶奶。不坐了，怪不得大家这么定心，有你在。”

“谁不急呢？急也救不了几个细的。我们又进不得淖，进不得荡。”月亮奶奶说。

“姑奶奶你陪着麻溜妈妈坐着，何中玉呢？”

“麻溜他爷已经去了。”麻溜妈妈赶紧说。

“能进淖的，赶快跟我走。”矮子大爷说着，拎着撑船的竹篙走了，他说话的时候竹篙一直在手里拎着，细长的竹篙也一晃一晃地抖动着。

于是又有好几个人跟着矮子大爷走了。屋子里已经没有多少人，剩下的都是年纪大的，还有妇女，五子也在。

风风火火的矮子大爷一转身和匆匆赶过来的癞爱武迎面撞上，矮子大爷没有说话也没有掉头，径直走了，跟着的人侧身让开癞爱武，也都走了。

“三姑奶奶在这里吗？”癞爱武没有进门就问。

“是爱武啊？进来坐吧。”

“不坐了。事情紧急，我是来和姑奶奶说，月亮是革命烈士的后代，我们一定要把她找回来。请你放心，我已经安排民兵队的人进淖了。”癞爱武像是汇报工作。

“爱武，不是姑奶奶说你，你这是说什么话呢？人不分尊卑，物不分高下，都是一条性命。月亮是革命后代，三个细的都是革命后代，都得找回来。”

“是的，姑奶奶，但——好吧。听姑奶奶的，三个一起找。”

“不只是三个细的，还有三个细的去找的那个灵物也要找回来。”

“那是个什么东西都不知道——有人说是个怪物——”

“爱武啊，你怎么也这样说？别人这么说，你也信？你是个党员，是个进过部队的人，怎么也这么无知无识呢？”月亮奶奶声音不高，但听上去语气很重，“姑奶奶告诉你，我见过那灵物的，不是鬼，也不是怪，是个麒麟，是个难得一见的灵物。古话说，‘凤凰不落无宝的地，麒麟一现，天下太平’。爱武你吃点苦，用点心，去都找回来，姑奶奶难为你！”

“好的，都听你的，姑奶奶。”癞爱武被月亮奶奶说得没有话应对，连连答应着出去了。

“三个孩子可千万不能出什么事。”这个时候，月亮奶奶才拉着麻溜妈妈的手说。

尾声

傍晚的时候，一条龙卷风在远处的天边升起，像一个飞速旋转的巨大的黑色漏斗，贴着地平线急速地移动，越转越高，越转越远，越转越远，越转越高，渐渐消失在远处天边的浓云之中。天色渐渐暗了下来，天边滚动着一阵阵响雷，一道道电光在天边上一闪而过。闷闷的雷声，像是在地下滚动。

麻溜妈妈站在庄子边上，向远处的天边看着，她心里在一遍遍地念叨：

"麻——溜——家来吃饭哦——宝贝，妈妈等你。"

"月——亮——家来吃饭哦——"

"金——贵——家来吧！"

"麻——溜——月——亮——金——贵——家——来——吧——宝贝！"

乙未年中秋9：29分完成第十稿

乙未年戊子月乙亥日（圣诞节）21：18分定稿

后记

这不是我一个人的故事

和很多语文教师一样，年轻时候我也有过作家梦。

快六十岁了，早已过了做梦的年龄。

现在写这篇东西，已经不是为当作家了，只想告诉大家一个故事，只是想讲讲自己的故事。

那是和几个同事去参加一个教学活动，路途比较远，路程寂寞，大家说，老黄是语文教师，讲个故事吧。

我便讲了自己小时候调皮的故事，我这方面的故事太多了。我一直说，做教师几十年，还没有遇到比我更调皮的学生。一直想写一本书——《我不是个好孩子》，其中说到了挨批斗，说到了被父亲屈打之后躲进玉米地和一个小动物相遇的故事。不知什么原因，后来一有机会，就讲这个故事，就像祥林嫂喜欢讲阿毛的故事。故事越讲越丰富，我自己也越讲越投入。

起初，很多人都鼓励，老黄写出来吧，说不定是部不错的小说。我只是笑笑，可是讲着讲着，我终于控制不住自己想写出来的欲望。记不清是哪一个早晨，我打开电脑……

其实我一直有写三部小说的愿望：一是我自己的，一是我爸爸的，一是教育的。但说真的，并没有把握能够落实，时间、精力、学识、才气都没有把握。即使可能，也是退休之后，淡出语文圈之后的事。实在没有想到，现在居然把自己的这一部写完了。我知道，它实在稚拙，实在丑陋，但就像一个母亲看着刚刚出生的孩子，我是开心的，我是幸福的。

我更知道，写出来的已经不是我的故事。其实，当我越讲越投入的时候，那个故事已经不再是我的故事了。

首先，它是我无数个童年伙伴的集体故事。我生活的每个阶段都有很多好朋友，而童年时代最多。美国嘴子、麻雀子、胖桃、五子，每一个都有原型，尽管早已经不再是原型，但他们每一个人都活在我脑子里，没有他们，我就写不出小说中的任何一个人，包括有着自传色彩的麻溜。当然还有许多没有写到的伙伴们，某种意义上，他们又都在这部小说之中。

我读的儿童小说不多，但我有个印象不知是否正确，总觉得这类小说都把童年写得过于“美好”，似乎童年都是清一色的“金色”。从初衷看，自然是好的，可以让孩子们更多地看到生活的美好。从心理学的角度看，也是有道理的，因为回忆都是美好的。初衷未必都能实现。帕斯卡尔说过：我们想成为天使，但有时候会因此成为魔鬼。孩子们看一看身边的生活，可能会觉得我们在撒谎。我的意思是，不要说我们那个年代的童年，即使今天这样美好的社会，很多孩子的生活也是很沉重的，他们缺少关爱，缺少温暖，缺少书本，缺少必须的生活依靠……面对成人世界，面对现实世界，他们陌生，他们困惑，他们茫然……当然我绝不是说，他们的生活没有阳光，没有美好。

最近，一个小学语文老师和我讨论教学的问题，说了一个案例。他教学《乡村孩子》这篇课文时提问学生：乡村孩子们开心吗？一个学生的回答是：他们的生活很穷的。老师感到非常失望，问这个学生：难道他们就没有在草地上捉蝴蝶吗？我告诉他，我就记不得自己在草地上捉蝴蝶的情景。当然我也告诉他，从教学的角度，我可能会和孩子们一起讨论，他们很穷，老师小时候也很穷。我们的生活很穷的时候，会不会也有开心呢？不穷的生活，是不是就天天开心呢？从这个意义上说，我这个故事应该还是无数个乡村少年的集体故事。

我说这个故事不再是我一个人的故事还有另一层意思。可能和很多作家的创作不一样，我的这篇东西并不是一个个人化的产品，某种意义上说是一个集体创作的故事。当我写出4万字的第一稿的时候，我就征求了很多人的意见。我的同事、我的爱人、我的同行、我的徒弟、我任教的班级的所有学生都是我的第一批读者，而且还和他们讨论过修改意见，有兴趣的同学甚至还改写、续写或者补写了其中一些内容。尽管他们的作品我并没有用到小说中，但他们的想法都丰富了我的想法，唤起了我的思考，丰富了我的创作。在11万字的第二稿完成后，我还征求了著名评论家汪政、晓华夫妇的意见。他们的意见对我后期的修稿产生了重大影响。对少儿文学名著导读有深入研究的刘铁梅老师更是多次和我讨论人物，讨论情节，讨论主题。其中月亮和月亮奶奶这两个人物起初是没有的，也是在她和我爱人的启发下补充进去的。总而言之，这个故事已经是一个集体创作的故事。如果说多少有点意思，自然要谢谢他们。如果因为我没能够很好地理解和吸收他们的意见，把故事写得很糟，就只能请求读者和他们的原谅。

当然，我们也应该说，这个故事也是无数个阅读这篇小说的读者的故事，因为生活没有结束，故事就没有结束。我们读这个故事，又在写自己的故事。

不管什么样的故事，其实又是同一个故事：童年的生活，或者说所有生活不都是金色的，都是多彩的，但也都是美好的。

一幅画，并不因为都是艳丽的色彩才是好画。

黄厚江

乙未中秋于姑苏陋宅

读者评价

写给孩子们一个中国故事

著名评论家、茅盾文学奖评委　汪政

有一些场景注定终生难忘，有一些故事总是如约而至，有一些人物当会与我们生死相伴……

与其等孩子们长大以后，不如现在及早地告诉他们；与其小心翼翼地选择和回避，不如和盘托出；与其用美丽的辞藻，不如质朴地讲述。写给孩子们一个中国故事，给他们讲述那曾经的年代，那些生活在不可理喻的岁月中的孩子们。

社会似乎已经进步，历史也已遁入黑暗，但黄厚江老师告诉孩子们，生活需要勇敢地面对，美好的东西要执着地追寻，不管是昨天、今天，还是将来……

生活的一切如藤蔓扭结

三晋报刊传媒集团董事长兼总经理　赵学文

时光稍纵即逝，记忆永驻心间。

岁月的印痕留在心里，在记忆深处缠绕闪光。

正如作者黄厚江老师所言，《红茅草》不是他一个人的故事。不管生活在水乡江南还是黄土高坡，或者是祖国其他地方，环境有别，故事却极尽相同。这是我们二十世纪五六十年代生人的共同的故事。

我们的童年真实而荒诞，艰难而快乐，单纯而曲折。生活的一切如藤蔓扭结。只有到时光老去的今天，在苦涩的回味中才算些许明晓了昨天。

黄厚江老师无疑是一个会讲故事的人。在纷繁复杂中取舍，在酸甜苦乐中沉淀，在美好丑陋中提升。生活的真实是一回事，写作的呈现是另一回事。黄厚江老师很好地把握了艺术的真谛，虚和实的拿捏恰到好处，又直指人心。

《红茅草》如泣如诉、如梦如幻，理应成为一本童年人生的有益读本，就如作家曹文轩的《草房子》《红瓦房》等。

黄厚江老师是一位全国著名的语文教师，此后他会多一重作家的身份。他是一个善讲会写的典范，是语文教育者的楷模。我一直以为，只有会写作的老师才能成为一个合格的语文老师，这一点应该成为大家的共识吧。

《红茅草》故事是绵长的，它的影响将更加久远。

这是我们这个世界的故事

美国极光影业制片人　宋点

总算静下心来读完《红茅草》，颇有感触。

首先庆幸黄厚江老师能把这个故事写出来，也必须称赞其完成度之高。书页里满布着玉米地的淳朴真实气息，苏北父辈的根基和情怀，还带着一段已然陌生却历历在目的历史。定位为“儿童小说”虽然合适，可我觉得这故事不止儿童小说那么简单。

以孩童视角讲述一个时代或者一个特定历史时期的作品，通常都有独特的力量。儿童对世界的单纯认知和大时代荒诞的碰撞，是这个故事对于我而言最迷人的地方。想到了一些读过的书以及随后被改编为电影的作品，比如《追风筝的人》《穿条纹睡衣的男孩》，儿童的友谊和冒险衬出大时代的丑陋和无奈。

这一点让我思考“麒麟”这个意象在故事里是否应该有更多分量，以及在自传性色彩的基础上，是否能渗入更多除了跳脱出的一个个鲜活角色外，对整个故事时代的深入挖掘。

如本书后记中所言，这不是作者一个人的故事。用一句俗烂的话说，民族的才是世界的。尽管故事着墨在一群苏北少年身上，但故事内核里麻溜与麒麟的关系构架是世界共通的。因此可以说，这是我们这个世界的故事。《少年派的奇幻漂流》震撼人心的正是少年派对于残酷现实的童话解读，少年派心中的老虎与麻溜心中的麒麟是异曲同工的存在。

麒麟包含着那个时代星星之火的善意与美好，他“诱惑”纯真的孩子们回归原始的泥淖，走出大人世界的猜忌背叛，走出“文革”大时代的丑陋无稽。

于此之外，以电影人的角度来说，还真的希望有朝一日能把这个故事搬上荧幕。

学生、同行评价

清新的风格，活泼有趣的人物，轻松中稍带紧张的叙事节奏，娓娓道来，将“文革”中一个有爱心、有性格、有追求的男孩形象塑造得淋漓尽致。它给予我们在迷茫中的一丝光明，混乱中的一份清醒，使人重新认识生活、思考生活。

高中生　王诗尧

小说通过在极实际残酷的历史时期发生的极天真美好的故事，展现了真正的人性。

高中生　孟令羽

传说中的神兽降临泥淖，幻想与现实的交汇编织出一个时代的故事。

高中生　周安俣

一个孩子的记忆，一个时代的记忆。

高中生　吴湘锦

关于那个动荡时代的一个精彩侧写，以并不冗长的篇幅活灵活现地展现了一段极有特色的、带有魔幻色彩的农村故事。

在淖边的这个小小的村子里，在“文化大革命”的时代背景下，在一系列的爱恨情仇中，一只神异的、疑似麒麟的小动物与它的伙伴陷入了他们本不应该陷入的麻烦中，人性微妙之处随之被展现得淋漓尽致……

高中生　刘雨鑫

我觉得以孩童的视角来写整个故事难度比较大，因为孩子的心理不容易把握。最后积极的结尾对于中国读者是较易接受的，不过我觉得原先沉重的结局更有震撼力。

高中生　杨嘉文

从小孩子的眼光来看那个时代，既避免了过分的哀伤与消极，也体现了应有的反思，是一种合理程度的警醒。小说的取材部分来自作者自己的童年经历，但却是以一个成年人的眼光在审视。我个人认为适合的读者群应该不是在小学、初中，甚至高中生、大学生或许也不能完全理解作者的主旨。

高中生　李泳霖

一个特殊背景下的故事，却读出了不止于那背景的味道。

一个初谙世事的孩子，在混乱的境况面前显露出他那不同寻常的生活态度，那强烈于常人的对事物的执拗，坦诚而直接的情感以及深深的责任感与关爱之心。

那是最“孩童”的，保留了小孩子对一切深层次事件那种单纯的信念的同时，也毫不避讳对复杂社会的认识，好似一朵清丽而骨感的栀子花，不畏流俗，亦不染浮尘。

高中生　刘宇平

有人说，好的小说为读者构建整个世界。虽然那个时代是真实存在过的，但对于我们而言是一个全新的世界。在一片广袤而宁静的天空下，有农庄，有河流，有玉米地，有成片的泥淖，但那是一个疯狂而动荡的年代，于是这份平静变得尤为不易。小说写的是一个孩子和一只有灵性的小兽之间的故事，那清澈的瞳孔中折射出了整个时代。没有太多刻意的述说，但细节中有丰富的内蕴。

修改后的结局带来更多希望，不过我更喜欢原来的结局。小节的小标题似乎有一点奇怪。

高中生　夏天

有一部分人物的性格是复杂的，如癞二；也有些性格单一的人物。我个人偏向于性格复杂矛盾的人物构造，因为人本身既是高洁的又是充满欲望的。我认为复杂矛盾的性格更能体现人物的真实性，若打算将其作为一篇展现人情世故的作品，我认为我的建议比较好；若是打算弘扬孩子们的天性，则视情况而定。

高中生　刘钰轩

这是一本描写中国疯狂时代的小说，这是一本写给成年人的童话。这本小说在充满民间气息的表达之中，为读者营造了一种淡淡的忧愁；在对儿童性格恰如其分的描写之下，使读者沉下心来思索人和人性。

高中生　郭方敏

作者用以小见大的笔法，将哪怕最细微的配角都描写得活灵活现。加宽的“啧啧啧”，六爷的“去死吧你”，大兔开了的鞋帮，癞爱文看手表的方式等，都是读完不能忘怀、想来会心一笑的。想必在作者创作前，心中早就生活着那样一群人，因此才能用寥寥几笔，借助巧妙的人物标志，赋予其生动气韵。一个人物可能话很少，但其举手投足无不合了脾气性格，即使是文中反复出现的“有人说”，都给读者强烈的真实感。好像镜头只是扫过他们，我们没有看清，但我们知道，他们都是活生生的、有着自己喜怒哀乐的人。另一方面，作者将时代之风与人性探讨巧妙地融入了一个孩子与麒麟的故事中。作品的主线是麻溜与麒麟，但其中穿插而慢慢展开的人物、环境，却无不见鲜活的时代风貌、农村风气与复杂微妙的人性善恶。看这个故事，仿佛是掀起一本厚厚大书的一页书角，于发黄书页散发的书香中，遥想一个逝去的时代。

大学生　顾伊雯

麻溜，一个早慧的少年，一个倔强而有主意的水乡少年。原本可以像很多乡村里的孩子一样，虽然有些粗粝，却可以自由地挥洒着童年时光，但那个特殊的年代，在小小的乡村里所簸扬起的那些怪诞、荒唐甚至丑陋，将乡村社会的那份比较平稳的民心民风击碎了，更将一颗顽皮但却纯情的少年的心灵撕扯得时时有划痛感。挂牌批斗的羞辱，疼爱他的拐子爹爹突然离世，喜欢和他说话的堂哥加宽莫名溺死……他在重新打量这个世界，他在寻找与这个世界相处的办法时显得困惑而迷茫，而这一切又始终牵扯着他与一只灵兽——麒麟的奇妙缘分。这只通人性的灵兽，作者以麻溜的学名为名，应该是有所寄寓的。就在这若恍若惚中，天上的云不复往日的纯白，水乡少年麻溜坚强地成长着。

小学教师　梁昌辉

有人群的地方就有是非，有是非自然就有人情，这人情有冷、有暖。作者以其深刻的观察和细腻的笔触为我们描绘了一幅文革背景下乡野村庄世景人情的画卷。

小说中无所谓好人，也无所谓坏人；每个人都辛苦地为生存而打算，为生活而奔波。或许，有人善良一点，有人自私一点，有人精明一点，有人势利一点……而由于生活的单调和价值观的单一，每个人又都或多或少地对他人的生活充满了好奇。因此，每个人都在窥视他人，而每个人又都活在他人的眼睛和嘴巴里，而这一切，又都映照在一个孩子和一个小动物的眼睛之中。

或许，作者在小说中是想展现人与动物的美好感情，而我，则看到了“泥淖”中人恒久的挣扎。

中学教师　王小梅

在写儿童生活的作品之中，这是一本带有野气的小说。

充满危险和诱惑的大淖，坚韧而鲜嫩的红茅草，还有那颇通人性的麒麟，小说中弥漫着一股野性的气息。乡村孩子麻溜，在这片土地上，如庄稼般地成长着。

读这本小说，好比吃带壳的花生、毛豆，也像吃野生的田螺和螃蟹，品尝到的是土地的滋味，是河泊的滋味。在越来越精致的时代，这对一个人的脾胃，尤其是对一个孩子的生命力，应该是大有益处的。

中学教师　徐飞

不可否认，在小说里有着太多的“背叛”：对感情的背叛，对规则的背叛，对友谊的背叛，对信仰的背叛……近乎灰色调的“背叛”，让人读来有点压抑，但是却不绝望。你看，与“背叛”较劲的，有月亮的纯真，有美国嘴子的仗义，有胖桃的真诚……尤其是那可爱的麒麟，把温暖、忠诚、信任、担当等人世间最美好的情愫给了麻溜，让这个孩子，被时代和丑恶伤害得遍体鳞伤的孩子，慢慢地长大，走向他有点茫然但必须面对的生活。

中学教师　徐杰

作为一个“60后”，一开始带着回忆读这本书，书中不时呈现出我熟悉的点点滴滴。读着读着变成是以一个母亲之心在读了，顽皮而又极具正义感的麻溜栩栩如生地站在我面前，时而为他担心，时而为他痛心。可是真正感动我的却是书中一些关于母亲的情节，麻溜母亲为儿子操心操肺，麻雀子妈妈“狠心”将儿子过继给远房叔叔，胖桃妈妈的忍气吞声最后只能带着胖桃迁回娘家……在那个时代，母爱显得那样的无奈，让我潸然泪下。

中学教师　顾维红

小说中有多个世界：儿童世界和成人世界，自然世界和人类世界，真实世界和虚幻世界，正常世界和扭曲世界。它们共同构成那个特定年代波澜壮阔的一段历史，但这不是“我”的历史，是我们一代人的历史。儿童世界，某种意义上就是原初未被沾染的世界，与自然最为贴近，这就是麻溜在遭受批判之后，为何躲入芦苇荡中与麒麟惺惺相惜；而在麒麟被追捕时，麻溜又为何挺身而出，用尽所有呵护自然的精灵。成人世界对儿童世界的虐杀，对自然世界的伤害，如出一辙，绝不会停止，无法容忍真与美，势必除之而后快，这就是那个世界的荒谬。麻溜与麒麟一起步入泥淖，这是必然的结局。童年的消逝与自然的沦陷几乎是一回事儿。小说还把作者真实的人生完全融入，却在某一个节点，转入神秘世界，亦真亦幻，假作真时真亦假。随着泥淖吞没一切，世界熄灭了，白茫茫一片真干净。这是历史的挽歌，却借儿童的眼睛看见，盖因他有拔开历史风尘的睫毛，看透岁月篇章的瞳孔。

中学教师　王开东